DuMonts Kriminal-Bibliothek

Lee Martin, eigentlich Anne Wingate, 1943 geboren, stammt aus Ost-Texas und studierte an der Texas Woman's University in Denton. Sie arbeitete selbst viele Jahre lang als Polizistin in Georgia und Fort Worth, Texas, versteht sich aber nach eigener Aussage eher als Mutter.

Ihre Kriminalromane spiegeln die Wirklichkeit der Polizeiarbeit ebenso wider wie die Spannungen, die zwangsläufig zwischen Beruf und Privatleben entstehen. Heute lebt sie mit ihrem Mann und ihren beiden Kindern in Salt Lake City, Utah.

Von Lee Martin sind in der DuMonts Kriminal-Bibliothek bereits erschienen: »Ein zu normaler Mord« (Band 1053), »Das Komplott der Unbekannten« (Band 1055), »Tod einer Diva« (Band 1061), »Mörderisches Dreieck« (Band 1067), »Tödlicher Ausflug« (Band 1071) und »Keine Milch für Cameron« (Band 1082).

Herausgegeben von Volker Neuhaus

Lee Martin

Saubere Sachen

Aus dem Englischen
von Ulrike Wasel und Klaus Timmermann

DuMont

Dieses Buch ist meiner ältesten Tochter Virginia Lee Webb gewidmet, die mir seit ihrem fünfzehnten Lebensjahr als meine erste Kritikerin und Lektorin zur Seite steht. Wenn sie sagt, daß mit einem Manuskript etwas nicht stimmt, verliere ich keine Zeit mit Diskussionen. Ich mache mich auf die Suche nach Unstimmigkeiten und behebe sie.

Die Deutsche Bibliothek – CIP–Einheitsaufnahme

Lee Martin:
Saubere Sachen / Lee Martin. Klaus Timmermann und Ulrike Wasel (Übers.). – Köln : DuMont, 2000
(DuMont's Kriminal–Bibliothek ; 1088)
ISBN 3-7701-4988-2

Aus dem Englischen von Klaus Timmermann und Ulrike Wasel
Die der Übersetzung zugrundeliegende Ausgabe erschien 1990 unter dem Titel »The Mensa murders« bei St. Martin's Press, New York

Umschlagmotiv von Pellegrino Ritter
Umschlag- und Reihengestaltung: Groothuis & Consorten
Satz: Greiner & Reichel, Köln
Druck und Verarbeitung: Clausen & Bosse, Leck
Printed in Germany
ISBN 3-7701-4988-2

Kapitel 1

Dr. Habib schrie mich an.

Das war kein besonders erbaulicher Tagesanfang an diesem schönen Mittwoch morgen Ende Oktober.

Ich hielt den Hörer etwa dreißig Zentimeter von meinem Kopf entfernt. Ich konnte ihn noch immer hören, recht deutlich. Und Dutch Van Flagg auch, über seinen und meinen Schreibtisch hinweg. Und, so vermutete ich, Nathan Drucker ebenfalls, dessen Schreibtisch in der äußeren Ecke stand.

Dr. Habib schrie wegen Jane Stevenson.

Was hatte *ich* denn getan? Es war nicht mein Fall. Es war überhaupt kein Fall. Kann eine ruhige Dame mittleren Alters – eine *kranke* Dame mittleren Alters – nicht ruhig in ihrem Bett sterben, ohne daß der stellvertretende Leiter der Gerichtsmedizin deswegen hysterisch wird?

Ich hatte doch lediglich versucht, eine ziemlich hysterische Freundin zu beruhigen. Noch dazu keine besonders enge Freundin, sondern jemanden, den ich erst seit ein paar Wochen kannte.

Es war gestern gewesen, so gegen zwei Uhr nachmittags, als Beverly Hart mich anrief. Bev ist Dr. Habibs neue Sekretärin. Seine eigene Sekretärin, warum also schrie er nicht sie an, sondern mich?

Bev hatte mich angerufen und gesagt: »Können wir uns irgendwo auf einen Kaffee treffen?«

Ich trinke keinen Kaffee mehr. Aber wenn Bev nur einen Kaffee trinken wollte, hätte sie das auch an ihrem Schreibtisch tun können. »Was ist los, Bev?« fragte ich, und sofort brach sie in Tränen aus.

Wenn jemand an meinem Schreibtisch weint, kann ich ihm ein Kleenex geben. Wenn jemand weint, während er mit mir telefoniert, fühle ich mich ausgesprochen hilflos, weil ich nicht weiß, was ich tun soll. Also fragte ich: »Wo sollen wir uns treffen? In deinem Büro?«

»Nicht in meinem Büro«, sagte sie rasch. »Ach, ich weiß nicht.« Sie schniefte, putzte sich die Nase, weinte weiter.

»Die Eisdiele am Camp Bowie?« Die müßte sie mittlerweile kennen, dachte ich. Sie ist direkt um die Ecke, nur etwa einen Häuserblock vom T-Com entfernt, dem Texas College of Osteopathic Medicine, wo Bev seit etwas über sieben Wochen im Büro des Gerichtsmediziners arbeitete.

Ein gedämpftes Rascheln im Hörer. Dann lachte sie leise, trotz ihrer Tränen. »Ich hab' gerade genickt. Ich hab' nicht dran gedacht, daß du mich ja nicht sehen kannst. Gut, in Ordnung. Ich weiß, wo das ist.«

»In zwanzig Minuten?«

»Ja. Ja, okay.«

Es sollte eigentlich keine zwanzig Minuten dauern, mit dem Auto dort hinzukommen, dachte ich. Von meinem Büro aus sind es knapp drei Meilen – na ja, vielleicht vier oder fünf. Aber es gibt da eine schreckliche Kreuzung, wo der Camp Bowie Boulevard und die University Road einander in die Quere kommen und sich der Verkehr staut. So manches Mal habe ich dort zehn oder fünfzehn Minuten gestanden, an just dieser Kreuzung, weil bei Grün mal gerade zwei Autos rüberkommen, und ich habe das Reklameschild einer Bank dort an der Ecke schon so oft gelesen, daß ich davon träume. Zum Glück ändern sie es ab und zu.

Bev war vor mir da, in einem adretten, marineblauen Kostüm mit Rüschenbluse, so daß sie ein wenig wie Lois Lane aussah. Sie hatte sich tatsächlich Kaffee bestellt, schwarz, in dem sie trübselig rührte, immer und immer wieder, mit einem kleinen rosa-weißen Plastiklöffel.

Ihre Augen waren rot gerändert. Offenbar war bei dem Versuch, sich die Tränenspuren abzuwaschen, auch ihr Make-up mit abgegangen, so daß sie ziemlich blaß aussah und sich jede einzelne Sommersprosse deutlich abzeichnete. »Tut mir leid, daß ich so verheult bin«, sagte sie mit erstickter Stimme und fing gleich wieder an zu weinen, eine Hand in ihr dunkles, kastanienbraunes Haar geschoben, die andere vors Gesicht gelegt.

Darauf war ich vorbereitet. Ich nahm die Packung Kleenex aus meiner Handtasche – das ist einer der Gründe, warum ich so eine große Handtasche habe – und stellte sie vor ihr auf den kleinen, runden Tisch. Dann ging ich ein kleines Schokoladeneis bestellen, falls die Geschäftsleitung es nicht gern sah, wenn Leute Tische in Beschlag nahmen, ohne etwas zu konsumieren, setzte mich anschließend hin und wartete darauf, daß Bev sich ausgeweint hatte.

Sie weinte weiter. Die Teenagerin, die das Eis brachte, starrte zuerst dauernd in unsere Richtung, dann sah sie betont weg.

Schließlich hörte Bev auf zu weinen, schniefte ein paarmal und sagte: »Es ist wegen Jane ...«

Ihre Stimme hatte einen fragenden Tonfall, als müßte ich wissen, wer Jane war. Ich wußte es nicht. Ich wartete.

»Meine Schwester. Jane. Jane Stevenson. Sie ist heute morgen gestorben.«

Ich gab die üblichen Äußerungen von mir, die Bev kaum wahrnahm. Sie redete nämlich schon weiter. »Genaugenommen ist sie es nicht. Heute morgen gestorben, meine ich. Sie ist irgendwann am Wochenende gestorben. Vermutlich Samstag nacht. Aber keiner hat was gemerkt ... ich hätte sie Sonntag besuchen können. Ich hab' sogar daran gedacht. Normalerweise besuche ich sie sonntags – nicht jeden Sonntag, meine ich, aber wenn ich sie besuche, dann sonntags. Wieso habe ich es nur nicht getan?«

Sie schaffte es, nicht wieder zu weinen. »Ich hatte wirklich vor, sie am Sonntag zu besuchen, aber ... Ach, seien wir ehrlich, sie war einfach anstrengend. Es gibt Menschen, die einem auf die Nerven gehen, wenn man ihnen länger zuhört. So war sie immer. Letztes Jahr habe ich sie mit in Urlaub genommen, und danach war ich erschöpfter als vorher, bloß vom Zusammensein mit ihr. Sie hat dauernd gejammert, sich dauernd schlecht gefühlt ... aber ... aber sie fühlte sich wirklich schlecht. Sie war krank. Sie litt an kongestiver Herzinsuffizienz. Weißt du, was das ist?«

Ich wußte es nicht, nicht genau.

»Tja, ich weiß es auch nicht genau. Sie hatte ihr ganzes Leben

Herzbeschwerden, fast, aber es wurde schlimmer. Sie war immerzu aufgedunsen. Ihre Handgelenke und Fußknöchel und ihr Gesicht waren aufgedunsen, und sie kam manchmal schon außer Atem, wenn sie vom Schlafzimmer in die Küche ging. Es war nicht zu heilen, außer durch eine Herztransplantation, aber von dem Gehalt im öffentlichen Dienst kann man sich keine Herztransplantation leisten. In letzter Zeit hatte sie öfter beteuert, sie würde gesund werden, aber mir war klar, daß sie selbst nicht dran glaubte. Manchmal redete sie eine Minute lang darüber, und anschließend beklagte sie sich fünf Minuten lang. Daher wußte ich, daß sie selbst nicht glaubte, was sie da sagte.«

»Sie war im öffentlichen Dienst?«

Bev putzte sich die Nase und nickte heftig. »Ja. Im Wasseramt. Sie hat sehr gern da gearbeitet. Weißt du, wo die sitzen?«

Ich wußte es. Im untersten Geschoß des so herrlich raumverschwenderischen Gebäudes der Stadtverwaltung. Die Mitarbeiter des Wasseramtes konnten von ihren Schreibtischen aus auf einen in der Mitte gelegenen Teich blicken, in dem manchmal ein Springbrunnen sprudelte und manchmal nicht, je nachdem, ob ihn jemand angedreht hatte oder nicht.

»Sie hat gesagt, dort könnte sie besser atmen. Fast der einzige Ort, wo sie überhaupt noch atmen konnte. Wenn der Springbrunnen an war ... die vielen negativen Ionen, sagte sie immer. Aber natürlich war es nur eine Frage der Zeit, bis ...«

»Dann kam es also nicht plötzlich und unerwartet«, sagte ich.

Bev schüttelte den Kopf. »Nein. Außer ...«

»Das ist wirklich für jeden die schlimmste Todesart«, sagte ich. »Es heißt zwar immer, ein plötzlicher Tod ist schlimm – und natürlich ist ein plötzlicher Tod immer unerwartet –, aber wenn es so lange dauert, dann wünscht sich einfach jeder, daß es endlich vorbei ist, und wenn es dann soweit ist, hat man Schuldgefühle ...«

Bev lachte leise, schniefte und putzte sich wieder die Nase. »Ich habe keine Schuldgefühle. Darum geht es nicht. Es ist bloß ...« Sie schüttelte den Kopf. »Deb, du wirst mir nicht glauben.«

»Das wird sich zeigen.«

»Ich glaube nicht ... ich glaube nicht, daß sie eines natürlichen Todes gestorben ist. Ich glaube nicht, daß sie an Herzversagen gestorben ist. Ich glaube, sie wurde ermordet.« Sie wischte sich über die Augen. »Ich hab' gewußt, daß du mir nicht glaubst.«

»Ich habe nicht gesagt –«

»Ich weiß. Aber es stimmt doch, oder? Du glaubst mir nicht.«

»Hör auf, mir zu sagen, was ich glaube«, sagte ich ohne jeden Vorwurf. »Ich weiß nicht, was ich davon halten soll. Du hast mir noch gar nichts Näheres erzählt. Ich kann mir keine Meinung bilden, solange ich die Beweislage nicht kenne.«

»Ich dachte, du hättest vielleicht schon davon erfahren. Die Polizei war ja da.«

»Bev«, sagte ich, »es gibt rund neunhundert vereidigte Beamte bei der Polizei von Fort Worth. Wenn ich die Berichte von allen lesen wollte, käme ich zu nichts anderem mehr. Ich weiß über die Sache nur das, was du mir gerade erzählst. Ich weiß nicht, ob du recht oder unrecht hast, weil ich eben nichts darüber weiß. Wenn du mir erklären würdest –«

»Ja.« Sie spielte mit dem Trageriemen an ihrer Handtasche, trank einen Schluck Kaffee aus dem weißen Styroporbecher und verzog das Gesicht. »Ich hab' vergessen, Zucker reinzutun. Also. Wo soll ich anfangen? Es war gestern morgen.«

»Ich dachte, du hättest von Samstag gesprochen.«

»Am Samstag ist sie gestorben. Gestern morgen haben sie sie gefunden.«

»Okay«, sagte ich, als sie nicht weitersprach. Ich wartete. Bev sagte nichts. Sie nippte geistesabwesend an ihrem Kaffee und schien vergessen zu haben, daß kein Zucker drin war. Schließlich setzte ich zu einer Frage an: »Und wer –«

»Ihre Chefin hat sie gefunden«, sagte Bev, die zusammenfuhr, als hätte sie vergessen, daß wir mitten im Gespräch waren. »Doris Cupp. Sie arbeitet im Wasseramt. Also, Jane hat oft krankgefeiert, aber sie hat immer Bescheid gegeben, wenn sie nicht ins Büro gekommen ist. Und als sie um halb zehn noch nicht da war, hat Mrs. Cupp bei ihr angerufen. Jane ist nicht an den Apparat gekommen, und Mrs. Cupp hat sich Sorgen gemacht und ist zu ihr nach Hause gefahren. Sie hat an die Tür geklopft und ist dann ums Haus herum und hat an die Fenster geklopft, na ja, wie man das eben so macht, wenn man jemanden aufwecken will. Sie hat gesagt, daß sie Jane durch ein Fenster sehen konnte.«

»Wo war sie? Jane, meine ich?«

»Im Bett. Zugedeckt. Sie lag auf dem Rücken mit der Bettdecke bis zum Hals.«

»Soll das heißen, Mrs. Cupp brauchte nur durch ein Fenster zu schauen und konnte sie im *Bett* sehen?« Ich war der Meinung, selbst die unvorsichtigste alleinlebende Frau würde dafür sorgen, daß sie nicht so leicht zu sehen wäre. Es sei denn, sie wohnte so weit draußen auf dem Lande, daß sie sich vor Herumtreibern sicher fühlen konnte.

Bev nickte. »Im Bett. Mrs. Cupp war draußen an dem Fenster neben dem Rosenbusch.«

»Hatte Jane denn keine Angst, gesehen zu werden –«

»Natürlich«, fiel Bev mir ins Wort. »Normalerweise wäre es unmöglich gewesen, nachts durch das Fenster zu schauen. Sie haßte es, allein zu leben. Aber mit Zack zusammenzuleben war ihr noch verhaßter als das Alleinleben, mit ihm und seinen schrecklichen Zigarren. Und ich konnte sie nicht fragen, ob sie zu mir ziehen wollte, undenkbar, wegen Larry und den Kindern –«

»Okay, Jane lag also im Bett, und Mrs. Cupp konnte sie dort sehen. Dann müssen die Vorhänge –«

»Sie hat – hatte – diese gepunkteten Schweizer Rüschendinger«, fiel Bev mir wieder ins Wort. »Die sind praktisch hauchdünn, weißt du. Und Rollos, keine Jalousien oder so. Normalerweise ließ sie abends die Rollos runter, aber ...« Sie nahm wieder einen Schluck Kaffee. »Na, jedenfalls konnte Mrs. Cupp sie sehen. Sie hat also ans Fenster geklopft, und natürlich hat Jane sich nicht gerührt, daher dachte Mrs. Cupp, sie hätte vielleicht einen Herzinfarkt gehabt oder so – damit war nämlich durchaus zu rechnen –, und dann ist Mrs. Cupp nach vorn zur Haustür, um zu sehen, ob sie vielleicht offen war, aber sie war verschlossen, und dann ist sie zur Hintertür, und die war nicht verschlossen, also ist sie rein, um zu sehen, ob sie Jane wecken könnte, und … und sie sagte, sobald sie sie gesehen hatte, wußte sie, daß sie tot war, aber sie, na ja, sie hat sie angefaßt, und sie war … sie war kalt und steif.«

»Und das war um welche Uhrzeit?«

»Ziemlich genau um zehn Uhr. Zehn Uhr morgens, meine ich.« In diesem Punkt klang sie ganz sicher.

»Wie groß war deine Schwester?« fragte ich, weil ich daran dachte, daß die Leichenstarre zwischen acht bis zirka zwanzig Stunden braucht, bis sie den ganzen Körper erfaßt hat; um welche Uhrzeit war Jane also gestorben?

»Etwa meine Größe«, sagte Bev.

Sie war etwa 1,68 groß, schätzte ich.

»Aber sie war schwerer. Vielleicht, ich weiß nicht, sie war dick. Zirka 100 Kilo? Das klingt nach zuviel. Aber sie trug etwa Kleidergröße 50.«

Ein derartiges Übergewicht ist für eine Frau, die an kongestiver Herzinsuffizienz leidet, nicht unbedingt empfehlenswert. Eigentlich ist es für niemanden unbedingt empfehlenswert. Bisher hatte ich nichts gehört, das auf etwas anderes hindeutete als auf eine natürliche Todesursache.

»Sie – Mrs. Cupp, meine ich – hat also die Polizei verständigt und dann mich angerufen. Von einem Nachbarhaus aus, weil sie die Hintertür beim Reingehen geschlossen hatte, und dann, als sie durch die Haustür nach draußen gegangen war, um etwas frische Luft zu schnappen – im Haus hat es nämlich ziemlich schlecht gerochen – ist die Haustür hinter ihr ins Schloß gefallen. Ich … ich habe nämlich Sanchez gerade noch abgefangen, als er da rausfahren wollte, und ich hab' ihn gebeten, mich mitzunehmen. Er wollte erst nicht, aber ich habe gesagt, ich bin die Schwester, und da hat er sich bereit erklärt. Du kennst doch Sanchez, nicht?«

Ich nickte. Wenn es Mord gewesen wäre, hätte Gil Sanchez,

ein Ermittler von der Gerichtsmedizin, das herausgefunden. Oder ... »Ist Habib auch hingefahren?« fragte ich.

Bev schüttelte den Kopf. »Nein. Der Neue. Davisson. Kennst du ihn?«

»Ich hab' von ihm gehört.« Ich hatte Davisson noch nicht kennengelernt. Er war erst seit drei Wochen in Fort Worth. Er war zugelassener Arzt, aber noch kein zugelassener Pathologe, was bedeutete, daß er als stellvertretender Gerichtsmediziner sozusagen auf Probe war. Wenn er die Prüfung zum Pathologen bestand, hatte er den Job, es sei denn, er hatte es sich bis dahin mit zu vielen Leuten verscherzt, und wenn er die Prüfung nicht bestand, würde man ihn höflich bitten, die Kurve zu kratzen, wie so viele andere vor ihm.

»Okay«, sagte ich, »du und Sanchez und Davisson seid also hingefahren, und Mrs. Cupp und die Polizei waren schon da. Draußen vorm Haus?«

»Nein«, sagte sie. »Der Streifenpolizist – seinen Namen hab' ich nicht mitbekommen – hatte es irgendwie geschafft, die Haustür aufzubekommen. Er hat gesagt, das Schloß wäre nicht sehr gut. Er hat sie mit seinem Polizeiausweis geöffnet.«

Was bedeutete, daß Jane Stevenson kein Sicherheitsschloß gehabt hatte. Was wiederum bedeutete, daß Jane Stevenson entweder nicht sehr clever oder um einiges vertrauensvoller gewesen war, als ich es bin.

»Alle sind also ins Haus«, sagte ich. »Und was dann?«

Bev nickte.

Ich hielt das nicht für eine Antwort, jedenfalls nicht auf die Frage, die ich gestellt hatte. »Wie hat es im Haus ausgesehen?«

»Genau wie immer.«

Auch das war keine richtige Antwort. »Wie sieht es denn immer im Haus aus?«

»Sauber. Ordentlich. Aufgeräumt. Sie hat ... Jane hatte ihren Haushalt immer in Schuß.«

»Und sie lag im Bett, in ihrem Nachthemd, die Decke hochgezogen bis zum Hals?«

Bev nickte wieder.

»Und es war alles wie immer, außer daß die Rollos nicht runtergelassen oder die Hintertür nicht verschlossen war.«

»Das habe ich nicht gesagt«, erwiderte Bev.

»Was denn? Was war nicht wie immer?«

»Na das, natürlich«, sagte sie unbestimmt.

»*Was* das?«

»Ich meine, sie hat *nie* die Hintertür benutzt, und sie hat *immer* die Rollos runtergelassen, aber wenn sie gerade ins Bett gehen wollte und einen Herzinfarkt oder so hatte, hätte sie möglicherweise nicht daran gedacht, sie runterzulassen, aber ich glaube doch. Sanchez und Davisson haben gesagt, es wäre nichts Ungewöhnliches festzustellen. Sie hatte eine Arztrechnung auf dem Tisch liegen, und Sanchez hat den Arzt angerufen, und der hat gesagt, damit wäre absolut zu rechnen gewesen, sie hätte jederzeit sterben können.«

»Bev«, sagte ich so geduldig ich konnte, »ich versteh' ja, daß es für dich ein Schock war, daß deine Schwester so plötzlich gestorben ist. Aber nach dem, was du mir erzählst, kann ich da nun wirklich nichts Ungewöhnliches –«

»Du hast mich nicht ausreden lassen.«

»Tschuldigung«, sagte ich kleinlaut, während ich mit meinem Löffel spielte und zusah, wie die Eiscreme schmolz. Es war Oktober und die Klimaanlage daher abgeschaltet, aber die Fassade des Gebäudes bestand gänzlich aus Glas, und offenbar hatte niemand der Sonne erklärt, was sie im Oktober zu tun hatte.

»Deb, sie lag auf dem Rücken.«

»Viele Leute –«

»Nicht mit kongestiver Herzinsuffizienz«, sagte Bev bestimmt. »Sie hätte sich nie auf den Rücken gelegt. Sie hat immer gesagt, daß sie keine Luft bekam, wenn sie auf dem Rücken lag.«

»Aber Bev, wenn sie … Wenn es mit ihr zu Ende ging, ist es doch möglich, daß sie sich einfach nur schwach gefühlt und zum Bett gegangen ist, um sich hinzulegen, und daß sie einfach keine Zeit mehr hatte, sich vom Rücken auf die Seite zu drehen.«

»Aber sie hatte genug Zeit, die Bettdecke hochzuziehen.«

Ich sagte nichts. Darüber mußte ich nachdenken.

»Sie hätte sich auf die Seite gerollt, bevor sie die Decke hochgezogen hat«, sagte Bev. »Ich weiß das. Ich hab' dir erzählt, daß ich letztes Jahr mit ihr in Urlaub gefahren bin. So hat sie es immer gemacht. Genaugenommen hat sie sich nie auf den Rücken gelegt. Wenn sie sich ins Bett gelegt hat, dann gleich so ein bißchen schräg, so daß sie sofort auf der Seite zu liegen kam. Und einmal, mitten in der Nacht, ist sie im Schlaf versehentlich auf den Rükken gerollt, und sie hat angefangen zu keuchen und ist sofort wach geworden.«

»Falls das wieder passiert ist und sie nicht schnell genug wach geworden ist –«

»Als sie angefangen hat zu keuchen, hat sie auch angefangen, um sich zu schlagen. Das ganze Bett war zerwühlt. Deb, sie hat sich nicht auf den Rücken gelegt und die Decke bis zum Kinn hochgezogen und ist eines natürlichen Todes gestorben. Das kann einfach nicht sein. Ich habe das Bett gesehen. Sie hätte sich nicht mal reinlegen können, ohne das Bett in Unordnung zu bringen, geschweige denn darin sterben, ohne es in Unordnung zu bringen. Irgend jemand hat sie ins Bett gelegt, als sie schon tot war. Da bin ich ganz sicher.«

»Hast du mit Habib darüber gesprochen?«

»Ja, aber ...«

»Was hat er gesagt?«

»Er hat gesagt, es ist Davissons Fall«, sagte Bev bitter. »Deb, sie war meine *Schwester*. Es ist mir egal, wessen Fall das ist. Ich will einfach die Wahrheit wissen.«

»Laß mich mal kurz überlegen«, sagte ich.

Zugegeben, Ärzte ziehen nicht gern das Urteil von Kollegen in Zweifel. Aber es gibt schließlich so etwas wie eine zweite ärztliche Meinung, die man einholen kann, und obwohl Bev wenig in der Hand hatte, so hatte sie dennoch genügend Veranlassung, begründeterweise um eine solche zweite Meinung zu bitten. Vielleicht, wenn wir es Habib gegenüber so formulierten ...

Wir redeten noch eine Weile. Schließlich beschloß ich, Bev zum Büro des Gerichtsmediziners zu begleiten und selbst ein Wörtchen mit Habib zu reden. Andrew Habib ist zwar nicht der Oberboß der Gerichtsmedizin; er ist selbst stellvertretender Gerichtsmediziner, aber mit Habib arbeite ich normalerweise zusammen, und er hat zumindest genug Einfluß, um sich eine Diskussion mit Davisson leisten zu können.

Es diskutiert sich leichter von oben nach unten als von unten nach oben.

Habib spielte mit einem Bleistift, den er auf der Hand balancierte, summte ausnahmsweise mal nicht, sondern hörte zu. Als ich fertig war, sagte er: »Wer genehmigt das?«

»Sie können –«, setzte ich an

»Ich kann –«, setzte Bev an.

Angesichts seines Gesichtsausdrucks verstummten wir beide.

Habib schüttelte den Kopf. »Tut mir leid«, sagte er. »Wenn es irgendwelche Indizien für einen unnatürlichen Tod gäbe oder wenn die Verstorbene nicht unter regelmäßiger medizinischer Betreuung gestanden hätte, könnte ich es genehmigen. Aber weder die Polizei noch unsere Gerichtsmediziner haben irgendwelche Verdachtsmomente festgestellt. Mrs. Stevenson ist vier Tage vor ihrem Tod beim Arzt gewesen – einem Herzspezialisten –, und der hat gesagt, es hätte jederzeit passieren können. Damit habe ich keinerlei Grund, eine Obduktion anzuordnen. Wenn es nach Mord aussähe, schon, aber dem ist nicht so, und ich kann es nicht. Und, Beverly, Sie können keine Obduktion genehmigen, weil Sie nicht die nächste Verwandte sind.«

»Und ob ich das bin.« Bev klang entrüstet.

Habib schüttelte den Kopf. »Genetisch, ja. Aber nicht gesetzlich. Sie war verheiratet.«

»Aber sie haben nicht mehr zusammengelebt, seit –«

»Trotzdem war sie verheiratet. Finden Sie ihren Mann – schnell –, und bringen Sie ihn dazu, eine Obduktion zu beantragen, und ich mache es. Höchstpersönlich, wenn Sie möchten. Aber das ist die einzige Möglichkeit.«

Als er die Tränen in Bevs Augen sah und mein vermutlich wütendes Gesicht, fügte er hinzu: »Es tut mir leid. Aber die Gesetze müssen eine Menge Leute schützen. Und das ist manchmal für andere Leute sehr ungünstig.«

»Und manchmal kommen Mörder deswegen ungeschoren davon?«

»Manchmal ja«, gab Habib zu. »Und das wird immer so sein. So ist es nun mal.«

»Haben Sie ihren Leichnam gesehen?« wollte Bev wissen.

Er schüttelte den Kopf.

»Warum schauen Sie ihn sich dann nicht mal an?«

»Was sollte das bringen? Wenn Davisson nichts gesehen hat und Sanchez nichts gesehen hat und die Polizei –«

»Es ist kein Detective rausgefahren«, unterbrach ich ihn. »Nur ein Streifenbeamter. Er hat ein paar Polaroidaufnahmen gemacht, und das war's. Ich weiß nicht, wer es war, aber Sie wissen ja, wie unerfahren viele von unseren Streifenpolizisten sind. Und Davisson –«

»Hat schon mal Leichen gesehen«, sagte Habib. »Außerdem würde ich Sanchez nicht unbedingt als unerfahren bezeichnen.«

Ich auch nicht. Aber dank meines Wissens, daß Habib zu den neugierigsten Sterblichen zählt, die ich kenne, konnte ich ihn überreden, sich den Leichnam einmal anzusehen.

Ich überredete ihn, mich mitzunehmen.

Bev fand, daß sie darauf verzichten konnte, uns zu begleiten. Was ich gut nachvollziehen konnte. Nur schwer nachvollziehen konnte ich dagegen, daß sie in der Lage war zu arbeiten, wo sie doch wußte, daß die Leiche ihrer Schwester drei Räume weiter in einer Kühlkammer aus Glas und Stahl lag.

Normalerweise wäre der Leichnam nicht in der Leichenhalle. Normalerweise wird der Leichnam nach einem Tod, an dessen Ursache keinerlei Zweifel besteht, sofort von einem Leichenbestatter abgeholt – doch in diesem Fall war das noch nicht erfolgt, weil Jane Stevensons Mann erst noch ausfindig gemacht werden mußte.

Das kalte Miasma der Leichenhalle ist mir vertrauter, als mir lieb ist. Doch diesmal gab es nichts besonders Erschreckendes zu sehen. Nur den schwammigen Körper, den schlaffen Mund, die halb geöffneten Augen einer äußerst fettleibigen Frau mit käsiger Gesichtsfarbe und grauem Haar, das unvorteilhaft kurz geschnitten war. Rein gar nichts, das darauf hindeutete, daß sie nicht friedlich im Schlaf gestorben war. Keine Blutergüsse, keine Verletzungen, keinerlei Spuren irgendwelcher Art.

Habib schüttelte den Kopf. »Für eine Obduktion gibt es keinen Grund«, sagte er.

»Aber Bev ist eine ziemlich gute Sekretärin, oder?« sagte ich in meinem gewinnendsten Tonfall. »Um sie bei Laune zu halten ...«

Habib seufzte. »Finden Sie den Mann dieser Frau. Ich kümmere mich darum, daß der Staat die Obduktion bezahlt, aber mehr kann ich nicht tun. Sie müssen den Ehemann finden und ihn dazu bringen, sie zu beantragen. Oder ihr zumindest zuzustimmen.«

»Irgendwer muß ihren Mann ohnehin suchen«, stellte ich klar. »Irgend jemand aus Ihrem Büro sollte –«

»Sanchez ist schon dabei«, unterbrach er mich.

»Dann suche ich Sanchez.«

Ich fand Sanchez und begleitete ihn, ohne in meinem Büro Bescheid zu geben, so daß mir keiner sagen konnte, ich sollte zurückkommen und mit meiner eigentlichen Arbeit weitermachen.

Gegen halb fünf hatten Sanchez und ich Zack Stevenson bereits ausfindig gemacht. Es war eigentlich nicht weiter schwierig; er war nicht als vermißt gemeldet gewesen, er war bloß ein Ehemann, der aus einer Ehe ausgestiegen war, die weder er noch Jane unbedingt fortsetzen wollten, obwohl beide keinen Wert auf eine Scheidung gelegt hatten, weil weder er noch Jane sich für jemand Neues interessiert hatten. Er war Lkw-Fahrer bei Charles's Chips. Sein Büro teilte uns seine Strecke mit, und wir fuhren sie einfach ab. Der hellbraun lackierte Lkw war schwer zu übersehen.

Sanchez überließ es feigerweise mir, die Nachricht zu überbringen. Als ich Stevenson mitteilte, daß Jane tot war, sagte er: »Ach verdammt«, ohne besonders überrascht zu wirken. Er wischte sich mit dem rechten Zeigefinger über den Winkel des linken Auges und sagte wieder: »Ach verdammt. Ich wußte, daß es passieren würde. Ich habe versucht, sie dazu zu bringen, mich wieder einziehen zu lassen – sie konnte sich doch nicht mehr allein um das Haus kümmern, in ihrer Verfassung –, aber sie wollte nichts davon hören. Hat gesagt, vorbei ist vorbei. Ich hab' gesagt, ich würde auf der Couch schlafen, ich wollte ihr bloß helfen, aber sie hat gesagt, sie bräuchte keine – überhaupt keine – Hilfe von mir. Hat gesagt, sie würde wieder gesund und es allen zeigen. Ich hab' gewußt, daß das nicht passieren würde, und sie hat es auch gewußt.«

»Bev glaubt, jemand könnte sie ermordet haben«, sagte ich.

Er starrte mich ziemlich verständnislos an. »Wieso hätte das denn irgendwer tun sollen?«

Ich hielt das für eine berechtigte Frage. Es war eine Frage, die ich auch Bev fast gestellt hätte. Cui bono? Anscheinend würde niemand großartig vom Tod dieser Frau profitieren. Eine kleine Lebensversicherung durch die Stadt – wahrscheinlich kaum ausreichend, um sie zu bestatten, weil bestimmt niemand einen Menschen in ihrer körperlichen Verfassung hatte versichern wollen. Sie besaß das Haus, in dem sie wohnte, hatte Bev gesagt, aber das mußte nicht unbedingt stimmen. Sehr wahrscheinlich hatten Jane und ihr Mann es zusammen gekauft.

Ich fragte.

»Das läuft auf ihren und meinen Namen«, sagte Zack, »aber was spielt das für eine Rolle? Jane hat überlegt auszuziehen, sich eine Wohnung in der Innenstadt zu nehmen, wo sie niemanden für die Gartenarbeit bezahlen müßte, weil sie die natürlich nicht selbst machen konnte, aber sie hatte sich noch nicht entschieden. Ich hab' ihr gesagt, wenn sie sich dazu entschließen würde, würde ich wieder ins Haus ziehen, bis wir es verkaufen könnten, und dann würden wir das Geld teilen. Wieso wollen Sie das wissen? Ich meine, was spielt das für eine Rolle? Es ist bloß ein Haus. Wir haben es letztes Jahr abbezahlt. Es ist bestimmt nicht viel wert, nicht in der Gegend. Jedenfalls hätte sie wohl keiner wegen dem Haus umgebracht. Falls doch, könnte der Mörder nicht dran. Es ist mein Haus, jetzt, wo sie tot ist. Aber es ist nicht viel wert. Und Kinder haben wir auch keine. Ging nicht wegen ihrer Herzgeschichte.«

»War ihr Herz immer so schlecht?« wollte ich wissen, weil ich gern eine Bestätigung für Bevs Darstellung haben wollte.

Zack nickte. »Ja. An die vierzehn Sachen waren damit nicht in Ordnung. Als Kind hat sie Gelenkrheuma gehabt, und dabei hat man festgestellt, daß auch noch was anderes bei ihr nicht in Ordnung war. Sie mußte immer ganz vorsichtig sein. Konnte nie viel machen – wenn sie mal irgendwohin zu Fuß gehen wollte, lief sie richtig blau an.«

Sanchez fragte, ob sie versichert war. Das war nett von ihm. So mußte ich nicht fragen.

»Ja, aber ich schätze, das bißchen kriegt Bev«, sagte Zack. »Jane hat mir erzählt, sie hat die Versicherung so abgeschlossen, daß ihre Rechnungen und ihre Beerdigung bezahlt würden und Bev dann das kriegen würde, was übrigbleibt. Ich fand das okay. Bev war ihre kleine Schwester.«

Falls Zack die Genehmigung für die Autopsie verweigern würde, nachdem ich ihm den Grund erklärt hatte, würde ich beschließen, daß er zu gut war, um wahr zu sein. Aber er tat es nicht. Er sagte bloß, mit sehr besorgter Stimme: »Übernimmt denn ihre Versicherung die Kosten? Ich kann mir das nämlich nicht leisten –«

»Die Kosten sind gedeckt«, sagte Sanchez zu ihm, ohne ins Detail zu gehen.

»Dann von mir aus«, sagte Zack. »Ich weiß bloß nicht, was Sie sich davon versprechen. Sie war praktisch ihr ganzes Leben todkrank. Alle, die sie kennen, wissen das.«

Er unterschrieb auf allen gepunkteten Linien, wo Sanchez ihn bat zu unterschreiben, einschließlich dort, wodurch er Beverly

Hart mit der Beerdigung betraute. Sanchez und ich fuhren zurück zur Gerichtsmedizin und überreichten Habib die Papiere.

»Ich mache das gleich morgen früh als erstes«, sagte Habib in einem recht resignierten Tonfall und ohne auch nur im geringsten zu summen, was, wie ich vermutete, darauf schließen ließ, daß er sich keinen Deut für diesen Fall interessierte.

Ich ging zu Beverly und sagte es ihr. Sie dankte mir und fing wieder an zu weinen.

Ich fragte sie noch immer nicht, warum irgend jemand ihre Schwester hätte ermorden wollen. Ich war sicher, daß Habib am nächsten Morgen gleich als erstes herausfinden würde, daß niemand ihre Schwester ermordet hatte, daß Jane Stevenson eines vollkommen natürlichen Todes gestorben war.

Das dachte ich.

Und jetzt, um zirka zehn nach acht am Mittwoch morgen, schrie Dr. Habib mich am Telefon an. Schrie, daß es kein *(Auslassung)* natürlicher Tod war, daß die Frau an einem *(Auslassung)* Genickbruch gestorben war.

Kapitel 2

Es gibt nichts Schlimmeres, als verspätet zu einem Tatort zu kommen, dachte ich brummig, und dann rief ich mir in Erinnerung, daß es nicht so schlimm war, wie es hätte sein können. Es war weiß Gott nicht das erste Mal in der Geschichte der Menschheit, daß ein Mord als natürlicher Tod durchgegangen war, bis irgendwer anfing, der Sache auf den Grund zu gehen.

Zum Beispiel Napoleon; vom Augenblick seines Todes an wurde gemunkelt, daß er vergiftet worden war, doch erst gegen Ende des 20. Jahrhunderts wurde der Beweis dafür erbracht, und bis heute steht nicht fest, wer ihm das Gift verabreicht hat, obschon verschiedene Autoren überzeugende Spekulationen angestellt haben. Aber bei Gift ist das häufig so; es bleibt nicht deshalb so oft unentdeckt, weil es schwer zu beweisen ist, sondern weil es selten vermutet wird. Viele Morde aus Habsucht wären nie aufgeklärt worden, wenn die Mörder nicht so gierig gewesen wären, daß sie die gleiche Methode immer wieder anwendeten.

Ein anderes Beispiel ist die Frau in Frankreich, die Babysitterin, die man den Todesengel nannte. Als endlich jemand so mißtrauisch wurde, daß er anfing, sie zu beobachten, hatte sie schon rund zwanzig Babys und Kleinkinder erwürgt, angefangen mit ihren eigenen. Alle sechs. Über einen Zeitraum von etwa vierzehn Jahren.

Tatorte waren keine mehr da, als man ihr schließlich auf die Spur kam, bis auf den jüngsten, als sie in flagranti erwischt wurde. Nur jede Menge kleine Skelette mit zertrümmertem Zungenbein.

Zertrümmerte Zungenbeine genau wie das von Jane Stevenson.

Warum, um alles in der Welt, hat jemand den Wunsch, so viele Babys umzubringen? Nicht aus Habsucht; selbst die Kinder des Todesengels waren nicht versichert gewesen. Auch nicht, um sich der anstrengenden Kinderbetreuung zu entziehen; die Mörderin bettelte geradezu darum, sich um die Babys anderer Leute kümmern zu dürfen. Ich konnte mir nicht vorstellen, was für ein Motiv sie gehabt haben mochte. Aber Gott sei Dank war das ja nicht mein Fall.

Jane Stevenson war mein Fall und offenbar genauso motivlos.

Warum, um alles in der Welt, sollte jemand eine todkranke Frau ermorden wollen? Wenn – was so gut wie sicher schien – niemand finanziell von ihrem Tod profitierte? Und wenn sie keine Erpresserin war, aber Angestellte im Wasseramt kommen für gewöhnlich nicht hinter solche Geheimnisse, die zu Erpressung führen könnten.

Diebstahl? Ein Einbrecher, auf frischer Tat ertappt? Aber wieso wurde sie dann in ihrem Bett gefunden …

Dieser Fall – jetzt war es ein Fall – fing an, mir Kopfschmerzen zu bereiten.

Ich ging zum Erkennungsdienst, um zu fragen, wer mit mir noch einmal zum Tatort fahren könnte. Irene Loukas war, wer hätte das gedacht, nicht im Dienst. Sie war nicht krankgeschrieben, hatte auch keinen Mutterschaftsurlaub, sondern einfach nur Urlaub. Sie nimmt sich selten Urlaub; offenbar hält sie nicht viel davon. Das heißt: für sich selbst. Es war kein langer Urlaub. Auf dem Dienstplan am Schwarzen Brett stand, daß sie morgen wieder dasein würde.

Bob Castle saß in seinen Sessel zurückgelehnt, die Füße auf dem Schreibtisch, und schaute sich durch ein Vergrößerungsglas, das aussieht wie eine Kombination aus Taschenlampe und Minimikroskop, latente Fingerabdrücke an. Er behauptet, wenn man eine Bifokalbrille trägt, kann man Fingerabdrücke nur in dieser Haltung halbwegs erkennen. Er wirkte nicht, als wollte er gestört werden, und ich wollte ihn nicht stören. Der Name auf der Fingerabdruckkarte, mit der er die latenten Abdrücke verglich, deutete darauf hin, daß er dabei war, eine Serie von Einbrüchen zu klären.

Also fragte ich Sarah Collins, die für eine Mitarbeiterin des Erkennungsdienstes einen relativ unbeschäftigten Eindruck machte – sie sortierte Fingerabdruckkarten ein, was niemand besonders gern tut –, ob sie mich begleiten würde. Sarah ist erst knapp acht Monate beim Erkennungsdienst, aber sie hat mehrere Jahre Erfahrung bei der uniformierten Abteilung. Sie war probeweise in der Undercoverabteilung, weil man hoffte, sie mit ihren Erfahrungen vom Streifendienst als verdeckte Ermittlerin einsetzen zu können, aber es stellte sich heraus, daß sie eine zu einprägsame Erscheinung war. Sie gehört zu den Frauen, die sich selbst dann noch bewundernde Pfiffe einhandeln, wenn sie in einem ausgebeulten blauen Overall mit einer .357er Magnum mit einem 15 Zentimeter langen Lauf am Gürtel und einer abgesägten Schrotflinte in der Hand die Straße entlanggehen. Ich glaube, sie ist eine Mischung aus schwarz, weiß, Cherokee und Asiatin, was so gut wie nichts, was ich mir vorstellen kann, zu wünschen übrigläßt. Sie hat lockiges, rotbraunes Haar, grüne Augen und eine Haut, die aussieht, als wäre sie in einem permanenten Zustand ausgezeichneter Sonnenbräune, obwohl sie mir erzählt hat, daß sie sich morgens vor dem Aufstehen mit Lichtschutzfaktor 15 eincremt. Sie sagt, ich könnte mir nicht vorstellen, wie schnell sie einen Sonnenbrand bekommt. In Wahrheit kann ich es mir vorstellen, aber das ist eine andere Geschichte.

»Möchtest du, daß ich in deinem Wagen mitfahre oder daß ich hinter dir herfahre?« fragte Sarah.

Ich zuckte die Achseln. »Die Sache ist die, daß ich nicht weiß, ob da überhaupt noch viel zu tun ist.«

»Dann fahre ich besser hinter dir her«, sagte Sarah. »Könnte ja sein, daß eine von uns früher weg muß. Jedenfalls komme ich lieber mit zuviel Ausrüstung als mit zuwenig.«

Da ich selbst einmal im Erkennungsdienst war, wußte ich, was sie damit meinte. Sie brauchte auf jeden Fall eine Kamera: obwohl die Leiche längst nicht mehr da war, würden wir den gesamten Tatort sorgfältig fotografieren. Sie brauchte auf jeden Fall Lineale und Maßbänder und Millimeterpapier, für Messungen und Skizzen am Fundort. Sie brauchte auf jeden Fall Behältnisse und Geräte für das Sammeln von Beweisstücken, also Plastiktüten in zwei oder drei Größen, Kartons, Etiketten und so weiter sowie verschiedene Pinzetten, Zangen und Plastikhandschuhe. Sie brauchte auf jeden Fall die Ausrüstung, um latente Fingerabdrücke sichtbar zu machen und zu sichern, also Einstäubemittel und Sprays und Klebeband und Folien und Kameras in zwei Größen neben der für die allgemeinen Fotos. Sie brauchte eventuell Gips für Fußabdrücke. Sie brauchte eventuell –

Ach, egal. Entscheidend war, daß sie den ganzen Kram im Kofferraum und auf der Rückbank ihres Dienstwagens hatte. Und es war sicherlich einfacher für sie und auch für mich, wenn sie mit dem Wagen zum Fundort fuhr, als den ganzen Kram erst in meinen und dann wieder in ihren zu laden.

Jane Stevensons kleines Holzhaus, von dessen Bretterfassade die weiße Farbe blätterte und dessen graue, morsche Veranda mit Staub bedeckt war, lag in einer kleinen Nebenstraße von Rosedale in einem nach meinem Dafürhalten etwas heruntergekommenen Stadtteil. Das erhöhte die Wahrscheinlichkeit, daß sie von einem Einbrecher ermordet worden war. Oder vielleicht …

Ich überquerte den kleinen, ungemähten, von Unkraut durchwachsenen Rasen und bemerkte dabei die unbeschnittenen, wuchernden Rosen, die an der wackeligen Pergola hochrankten und nach der Sommerhitze im Oktober wieder in Blüte standen. Als ich neben der Verandaschaukel stand, die verloren an einer Kette hing, und den Schlüssel ins Schloß steckte, den Bev mir gegeben hatte, kam mir plötzlich ein Gedanke, den ich womöglich schon früher gehabt hätte, wenn Habib mich am Telefon nicht so angeschrien hätte.

Ihr Telefon war noch nicht abgeschaltet worden. Ich wartete, während Sarah es auf Fingerabdrücke hin einstäubte – mit an Sicherheit grenzender Wahrscheinlichkeit eine völlig sinnlose Übung, da wir wußten, daß der erste Beamte am Fundort es benutzt hatte –, dann rief ich Habib an.

Nein, Jane Stevenson war nicht vergewaltigt worden. Wie nett von mir zu fragen. Ob ich mir denn nicht denken könnte, daß er es mir mitteilen würde, wenn sie vergewaltigt worden wäre?

»Andrew«, sagte ich halblaut, »wer von uns hat denn um eine Autopsie gebeten?«

Ich legte den Hörer ordentlich wieder auf, bevor Habib dazu kam, mich anzubrüllen. Ich war ihm nicht nur eine Nasenlänge voraus gewesen, sondern hatte auch noch den Begriff *Autopsie* benutzt, den er nicht ausstehen kann, da das Wort, wie er behauptet, Selbstoperation bedeutet. Er bevorzugt den Begriff *Obduktion*.

Man beachte, daß er nicht gefragt hatte – womit ich auch nicht gerechnet hatte –, wieso ich meinte, daß jemand eine ausgesprochen ungepflegte Frau mit Kleidergröße 50 würde vergewaltigen wollen. Ich hatte Seminare über sexuelle Gewaltverbrechen besucht, und er war schon seit geraumer Zeit stellvertretender Gerichtsmediziner. Vergewaltigungsopfer – nicht unbedingt in Fort Worth, sondern welche, von denen man in Seminaren über sexuelle Gewaltverbrechen erfährt – rangieren im Alter von zwei Monaten (ja, *Monate*) bis zu vierundneunzig Jahren und älter, mit so kleinen Körpergrößen, daß man es für unmöglich halten würde (ja, das Baby ist gestorben), oder so umfangreicher Leibesfülle, daß man meinen würde, nur ein Pornofilmstar würde die besagte Stelle erreichen. Vergewaltigung ist kein Verbrechen aus sexueller Leidenschaft. Es ist ein Verbrechen aus Brutalität und Haß.

Aber Jane Stevenson war nicht vergewaltigt worden. Somit blieb mir wieder mal nichts anderes übrig, als über ein mögliches Motiv nachzudenken. Man braucht natürlich kein Motiv, um einen Täter zu verurteilen, aber die Frage nach dem *wer* ist ganz sicher leichter zu beantworten, wenn man weiß, *warum*.

Ich stand in dem altmodischen Haus einer alten Dame. Das wurmte mich, weil ich mich nicht als alte Dame sehe, nicht mit dreiundvierzig, was mein Alter an diesem Tag war. Mein *genaues* Alter. Es war mein Geburtstag, und es hatte keiner auch nur davon Notiz genommen, was für mich am Morgen, noch bevor Dr. Habib anfing, mich anzubrüllen, nicht gerade Anlaß zur Freude gewesen war.

Jedenfalls sehe ich mich nicht als alte Dame, und ich sehe auch Bev, die knapp zwei Jahre älter ist als ich, nicht als alte Dame. Ich wußte, daß Jane nur ein oder zwei Jahre älter als Bev gewesen war. Sie war noch keine Fünfzig gewesen. Aber ihr Haus ließ an eine Frau denken, die noch einmal um die Hälfte älter war, als sie wirklich war, wenn nicht gar doppelt so alt.

Ich wußte, sie hatte keine Kinder gehabt; ihr Mann hatte es mir erzählt, und Dr. Habib ebenfalls, als er damit fertig war, mich wegen ihres Genickbruchs anzubrüllen. Ich wußte, sie und Zack hatten allein hier gewohnt, bis Zack auszog – warum, wußte ich nicht. Bev hatte mir nur erzählt, als Dr. Habib mich wieder mit ihr reden ließ, nachdem er mit Brüllen fertig war, daß es in gegenseitigem Einverständnis erfolgt war, und ich hatte Zack nicht gefragt. Ich erinnerte mich allerdings vage, daß Bev Zacks Zigarrenqualm als einen der Gründe genannt hatte.

Das Haus hier sah aus, als hätte sie es fertig eingerichtet von ihrer Großmutter geerbt. Zack hatte mir erzählt, daß sie es gemeinsam gekauft hatten.

Aber es sah trotzdem wie das Haus einer alten Dame aus. Vielleicht hatten sie es möbliert gekauft? Vielleicht hatten sie es gekauft, und dann hatte sie es mit geerbten Möbeln eingerichtet? Ein vorderer Raum, voller dunkler Möbel mit Zierdeckchen auf jeder Abstellfläche. Lampen, die aussahen, als wären sie nie eingeschaltet worden, mit gekräuselten Papierschirmen, die noch immer ihren Zellophanüberzug trugen.

Es war eine Kombination aus Wohn- und Eßzimmer. Von der Haustür aus gesehen, in der ich stand, lag der Wohnzimmerbereich zu meiner Linken. Der Eßbereich, zu meiner Rechten, bestand aus vier unbequem anmutenden polierten Holzstühlen um einen Holztisch, der wohl elegant wirken sollte und auf Hochglanz poliert war. Die einzigen Dinge auf dem Tisch, neben einem Stapel Bücher aus der Bücherei, waren ein weißes Zierdeckchen und das schwarze Telefon mit Wählscheibe, auf dem Sarah, wie ich vermutet hatte, keine brauchbaren latenten Fingerabdrücke gefunden hatte. An den Fenstern hingen die etwas zu langen, weißen, gepunkteten Schweizer Rüschenvorhänge so tief, daß ihr Saum auf den Boden stieß.

Der Raum nebenan war verwirrenderweise das Schlafzimmer, das auch als Diele diente. Das bedeutete, daß man, um von der Küche in den Eßbereich des Wohnzimmers zu gelangen, durch das Schlafzimmer mußte, vorbei an dem Bett, aus dem vermutlich Janes Leichnam entfernt worden war. Selbst dieser Vorgang hatte die rosa geblümten Laken, deren Ecken wie bei einem Bett im Krankenhaus akkurat straff gezogen waren, oder die blaue Decke und die weiße Chenille-Tagesdecke, die am Fußende eingesteckt war, kaum in Unordnung gebracht. Es wirkte alles sehr einengend, sehr unbehaglich, vor allem für eine beleibte Frau. Am Kopfende des Bettes, an der Wand zwischen Schlafzimmer und Küche, stand kein Nachttisch oder dergleichen. Offenbar hatte sie die Fensterbank als Ablage benutzt. Jetzt befand sich nichts darauf, bis auf einen kleinen Holzuntersatz mit Korkbeschichtung. Hatte sie darauf immer ein Glas Wasser abgestellt? War das Glas unter dem Bett?

Ich sah nach. Es war nicht da. Das konnte etwas zu bedeuten haben oder auch nicht.

An der gegenüberliegenden Wand, so daß man auf dem Weg vom vorderen Zimmer zur Küche unweigerlich zwischen ihr und dem Bett hindurch mußte, stand eine klobige, dunkle Eichenkommode, von der langen, niedrigen Sorte mit einem aufgeschraubten Spiegel. Eine Haarbürste, ein Kamm und ein Parfümzerstäuber waren auf der Kommode – genauer gesagt auf einem mit Veilchenmuster bestickten Tischläufer, der die gesamte Länge der Kommode einnahm.

Das letzte Mal, als ich bei der Arbeit an einem Fall einen bestickten Tischläufer sah, war dessen Besitzerin neunundachtzig Jahre alt.

Rechts von der Kommode befand sich ein Wandschrank, dessen Tür offenstand. Kein begehbarer Wandschrank, nur ein kleiner Schrank voller Bügel und Schuhe.

Der säuerliche Geruch nach Krankheit und das alte Rosenaroma von Duftkissen vermischte sich mit dem unbeschreiblichen und unvergeßlichen Geruch des Todes. Lose Schließmuskeln hatten Körperflüssigkeiten freigegeben; der Verfall hatte unverkennbar eingesetzt. Eigentlich nicht, um vor dem Geruch zu fliehen, trat ich in die Küche.

Braunes Linoleum blätterte von der darunter liegenden Teerpappe ab. Eine saubere, schwarz-weiß gekachelte Küchentheke. Etliche kleine Kacheln fehlten, und die Lücken waren mit Mörtel oder Gips aufgefüllt worden. Eine saubere Spüle, weißes Porzellan, von dem der Glanz eifrig abgeschrubbt worden war. Ein alter, aber sauberer blaßgrüner Gasherd. Ein alter, aber sauberer weißer Kühlschrank, ebenfalls gasbetrieben. Ich konnte mich nicht erinnern, wann ich zuletzt so einen gesehen hatte. Ein gelber Resopaltisch, darauf Salz- und Pfefferstreuer im Restaurantstil, darunter zwei Stühle aus Metall und gelbem Plastik. Offenbar hatte sie hier immer gegessen, und nicht in dem steifen Eßbereich. Das war nachvollziehbar. Ich würde das auch so machen, wenn ich ein so geschnittenes Haus hätte. Bloß, daß ich natürlich nicht ein so geschnittenes Haus hätte. Auf dem Tisch oder der Theke lag nichts, das nicht dort hinzugehören schien, in der Spüle rein gar nichts, nichts auf dem Herd außer einer leeren, sauberen Filterkaffeekanne. Eine saubere, aufgeräumte Küche, die die gleiche Botschaft verkündete wie der vordere Raum: Hier hatte eine sehr alte Dame gewohnt.

Wenn man mit Blick in den hinteren Garten in der Küche stand, ging das Badezimmer linker Hand ab. Verblichene rosa Handtücher hingen ordentlich auf Handtuchhaltern. Ein halb verbrauchtes Stück Seife lag in einer Seifenschale neben dem Waschbecken. Ich öffnete das Arzneischränkchen; es enthielt eine nicht unerwartete Ansammlung von rezeptpflichtigen Medikamenten mit Namen, die mir nichts sagten, sowie einige, die mir etwas sagten, und einige der gebräuchlichsten rezeptfreien Medikamente – Aspirin, Magentabletten, Nasenspray, Wick Vaporub. Eingezwängt zwischen Badewanne und Waschbecken stand ein geschlossener rosa Wäschekorb.

Auf dem Badezimmerboden lag braunes, teilweise brüchiges Linoleum, genau wie in der Küche. Eine verblichene, leicht zerknautschte rosa Badematte war das erste Anzeichen für Unordnung, das ich in dem Haus gesehen hatte.

Ich bückte mich, um sie mir genauer anzusehen.

Sie bedeckte einen Fleck fast schwarzes, getrocknetes Blut. Oder besser: etwas, das aussah wie ein Fleck fast schwarzes, getrocknetes Blut.

Das konnte wichtig sein. Das konnte aber auch völlig unwichtig sein. Jane Stevenson war noch keine Fünfzig gewesen, als sie starb. Vielleicht hatte sie ihre Tage gehabt. Vielleicht war sie nachts aufgestanden, um ins Bad zu gehen, ohne zu merken, daß sie ein ganz kleines bißchen tropfte.

Doch so sauber, wie das Haus war, konnte so etwas nur kurz vor ihrem Tod passiert sein, andernfalls hätte sie den Fleck gesehen und entfernt.

Während ich wieder in die Küche ging und eine Schublade aufzog, um nach einem Messer zu suchen, fragte ich mich, wo eigentlich Sarah war und was sie gerade machte. Ein Kamerablitzlicht im vorderen Teil des Hauses verriet mir, wo Sarah war und was sie gerade machte. Unnötig, sie jetzt schon wegen meines Fundes hier zu stören.

Um die Spurensuche nicht noch schwieriger zu machen, indem ich meine Fingerabdrücke hinterließ, öffnete ich mit dem Messer die Tür des Wäscheschränkchens über der Badewanne. Außer dem Wäschekorb und dem Arzneischränkchen über dem Waschbecken war es das einzige verschlossene Objekt im Badezimmer.

Es waren weder Binden noch Tampons darin.

Jane Stevenson war fast fünfzig Jahre alt und sehr krank gewesen. Vielleicht war sie in den Wechseljahren gewesen, oder sie hatte eine Hysterektomie gehabt. Vielleicht war sie aber auch eine ganz normale Frau gewesen, die ihre Tage bekommen hatte, nachdem sie eine Packung aufgebraucht und noch keine neue gekauft hatte. Ich habe gehört, daß der Zyklus bei Frauen kurz vor den Wechseljahren nicht selten Katz und Maus mit ihnen spielt. In einigen Jahren werde ich das alles wohl am eigenen Leibe erfahren, aber vorläufig gebe ich mich noch ganz gern damit zufrieden, mir dergleichen von anderen schildern zu lassen.

Ein einziger Blutfleck. Nur einer. Von Jane oder von jemand anderem?

Sarah würde ihn sichern, ein Formular ausfüllen und den einzelnen Blutfleck ins Labor schicken müssen, so daß wir schließlich wissen würden, ob es Menschenblut war, was für eine Blutgruppe es war und ob es die typischen Epithelzellen enthielt, die uns sagen würden, daß es sich um Menstruationsblut handelte. Oder ob es von einer blutenden Nase oder einem Kratzer herrührte, den sich jemand beim Ringen mit einer kranken, verängstigten Frau, die um ihr Leben kämpft, zugezogen haben könnte.

Ich ging wieder zum vorderen Teil des Hauses. Sarahs Blitzlicht zuckte wieder auf, und ich sah ein Glitzern, einen Antwortblitz, vom Saum der Vorhänge her. Die Reflexion war augenblicklich verschwunden, doch ich wußte noch, wo ich sie gesehen hatte. Ich ging zu der Stelle und kniete mich hin, um der Sache auf den Grund zu gehen, schob den bauschigen Saum der Vorhänge zur Seite.

Eine Brille. Eine goldene Bifokalbrille, das rechte Glas gesprungen, der rechte Bügel verbogen.

Ich rief wieder Dr. Habib an, hoffte, er würde nicht gleich wieder auflegen, nachdem ich so unverschämt zu ihm gewesen war. »Drei Fragen«, sagte ich, sobald er abnahm. »Hatte sie ihre Periode, hat sie sonst irgendwo geblutet, und hat sie eine Prellung oder irgendeine Abschürfung in der Nähe ihres rechten Ohres oder dahinter?«

»Sie hatte nicht ihre Periode«, sagte er rasch, »und sie hatte keine Verletzungen, die geblutet hätten – und ich schließe insbesondere die Nase mit ein. Sie hat nicht geblutet. Das andere ... hmm. Ich habe nichts ... Mir ist nichts aufgefallen. Hmm. Ich werde das überprüfen. Klingt, als hätten Sie eine Spur. Haben Sie eine Telefonnummer, wo ich Sie erreichen kann?«

Er machte *hmm*. Sein Interesse war geweckt. Das könnte hilfreich sein. Ich gab ihm die Nummer, die in der Mitte der Wählscheibe mit Bleistift aufgeschrieben war. »Ich ruf' zurück«, sagte er.

Er tat es, etwa eine Minute und fünfundvierzig Sekunden später. »Keine besonders schwerwiegende«, sagte er. »Kommt nicht als Todesursache in Frage. Ich habe Ihnen gesagt, daß sie nicht geblutet hat, und ich habe Ihnen schon gesagt, woran –«

»– sie gestorben ist«, stimmte ich zu. »Ich weiß. Keine besonders schwerwiegende was?«

»Wonach haben Sie gefragt?« erkundigte er sich, mit übertrieben gespielter Geduld.

»Prellungen *oder* Abschürfungen, o großer Guru«, sagte ich. »Also was von beidem?«

»Beides«, sagte er zuckersüß. »Leichte Prellung, leichte Abschürfung. Hinter dem rechten Ohr, auch auf der rechten Seite des Nasenrückens, oben neben dem Auge. Sieht aus, als hätte ihr jemand vielleicht die Brille abgerissen oder runtergeschlagen.«

»Würden Sie das vor Gericht beschwören?«

»Ein Vielleicht beschwören?«

»Ein Vielleicht beschwören.«

»Ich denke, ja. Wenn Sie wollen. Aber wieso?«

»Weil ich die Brille in der Hand halte«, sagte ich und legte auf. Genaugenommen lag die Brille noch auf dem Fußboden, zu drei Vierteln unter dem Saum der Vorhänge, und wartete darauf, daß Sarah sie fotografierte und gegebenenfalls auf Fingerabdrücke untersuchte. Aber eigentlich hatte ich nicht gelogen. *Bildlich gesprochen* hielt ich sie in der Hand.

Jane hatte also nicht ihre Tage gehabt, was bedeutete, daß es für mich nicht länger von Interesse war, ob sie in den Wechseljahren gewesen war. Sie hatte keinen Tropfen Blut vergossen.

Es sei denn, ich lag falsch mit meiner Vermutung hinsichtlich des Flecks – und ich habe genug altes und frisches Blut gesehen, so daß ich ziemlich sicher war, daß ich es erkennen konnte – *irgendwer* hatte hier in den letzten drei oder vier Tagen geblutet.

Ich machte weder Sanchez noch dem Streifenbeamten am Fundort (wer immer es auch gewesen war) einen Vorwurf, daß sie den Blutfleck übersehen hatten. Gut möglich, daß ich selbst die Brille übersehen hätte, wenn ich nicht zufällig genau an der richtigen Stelle gestanden hätte, als Sarah genau das richtige Foto machte. Ich möchte gern glauben, daß ich sie gefunden hätte, aber überzeugt bin ich nicht davon.

Es bestand einfach kein Grund, nach ihr zu suchen, kein Grund, nach dem einzelnen Blutfleck zu suchen. Nicht, wo doch keinerlei andere Anzeichen dafür vorlagen, daß es zu irgendwelchen Gewalttätigkeiten oder zu einem Kampf gekommen war. Nicht, wenn eine Frau, die bekanntermaßen todkrank war und nicht mehr lange zu leben hatte, auf dem Rücken im Bett lag, in ihrem Nachthemd, die Decke bis zum Hals hochgezogen.

In ihrem Nachthemd. Nicht in ihrem Morgenmantel. Wo *war* ihr Morgenmantel? Hatte sie überhaupt einen gehabt?

Es war nicht anzunehmen, daß sie jemanden ins Haus lassen würde, wenn sie lediglich ihr Nachthemd anhatte. Nicht einmal eine andere Frau. Würde ich Susan Braun hereinlassen, die meine engste Freundin und abgesehen davon Ärztin ist ... tja, ich denke nicht. Nicht, daß es mich stören würde. Ich meine, als ich mit dem Baby im Bett lag und Susan hereinkam, fühlte ich mich nicht genötigt, aufzustehen und mir etwas überzuziehen, aber wenn ich zur Haustür müßte, um ihr zu öffnen, würde ich einen Morgenmantel überziehen, auch wenn ich hundertprozentig wüßte, daß Susan vor der Tür steht.

Glaube ich.

Zack?

Ich hatte Zack bereits ausgeschlossen. Vielleicht würde ich ihn wieder mit einschließen müssen. Aber seine Überraschung hatte echt gewirkt, wenn auch zurückhaltend, und ich glaubte nicht, daß er ein so guter Schauspieler war.

Was, wenn ... Was, wenn. Was, wenn. Was, wenn.

Was, wenn die Person, die sie mit an Sicherheit grenzender Wahrscheinlichkeit ins Bett gelegt und zugedeckt hatte, ihr auch das Nachthemd angezogen hatte? Ich konnte mir keinen logischen Grund vorstellen, warum jemand das hätte tun sollen, selbst wenn dieser Jemand wollte, daß wir dachten, es sei ein natürlicher Tod. Ich meine, eingedenk ihrer Krankengeschichte hätte sie genausogut in ihrem Kleid wie in ihrem Nachthemd sterben können. Aber andererseits wäre möglich, daß der Mörder oder die Mörderin ihre Krankengeschichte gar nicht kannte. In unserer Branche zahlt es sich nicht aus, irgend etwas als selbstverständlich vorauszusetzen.

Ich ging ins Bad, um einen Blick in den Wäschekorb zu werfen. Wenn ich feststellen konnte, was sie vorher angehabt hatte, konnte ich vielleicht eher nachvollziehen, was sie den Tag über getan hatte.

Im Wäschekorb fand ich einen weißen Baumwollslip, einen weißen Baumwoll-BH und einen weißen Baumwollunterrock.

Das war alles.

Das war *alles*.

Und das ergab keinen Sinn. Es sei denn, mir war irgend etwas entgangen. Ich ging noch einmal durch das Haus, öffnete methodisch jede Tür, um sicherzugehen, daß ich wußte, was dahinter war. Nein. Ich hatte mich nicht geirrt. Sie hatte weder Waschmaschine noch Wäschetrockner, keine versteckte Treppe oder Tür, die zu einer Waschmaschine oder einem Trockner führte.

Vielleicht hatte sie mit der Hand gewaschen. Ich öffnete die Hintertür, um zu sehen, ob irgend etwas an der Wäscheleine hing.

Nein. Da war keine Wäscheleine, an der irgend etwas hätte hängen können.

Verstehen Sie, ganz gleich, wie ordentlich und sauber sie auch war, wenn sie zu einem Waschsalon gefahren war, dann bestimmt nicht im Nachthemd. Selbst wenn sie am Samstag nachmittag zu einem Waschsalon gefahren war und alles weggeräumt hatte, sobald sie wieder zu Hause war, mußten noch immer die Sachen dasein, die sie dabei angehabt hatte. Wo waren die also?

Vielleicht hatte sie sie zurück in ihren Wandschrank gehängt.

Manche Leute machen das, wenn sie meinen, daß sie die Sachen noch ein zweites Mal anziehen können. Ich mache das nicht, weil die sauberen Sachen dann irgendwie komisch riechen, aber manche Leute machen das.

Ich öffnete die Schranktür. Mit einem leichten, inneren Schaudern begann ich, an jedem Kleid, jeder Bluse, jeder Hose zu schnüffeln. Ich brauchte nicht lange. Sie hatte nicht viele Kleidungsstücke. Der Schrank war vollgestopft, weil er klein war, nicht weil viel drin war.

Als ich fertig war, hätte ich schwören können, daß das, was auch immer sie am letzten Tag ihres Lebens angehabt hatte, nicht wieder ungewaschen in den Schrank gehängt worden war. Dort hing auch ein abgetragener, rosafarbener, plüschiger Morgenmantel, und so, wie er aussah und roch, hätte ich ohne weiteres Geld darauf verwettet, daß auch er seit der letzten Wäsche nicht mehr getragen worden war.

Ergo war Jane am Samstag zu einem Waschsalon gefahren – ich würde rausfinden müssen, zu welchem –, und sie hatte dabei auf jeden Fall irgend etwas angehabt. Natürlich war durchaus denkbar, daß sie die Kleidung, die sie angehabt hatte, mit der Hand gewaschen, auf einem Bügel getrocknet und wieder in den Schrank gehängt hatte. Aber irgendwie bezweifelte ich auch das. Wenn sie ein Kleid oder eine Bluse und Hose mit der Hand gewaschen hätte, dann hätte sie doch wohl auch die Unterwäsche mit der Hand gewaschen, zumal es eine Tatsache ist, daß es mehr Leute gibt, die Unterwäsche mit der Hand waschen, als Leute, die Straßenkleidung mit der Hand waschen.

Die lange Kommode hatte zwei Schubladen, eine über der anderen, beide über die volle Breite des Möbels. Sie waren lang und tief. Die Griffe waren aus Messing, daher riskierte ich nicht, sie anzufassen, bevor Sarah sie mit Fingerabdruckpulver eingestäubt hatte, weil so gut wie sicher davon auszugehen war, daß die Person, die Jane das Nachthemd angezogen hatte, ob Jane selbst oder ihr Mörder, die Schubladengriffe als letzte berührt hatte.

Ich wartete eine Weile unschlüssig und bat Sarah dann, das zu unterbrechen, was sie gerade machte, und die Schubladengriffe einzustäuben, damit ich die Schubladen öffnen konnte.

Sie tat es, weitaus weniger mürrisch, als Irene es getan hätte. »Nichts«, sagte sie.

»Unbrauchbar?« fragte ich. Das ist meist der Fall bei Dingen wie Türklinken und Schubladengriffen, weil jeder sie ständig an der gleichen Stelle berührt und sich die Abdrücke übereinander schichten wie ein chinesisches Puzzle.

»Nein, nichts«, stellte sie klar und deutete mit der Spitze ihres Fingerabdruckpinsels darauf.

Ich konnte noch immer nichts sehen, wahrscheinlich brauche ich auch bald eine Bifokalbrille, obwohl ich keine goldene möchte, wie Jane Stevenson sie gehabt hatte.

Sarah richtete den Strahl ihrer Taschenlampe auf den obersten Schubladengriff. »Siehst du es *jetzt*?« wollte sie wissen.

Jetzt sah ich es. Wasserflecken, sehr kleine Tropfen, wie sie zurückbleiben, wenn jemand etwas abwäscht und dann gründlich trockenreibt.

Dieser Schubladengriff war gründlich gereinigt worden, seit ihn zuletzt jemand berührt hatte. Ich folgte dem Taschenlampenstrahl zum zweiten Griff und sah das gleiche. »Mehr ist nicht zu holen«, sagte Sarah. »Jemand hat hier schön ordentlich saubergemacht.«

Ich saß mit übereinandergeschlagenen Beinen auf der Couch und machte Listen, während Sarah um mich herum arbeitete, weiter nach Fingerabdrücken suchte, die sie, wie wir beide wußten, nicht finden würde, weiter Fotos machte, die wahrscheinlich niemandem irgend etwas sagen würden, weiter Beweisstücke sammelte, die wahrscheinlich keine Beweisstücke waren.

Irgendwer hatte Jane Stevenson aus irgendeinem Grund, der im Augenblick unerfindlich war und es vermutlich auch bleiben würde, ermordet. Wer immer es war, er hatte sämtliche Spuren eines wie immer gearteten Kampfes beseitigt, bis auf den einzelnen Blutfleck, den er (ich sage *er*, obwohl es eine Frau gewesen sein könnte; Jane war nicht in der körperlichen Verfassung gewesen, sich zu wehren) übersehen hatte. Meine persönliche Vermutung war, daß er auch das Bett gemacht hatte (wieder gemacht hatte? War es zu abwegig, daß Jane einen Freund gehabt haben könnte?), weil ich erstens nicht glaubte, daß Jane körperlich in der Lage gewesen war, solche krankenhaustechnisch ordentlichen Kniffe im Laken hinzukriegen, und zweitens nicht glaubte, daß Jane in einem Bett mit so straff gezogener Decke bequem hätte schlafen können. Ich jedenfalls nicht, und obwohl niemand außer Susan jetzt noch der Meinung ist, ich sollte zunehmen, nachdem ich um Camerons Geburt über mehrere Monate so gut wie nichts gegessen hatte, trage ich sicherlich nicht annähernd Größe 50.

Nachdem er (sie?) das Haus saubergemacht hatte (die Brille übersehen hatte, weil es Janes Brille war? Vermutlich, aber ich würde Bev fragen müssen. Und den Blutfleck übersehen hatte. Warum?) und das Bett gemacht und Jane ins Bett gepackt hatte, damit mit durchschnittlichem Glück niemand etwas anderes vermuten würde als einen natürlichen Tod, war er gegangen. Leise? Oder hatte er auf der Veranda gestanden und laut ein einseitiges Gespräch geführt, damit jeder davon ausgehen würde, daß Jane antwortete? Sowohl das eine als auch das andere war möglich. Und sowohl das eine als auch das andere würde etwas anderes bedeuten.

Also. Folgendes war zu tun. Mit den Nachbarn reden. Wenn kein zwingender Grund vorliegt, irgendwo anders zu suchen, muß das in einem Fall wie diesem immer der erste Schritt sein. Die Nachbarn fragen, was sie gesehen haben, was sie gehört haben, immer in dem Bewußtsein, daß sie durchaus nichts gesehen und gehört haben können und daß sie, falls sie tatsächlich etwas gesehen und gehört haben, vielleicht nicht in die Sache verwikkelt werden wollen.

Sie fragen, ob Jane schon mal Besuch hatte. Was für Besucher. Wie sie sich verhalten haben. Was für Autos sie fuhren. Hoffen, irgendeine neugierige Tratschtante zu finden, die alles gesehen hat und es erzählen will.

Fragen, wann jemand Jane zuletzt lebend gesehen hat. Und was sie anhatte. Und mit wem sie zusammen war.

Versuchen herauszufinden, zu welchem Waschsalon Jane immer fuhr. Wenn es keiner in der Nachbarschaft weiß, alle Waschsalons in der Gegend mit einem Foto von Jane abfahren und alle dort fragen. Und jeden Tag wieder hinfahren oder jemanden hinschicken, weil die meisten Waschsalons kein Personal haben und die Tatsache, daß jemand, der am Mittwoch seine Wäsche in einem Waschsalon wäscht, Jane nie gesehen hat, nicht bedeutet, daß jemand, der am Donnerstag oder Freitag oder Samstag seine Wäsche im Waschsalon wäscht, Jane nie gesehen hat.

Versuchen herauszufinden, was Jane am Samstag anhatte, falls irgend jemand sie gesehen hat, falls irgend jemand sich erinnern kann.

Versuchen herauszufinden, was Jane am Freitag anhatte, nur für den Fall, daß sie am Freitag im Waschsalon war und beschlossen hatte, den ganzen Samstag in ihrem Nachthemd herumzulümmeln.

Noch einmal mit Zack sprechen. Ein sehr, sehr, sehr langes Gespräch mit Mr. Zachary Stevenson führen.

Ich konnte verstehen, daß er das Haus saubergemacht hatte. Ich konnte sogar irgendwie verstehen, daß er das Bett gemacht und Jane hineingelegt und zugedeckt hatte. Aber ich konnte nicht verstehen, warum er die Sachen mitgenommen hatte, die Jane getragen hatte.

Es sei denn, es war Blut daran?

Das Blut des Mörders?

Und vielleicht – vielleicht – herausfinden, warum Jane ihrem Mann und ihrer Schwester erzählt hatte, sie würde gesund werden. Selbst wenn sie selbst nicht daran glaubte, und sie waren beide übereinstimmend der Meinung, daß sie offenbar nicht daran glaubte, mußte es irgendeinen Grund geben, warum sie es gesagt hatte.

Ein Gesundbeter? Jemand, der nicht halten konnte, was er versprochen hatte, und sie umgebracht hatte, damit sie es nicht an die große Glocke hängt?

Aber wenn das der Fall war, wieso hatte er sie schön ordentlich ins Bett gepackt?

Ich hatte so ein Gefühl – ein ausgesprochen unangenehmes Gefühl, das ich in einigen früheren Fällen auch schon hatte, ein ausgesprochen unangenehmes Gefühl, das sich meistens bewahrheitet –, daß dieser Mörder clever war.

Daß dieser Mörder nicht schnell geschnappt werden würde.

Daß dieser Mörder vielleicht überhaupt nie geschnappt würde.

Sarah war noch immer dabei, den Tatort gründlich, wenn auch nicht gerade fröhlich zu bearbeiten. Sie war jetzt so weit, daß sie Bilder zeichnete. Nachdem ich mich vergewissert hatte, daß noch immer eine Wache vor der Haustür stand, nur für den Fall, daß der Mörder beschloß – unwahrscheinlich, aber nicht unmöglich – zurückzukehren, so daß Sarah nicht überrascht werden konnte, beschloß ich, mit meiner eigenen Arbeit weiterzumachen und Sarah der ihren zu überlassen.

Kapitel 3

Es war kurz nach Mittag, als ich mich daran machte, an Türen zu klopfen. Die Mittagszeit – im Grunde jede Zeit während des Tages – ist keine gute Zeit, um in einer Wohngegend der Mittelschicht an Türen zu klopfen. In reichen Wohngegenden sind die Ehefrauen häufig zu Hause, weil die Männer das ganze Geld verdienen und die Frauen sich mit Clubs und Wohltätigkeitsvereinen beschäftigen müssen, was in der Regel nicht so zeitaufwendig ist wie eine Berufstätigkeit. In den ärmsten Wohngegenden sind häufig Mann und Frau zu Hause, weil beide weder eine Arbeitsstelle noch das Geld haben, um sich außer Haus zu amüsieren. Aber in den Wohngegenden des Mittelstandes ist tagsüber meistens keiner zu Hause – Mann und Frau sind arbeiten, die Kinder in der Schule oder in der Tagesstätte. Das ist übrigens auch der Grund dafür, warum in ausgesprochenen Wohngebieten nicht mehr überwiegend nachts, sondern tagsüber eingebrochen wird.

Ich konnte nicht eindeutig sagen, ob dieses Viertel noch immer hauptsächlich von Angehörigen der Mittelschicht bewohnt wurde, wie das wohl ursprünglich der Fall gewesen war, oder ob es zu einer armen Wohngegend geworden oder besser gesagt verkommen war. Ich hoffte nur, daß genügend alte Leute zu Hause waren, die mir irgend etwas erzählen könnten. Alte Leute sind tagsüber meist zu Hause, egal, in welcher Gegend, und wie Kinder sind sie für gewöhnlich sehr aufmerksam. Ich schätzte, daß Janes Haus irgendwann in den zwanziger Jahren gebaut worden war. Sie und Zack hatten es vermutlich Ende der fünfziger oder Anfang der sechziger Jahre gekauft. Ende der fünfziger Jahre, wenn sie gerade einen Dreißig-Jahre-Kredit abbezahlt hatten; bei einem Zwanzig-Jahre-Kredit hatten sie es vielleicht sogar erst Ende der sechziger Jahre erworben. Damit waren sie vermutlich die zweite oder dritte Generation in dem Haus gewesen. Wenn ich Nachbarn ausfindig machen konnte, die als erste oder frühe zweite Generation in ihren gleichaltrigen Häusern wohnten, dann hatte ich Leute, die den ganzen Tag zu Hause waren.

Auf der linken Seite war keiner zu Hause. Das rote Dreirad auf der Veranda ließ Bewohner vermuten, die jünger, nicht älter als Jane waren. Natürlich könnte das Dreirad Enkelkindern gehören, aber das Motorrad daneben wahrscheinlich nicht.

Auf der rechten Seite war keiner zu Hause. Zumindest kam niemand an die Tür. Aber neben der Treppe war eine Rollstuhlrampe, und auf der Veranda sah ich eine Gehhilfe. Eine Gehhilfe für einen Erwachsenen, meine ich, nicht so eine für Kleinkinder. Ich würde es später noch mal bei dem Haus versuchen.

Damit blieben nur noch das rückwärtige Haus, das auf die Parallelstraße ging, aber dessen Garten von Janes Garten nur durch einen Zwischenweg getrennt war, und das Haus auf der gegenüberliegenden Straßenseite sowie dessen beiden Nachbarhäuser rechts und links davon. Mit wem hatte Jane wohl mehr Kontakt gehabt, mit den Nachbarn nach vorne zur Straße hin oder mit denen nach hinten zum Garten? Es war dumm, mir diese Frage zu stellen. Ich hatte nicht die geringste Ahnung, und angesichts ihres Gesundheitszustandes und ihres Arbeitsplans hatte ich keinen Grund zu der Annahme, daß sie überhaupt viele nachbarschaftliche Kontakte pflegte.

Nun denn, welche Nachbarn hatten denn wohl Janes Kommen und Gehen am ehesten bemerkt? Am ehesten die Leute auf der anderen Straßenseite. Die Leute auf der anderen Seite des Zwischenweges konnten bloß die Rückseite von Janes Haus und die Rückseite ihrer Garage sehen.

Ich ging über die Straße und klopfte an die Tür. Eine nörgelige Stimme im Innern des Hauses – so zittrig, daß ich nicht genau sagen konnte, ob sie männlich oder weiblich war – sagte: »Verschwinden Sie. Ich kaufe nichts an der Tür.«

»Ich will nichts verkaufen«, rief ich. »Ich bin von der Polizei.«

Einen Moment lang Stille. Dann ein schleppendes Geräusch. Eine Frau, die sich schwer auf einen Stock stützte, öffnete die Tür und spähte zu mir heraus, hob dann die Hand, um sich einen weißen Pony aus der Stirn zu streichen. »Polizei?« sagte sie mit zitternder Stimme. »Ist was passiert? Ist was mit Roger?«

»Nein, Ma'am«, sagte ich und fragte mich, ob Roger ihr Mann, ihr Enkel oder ihr Hund war. »Ich möchte mich nur erkundigen –«

»Janie ist letzte Woche gestorben, wissen Sie«, fiel sie mir ins Wort. »Janie, von gegenüber? Wissen Sie?«

»Ja, Ma'am, es geht um Jane –«

»Sie war jünger als ich. Ich hab' immer gedacht, ich wär' vor ihr dran, aber nein, sie ist so fett geworden, hat ständig Eis gegessen. Ich hab' sie gewarnt, hab' gesagt: ›Janie, wenn du nicht mit dem Eis aufhörst und was Anständiges ißt, wirst du jung sterben.‹ Das habe ich ihr immer wieder gesagt.«

»Ja, Ma'am –«

»Sie hat nie was anderes gegessen, das hab' ich mitbekommen. Jedesmal, wenn ich sie besucht habe, lag sie auf dem Sofa und hat Orangeneis gegessen, in ihren guten Bürosachen. Sie hat sich ein Handtuch über die Bluse gelegt, wie ein Baby mit Lätzchen. Das Albernste, was ich je gesehen hab'. Nicht mal ein Stück Fleisch hatte sie im Haus, nicht, seit ihr Mann sie verlassen hat, auch kein Gemüse, immer nur Fruchteis. Man möchte meinen, sie hätte wenigstens ab und zu mal Zitrone gegessen, aber nein. Immer nur Orangeneis.« Sie blickte mich forschend an. »Essen Sie Orangeneis?«

»Nicht sehr oft.« Wann hatte ich eigentlich das letzte Mal Orangeneis gegessen?

»Was essen Sie denn so?«

»Ach, so ungefähr alles. Aber ich würde Sie gern fragen –«

»Sehen Sie, und Sie sind auch eine junge, gesunde Frau. Da sieht man doch wieder, daß –«

»Ma'am«, sagte ich laut, wobei ich mir wünschte, ich wüßte ihren Namen, damit ich sie damit ansprechen könnte: »Ich muß Ihnen wirklich ein paar Fragen stellen.«

»Na, dann stellen Sie sie doch. Was stehen Sie denn auch da rum und reden über Fruchteis?«

»Dürfte ich Ihren Namen wissen?«

»Wozu brauchen Sie den?«

»Ich weiß nun mal gern, mit wem ich rede.«

»Also, Sie haben mir auch nicht gesagt, mit wem *ich* rede, oder?«

»Nein, stimmt. Tut mir leid, das war unhöflich von mir. Mein Name ist Deb Ralston.« Ich kramte den Dienstausweis aus meiner Handtasche und zeigte ihn ihr.

»Kennen Sie Roger?« fragte sie.

»Nein, Ma'am.«

»Er ist bei der Polizei, wieso kennen Sie ihn nicht?«

»Es gibt an die tausend Polizeibeamte«, stellte ich klar. »Ich kann sie unmöglich alle kennen.«

»Also, Roger sollten Sie aber eigentlich kennen. Roger Dennis. Er ist mein Enkel. Und Sie kennen ihn nicht?«

»Ach, Roger Dennis«, sagte ich. »Ja, ich kenne ihn tatsächlich. Ich habe ihn vor ein paar Monaten kennengelernt.« Er hatte mir einen Gefallen getan, doch ich konnte mich im Augenblick nicht einmal erinnern, was für einen. Aber ich erinnerte mich an das Namensschildchen mit der Aufschrift Dennis, und ich erinnerte mich an das gekritzelte »Roger Dennis« unten auf dem Bericht.

»Warum haben Sie dann gesagt, Sie würden ihn nicht kennen?«

»Sie haben mir nicht seinen Nachnamen genannt.«

»Na, ich bin Rachel Dennis, welchen Namen sollte mein Enkel denn wohl haben, wenn nicht Dennis?«

»Ich hab' nicht richtig nachgedacht, was?« erwiderte ich demütig. Tatsache war, daß sie mir weder ihren Namen genannt noch bis eben erklärt hatte, daß Roger ihr Enkel war, und selbst wenn, Roger könnte der Sohn ihrer Tochter sein. Aber ich hatte schon vor langer Zeit festgestellt, daß es nichts bringt, mit alten Damen zu streiten. Manchmal denke ich, ich kann es kaum noch erwarten, bis ich selbst eine alte Dame bin, damit niemand mehr mit mir streitet. Doch dann wieder kommt es vor – zum Beispiel wenn mein Baby um drei Uhr morgens brüllt und ich um sechs Uhr aufstehen muß, um zur Arbeit zu gehen –, daß ich mich schon wie eine sehr alte Dame fühle, und das Gefühl genieße ich keineswegs.

»Also los, stehen Sie nicht den ganzen Tag da rum«, schimpfte sie. »Was wollten Sie mich fragen?«

»Könnten wir reingehen und uns irgendwo hinsetzen? Ich habe den Eindruck, das Stehen fällt Ihnen nicht leicht.«

Leise grummelnd führte sie mich in ein Wohnzimmer, in dem die Möbel so alt waren wie die von Jane. Aber dieses Zimmer war lebendig; die Porzellanlampen waren alle eingeschaltet, und der Couchtisch, die Couch und der Fußboden waren übersät mit Bergen von Strickzeug, Zeitschriften, Ausgaben des *Star-Telegram* von Fort Worth, des *National Enquirer* und der *Weekly World News*.

»Was wollten Sie denn nun fragen? Machen Sie, machen Sie, wir haben nicht den ganzen Tag Zeit!« Sie warf einen Blick auf die Uhr. »›Licht auf den Weg‹ fängt in zwanzig Minuten an, und das will ich nicht verpassen.«

»Nein, es wäre mir sehr unangenehm, wenn Sie Ihre Show verpassen würden«, pflichtete ich bei. »Ich werde mich beeilen. Wir versuchen, etwas mehr darüber herauszufinden, was Jane Stevenson passiert ist –«

»Ich habe Ihnen doch erzählt, was ihr passiert ist! Sie hat nicht anständig gegessen, und sie ist gestorben, das ist ihr passiert!«

»Ich fürchte, das ist leider noch nicht alles«, hob ich an.

Rachel Dennis beugte sich über ihren Stock, und ihr Gesicht leuchtete erwartungsfroh auf. »Was denn noch? Sie können es mir ruhig erzählen. Ich kann schweigen wie ein Grab!«

Das glaubte ich gern, und ich glaubte auch, daß es Schweine mit Flügeln gibt. Aber es würde ohnehin schon bald in der Abendzeitung stehen. »Ich fürchte, sie ist ermordet worden«, sagte ich.

»Ermordet! Ermordet wie? Diese neugierige alte Chefin von ihr, die hat die Polizei geholt, und ihre Schwester ist auch aufgekreuzt, aber von Mord hat keiner was gesagt.«

»Wir haben es zuerst auch nicht gewußt.«

»Hmpf! Wenn Roger dagewesen wäre, hätte er es gleich spitz gekriegt.«

»Dann ist es ein Jammer, daß er nicht da war«, sagte ich, »aber er kann natürlich nicht überall sein. So, Mrs. Dennis, können Sie sich erinnern, wann Sie Jane das letzte Mal gesehen haben?«

»Als sie auf einer Trage aus dem Haus geschafft wurde, natürlich.«

»Ich meine, davor. Ich meine das letzte Mal, daß Sie sie lebend gesehen haben.«

»Samstag. Sie kam gerade vom Waschsalon. Ihre Waschmaschine ist vor sechs Jahren kaputtgegangen, wissen Sie, und sie hat sich nie eine neue angeschafft, weil sie gemeint hat, sie hätte keinen Platz für einen Trockner und sie würde ihre Wäsche nicht gern im Garten zum Trocknen aufhängen. Na, ich kann es ihr nicht verdenken, bei den Nachbarn, die wir hier haben, einige von denen klauen einem die Wäsche direkt von der Leine. Mir hat ja Roger einen Trockner gekauft. Er ist ein guter Junge, mein Roger. Wohlerzogen. Nicht wie diese Jugendlichen heutzutage mit ihren lila Haaren.«

»Das ist sehr nett von ihm«, sagte ich und hoffte, begeistert genug zu klingen. »Wissen Sie noch, was sie anhatte, als sie vom Waschsalon zurückkam?«

Unvermittelt gingen Rachel Dennis die Worte aus. Sie starrte mich an, einen betroffenen Ausdruck im Gesicht.

»Wenn Sie es nicht wissen, macht das nichts«, sagte ich hastig. »Nur wenn Sie es doch wissen –«

Sie schüttelte den Kopf. »Sie hat ihren Wäschekorb getragen. Ich weiß noch, daß ich ihren Kopf gesehen habe, deshalb weiß ich, daß sie es war, und ich weiß noch, daß ich den Korb gesehen habe. Mehr nicht. Ich glaube einfach, ich habe nicht gesehen, was sie anhatte.«

»Erinnern Sie sich, ob irgend jemand sie am Samstag nachmittag oder abend besucht hat?«

Sie schüttelte wieder den Kopf. »Roger und Cheryl – das ist

seine Frau, Rogers Frau, meine ich, Cheryl – Roger und Cheryl sind gekommen und haben mich zum Abendessen ausgeführt.«

»Das war bestimmt nett.«

»Sehr nett. Sie sind mit mir ins Piccadilly's gegangen, und ich habe Lachskroketten mit Sahnesauce gegessen. Cheryl erwartet ein Baby. Mein erstes Urenkelbaby. Meinen Sie, sie wird sich gut um das Baby kümmern?«

»Ganz bestimmt. Roger würde doch keine Frau heiraten, die sich nicht gut um ein Baby kümmert, oder?«

»Nein. Sicher nicht. Cheryl ist eine nette altmodische junge Frau. Ich habe ihr Häkeln beigebracht. Das hat sie richtig schnell gelernt.«

Cheryl ist ein cleveres Mädchen, dachte ich und fragte: »Wer hat sie denn alles so besucht? Jane Stevenson, meine ich. Sie scheinen ja ziemlich gut Bescheid zu wissen – Sie haben ihre Chefin gesehen und ihre Schwester, als sie am Montag da waren, da wissen Sie doch vielleicht auch, wer sonst noch –«

Mrs. Dennis lachte leise. »Die hat Partys gegeben.«

Ich gebe gern zu, daß ich verblüfft war. Ich hätte nicht erwartet, daß Jane Stevenson Partys gegeben hatte. »Was denn für Partys?« fragte ich.

»Irgendein Club, in dem sie Mitglied war. Überwiegend junge Leute.«

»Junge Leute«, soviel hatte ich bereits kapiert, waren für Rachel Dennis wahrscheinlich alle unter sechzig. »Frauen?«

»Männer und Frauen. Keine lauten Partys. Meistens, na, ich würde sagen, fünfzehn oder zwanzig Leute. Einige von denen sind auf die Veranda gekommen, um zu rauchen. Na ja, wissen Sie, bei dem Herzen konnte Janie es wohl nicht erlauben, daß jemand in ihrem Haus rauchte. Sie waren alle nett und ruhig. Meistens sind sie um sieben, halb acht, so um den Dreh, gekommen, und um halb elf oder elf waren sie schon wieder verschwunden. Meistens mittwochs.«

»Könnte es denn vielleicht eine kirchliche Gruppe gewesen sein?« Gebetsgruppentreffen am Mittwochabend sind zwar nicht mehr so verbreitet, wie sie mal waren, aber doch keineswegs ausgestorben. Obwohl solche Veranstaltungen natürlich normalerweise in der Kirche stattfinden.

»In Bermuda-Shorts und T-Shirts mit Bierwerbung drauf? Einer von denen ist immer mit einer Mütze rumgelaufen, die aussah wie ein Fuchs. Außerdem ist sie, soviel ich weiß, in keine Kirche gegangen. Ich meine, sie ist schon in so eine Kirche gegangen, aber das war eine ganz komische. Die haben da rumgesessen und Geister gerufen. Sie hat mich mal mitgenommen, und ich habe gesagt, nie wieder. Ich bin mein ganzes Leben lang eine gute Baptistin gewesen, und ich bin zu alt, um mich jetzt noch zu ändern.«

Wir unterhielten uns noch ein Weilchen, aber sie sagte ansonsten nichts mehr, das irgendwie zu gebrauchen war. Das machte jedoch nichts. Sie war schon eine große Hilfe gewesen. Partys an Mittwochabenden, Männer und Frauen in Bermuda-Shorts, die Art von Mütze, die man mit sehr viel Wohlwollen als »witzig« bezeichnen könnte, und T-Shirts mit Bierwerbung darauf. Irgendeine spiritistische Gruppe. Vielleicht hatte Jane deshalb erwartet, wieder gesund zu werden – oder so getan, als erwarte sie es? Jedenfalls würde ich alldem nachgehen müssen. Und wahrscheinlich würde jemand anders wissen, in welchen Waschsalon sie immer ging und was sie am Samstag angehabt hatte.

Links und rechts von Rachel Dennis war niemand zu Hause. Bei den Häusern links und rechts von Jane Stevenson würde ich es später noch einmal probieren. Fürs erste ging ich wieder ins Haus, wo Sarah noch immer vor sich hin arbeitete. Einem Impuls folgend, öffnete ich den Kühlschrank und schaute hinein.

Ein halbes Pfund Käse, Kunststoffolie über der Originalverpackung. Fünf Dosen Bier der Sorte Miller Lite. Ein brauner Kopf Salat, zwei überweiche Tomaten, ein verschimmelter Blumenkohl. Ein Glas Mayonnaise Marke Weight Watchers, eine Flasche Buttermilchdressing von Seven Seas, eine Packung Light-Margarine, ein Glas Oliven von einer Billigmarke mit einem schwarz-weißen Etikett, auf dem lediglich SPANISCHE

OLIVEN MIT PIMENTFÜLLUNG, 450 GR stand. Im Tiefkühlfach drei versiegelte Zwei-Liter-Packungen und eine offene, angebrochene Packung Orangeneis.

Rachel Dennis hatte nicht völlig falsch gelegen, was Janes Eßgewohnheiten betraf.

»Ich bin hier fertig«, sagte Sarah direkt hinter mir.

Ich fuhr zwei Schritte zurück. »Was?«

»Tut mir leid, ich wollte dich nicht erschrecken«, sagte Sarah, klang aber eher amüsiert als reuig. »Ich bin hier fertig.«

»Hast du irgendwas Brauchbares gefunden?«

Sarah verzog das Gesicht. »Das soll wohl ein Witz sein.«

Ach, egal. Ich würde später mit den anderen Nachbarn sprechen. Jetzt hatte ich Hunger. Ich hatte zehn von den Pfunden wieder zugelegt, wegen denen meine freundliche Nachbarschaftspsychiaterin Susan Braun mir in den Ohren lag; jetzt hatte ich nur noch zwanzig vor mir bis zu meinem normalen Übergewicht, und ich arbeitete daran. Mein Appetit, der sich etwa vor sieben Monaten abgeschaltet hatte, als mein höchst unerwartetes Baby Cameron geboren wurde, lief endlich wieder zu alter Form auf, und mir war, als hätte ich ständig Hunger.

Susan meinte, das wäre so in Ordnung, ich würde nur verlorene Zeit gutmachen. Vielleicht. Jetzt hoffte ich, mein Appetit würde sich wieder abschalten, sobald ich das richtige Gewicht erreicht hatte, denn falls dem nicht so wäre, würde ich in zirka sechs Monaten wie eine Kuh aussehen.

Ich half Sarah, ihre Ausrüstung in den Wagen zu laden, und sah ihr nach, als sie davonfuhr. Dann schloß ich das Haus ab, dankbar, daß wir von Zack und Bev eine schriftliche Genehmigung zur Hausdurchsuchung hatten, so daß wir uns nicht mit der Beschaffung von Durchsuchungsbefehlen herumschlagen mußten, und machte mich dann auf die Suche nach dem nächsten McDonald's, Burger King oder sonst was in der Art.

Ich rief Bev von Sonic aus an und fragte sie, ob wir uns wieder in der Eisdiele treffen könnten. »Eigentlich müßte ich arbeiten«, sagte sie.

»Sag dem Sklaventreiber, es geht um polizeiliche Ermittlungen«, sagte ich, »und frag ihn, ob es ihm lieber wäre, wenn ich rüberkomme und dir an deinem Schreibtisch Fragen stelle. Herrgott noch mal, Bev, du solltest zur Zeit überhaupt nicht arbeiten, und wenn Habib auch nur einen Funken Verstand hätte, wüßte er das auch.«

»Ach, Deb«, sagte Beverly, »eigentlich war es meine Idee, nicht seine. Was soll ich denn zu Hause? Rumsitzen und weinen? Da kann ich genausogut arbeiten. Er hat bestimmt nichts dagegen, wenn ich gehe. In fünf Minuten?«

»Sagen wir in dreißig«, sagte ich. Ich war auf der Belknap Street. Von dort bis zur Eisdiele in der Nähe des T-Com zu gelangen, war in fünf Minuten nicht zu schaffen.

Bev wirkte sehr viel munterer als am Donnerstag. Offenbar hatte sie die Tatsache, daß ihre Schwester ermordet worden war, weniger mitgenommen als die Tatsache, daß ihr niemand geglaubt hatte. Oder auch, daß niemand irgend etwas in der Sache unternahm. Jetzt, da wir etwas in der Sache unternahmen, wirkte Bev fast wieder so wie immer.

Sie wußte von der spiritistischen Kirche. Die Sache war ihr eher peinlich, aber sie gab mir den Namen der Pastorin, die sich Schwester Adlerfeder nannte, was mir ein ziemlich gutes Bild vermittelte, um was für eine Kirche es sich vermutlich handeln würde. Sie sagte, Schwester Adlerfeder habe eine Wohnung in dem Versammlungsgebäude.

Sie wußte, wo Jane ihre Wäsche wusch, weil sie Jane ein- oder zweimal zu dem Waschsalon gefahren hatte, als Jane sich zu schlecht gefühlt hatte, um selbst zu fahren.

Von den Partys wußte sie nichts und schien genauso überrascht wie ich. »Wenn du mich fragst«, sagte sie, »ich hätte ohne weiteres geschworen, daß sie sich nur zur Arbeit, zu dieser Kirche, in die Bücherei und zum Supermarkt bewegt hat und daß sie außer mir und ein paar Nachbarn keinen Besuch hatte.«

Das brachte uns nicht gerade weiter. Ich dankte ihr, sah auf meine Liste und beschloß, als nächstes bei Schwester Adlerfeder

Station zu machen. Und zwar ohne vorher anzurufen. Nicht, daß ich Schwester Adlerfeder ernsthaft des Mordes an Jane verdächtigte – Hochstapler greifen so gut wie nie zu Mitteln wie Mord, aber fast jede Regel hat ihre Ausnahmen –, doch ich hatte so ein Gefühl, daß Schwester Adlerfeder mir vielleicht etwas über die Mittwochabend-Treffen in Jane Stevensons Haus erzählen konnte.

Außerdem wäre es ratsam, mich noch mal mit Zack zu unterhalten.

Und ich mußte mit Janes Kollegen und ihrer Chefin sprechen, der Frau, die sie gefunden hatte. Wie hieß sie noch gleich? Cupp, ja genau, Doris Cupp. Ich skizzierte meine Route auf einem Blatt Papier, was immer die einfachste Methode ist, wenn man möglichst viel Strecke in möglichst wenig Zeit absolvieren möchte, und machte mich auf den Weg zu Schwester Adlerfeder.

Na schön, zugegeben, ich erging mich in Klischees. Aber seien wir ehrlich, wir ergehen uns in Klischees, weil viele Klischees – diejenigen, die auf Beobachtungen, nicht auf Vorurteilen ba-sieren – sehr häufig stimmen. In meinen knapp über sechzehn Jahren als Polizeibeamtin hatte ich mit vielen Wahrsagern – Zigeunern und Indianern – zu tun. Sehr wenige davon waren tatsächlich Zigeuner oder amerikanische Ureinwohner, aber offenbar meinen Leute, die sich als Wahrsager oder falsche Parapsychologen ihr Brot verdienen, daß ihre Kundschaft stärker beeindruckt ist, wenn sie Zigeuner oder Indianer sind.

Die Kirche von Schwester Adlerfeder, ein weißes Holzgebäude, das frisch gestrichen aussah, hatte kein Schild in Form einer Hand, wie das bei solchen Gebäuden häufig der Fall ist; tatsächlich hatte es überhaupt kein Schild. Auf der linken Seite war eine Außentreppe. Ich stieg sie hoch und klopfte an.

Eine Frau, bei der es sich vermutlich um Schwester Adlerfeder handelte, öffnete die Tür, die in eine Kombination aus Wohnzimmer und Büro führte. Ein Schreibtisch, auf dem sich unordentliche Papierstapel und -berge häuften, stand rechts von der Eingangstür. Ein Commodore-Computer neben dem Schreibtisch war eingeschaltet, auf dem Monitor flimmerten grüne Buchstaben, die mich wissen ließen, daß gerade ein Textverarbeitungsprogramm lief.

Schwester Adlerfeder – wenn ich Schwester Adlerfeder vor mir hatte – sah aus wie um die Dreißig. Und sie hatte große Ähnlichkeit mit meiner Tochter Becky, die wie die anderen beiden meiner älteren Kinder adoptiert ist. Weil Becky zu drei Vierteln Komantschin ist, fragte ich als erstes: »Sind Sie Komantschin?«

Sie nickte und schien verdutzt und erfreut zugleich. »Wie haben Sie das erraten?«

Ich zuckte die Achseln, wollte keine Erklärung abgeben. »Einfach so. Ich bin Deb Ralston, Fort Worth Police Department. Ich muß Ihnen ein paar Fragen stellen. Das heißt, falls Sie Schwester Adlerfeder sind?«

Sie blickte nicht mehr verdutzt oder erfreut. »Wollen Sie mich in die Mangel nehmen?« wollte sie wissen.

»In die Mangel?« erwiderte ich verblüfft. Ich wußte ehrlich nicht, was sie meinte.

Sie blickte mich einen Moment schweigend an. »Schon gut, vergessen Sie's«, sagte sie abrupt und wandte sich von der Tür ab. »Kommen Sie rein. Ich kann Ihnen keinen Kaffee anbieten, aber wenn Sie gern einen Tee hätten ...«

»Das klingt wunderbar. Ich trinke sowieso keinen Kaffee.«

»Klug«, sagte sie über die Schulter und war schon auf dem Weg in eine kleine Küche. »Ist auch ungesund. Möchten Sie ihn mit Honig?«

»Nein, bitte ohne.«

»Heiß oder kalt?«

»Was am wenigsten Umstände macht. Ich mag ihn so oder so.«

Sie kam zurück in den vorderen Raum, der von der Küche nur durch eine Art Durchgang abgetrennt war, und stellte einen großen Becher auf den Couchtisch, der, wie alle übrigen Möbel, mit Büchern und Papieren überhäuft war. Sie holte einen zweiten Becher vom Schreibtisch, wo er gefährlich nahe an der Computertastatur gestanden hatte. Dann setzte sie sich auf die Couch und blickte mich an. »Also. Was wollen Sie?« Bevor ich antworten konnte, schüttelte sie den Kopf. »Das hört sich ja schlimm an. Hier, setzen Sie sich.« Sie schob zwei oder drei Stapel Bücher auf der Couch beiseite, um Platz für mich zu machen. »Ich bin eigentlich gar nicht so unfreundlich. Aber der Computer macht mich wahnsinnig. Ich habe ein neues Textverarbeitungsprogramm, und ich kann mir noch nicht die Hälfte der Befehle merken, selbst *mit* der Tastaturschablone. Und außerdem hat mich die Polizei an meinem letzten Wohnort ganz schön schikaniert. Ich mußte da weg, sonst wäre ich noch verrückt geworden oder in Sachen reingerutscht, aus denen ich nicht wieder rausgekommen wäre.«

»Wieso haben sie Sie schikaniert?«

Sie schüttelte den Kopf. »Irgend so ein bescheuertes Miststück von Wahrsagerin aus dem Nordosten, Boston oder so, ist in die Stadt gekommen und hat eine junge Frau, ich glaube, sie war die Schwiegertochter des Polizeichefs, um rund vierzehntausend Dollar erleichtert. Na ja, ich kann ihm nicht verübeln, daß er sauer auf sie war, obwohl er eigentlich auch auf die junge Frau hätte sauer sein müssen, weil sie so blöd war, aber er hat sich auf alles und jeden gestürzt, der sich für irgendeine Art von alternativer Medizin oder für Esoterikkram oder so interessiert hat. Es war nicht fair, und es war nicht richtig, aber dagegen war nichts zu machen. Ich hatte weder das Geld noch die Energie, um dagegen anzugehen.«

»Wo war das?«

»Spielt keine Rolle, wie die Stadt hieß. Es war vor langer Zeit in Louisiana. Und außerdem ist die Dirne tot.«

»Wie bitte?«

Sie lachte. »Ein Zitat. Eine meiner unausrottbaren Sünden. Ich zitiere ständig irgendwas. Das Zitat ist von Shakespeare, oder vielleicht auch Ben Jonson. Ich bin mir nicht ganz sicher, und fragen Sie mich nicht, aus welchem Stück, weil ich mich nicht erinnern könnte, wenn ich müßte. Es bedeutet bloß, daß das, worüber wir reden, sich vor langer Zeit und weit weg von hier ereignet hat und daß es sich nicht lohnt, jetzt noch darüber zu reden.«

»Warum haben Sie es dann erzählt?«

»Cops«, sagte sie knapp.

»Vielleicht würde es helfen, wenn Sie sich nicht Schwester Adlerfeder nennen würden. Das ist doch nicht Ihr Name, oder?«

»Mein Name«, sagte sie präzise, »ist Matilda Greenwood. Und ich bin wirklich ein Trance-Medium, aber ich nehme nicht an, daß Sie an so was glauben.«

»Nicht wirklich«, gab ich zu. »Ich weiß nicht einmal genau, was das bedeutet. Es ist so was Ähnliches wie dieses Channeling, nicht?«

»So ungefähr. Daran glauben Sie vermutlich auch nicht.«

»Nein.«

Sie zuckte erneut die Achseln. »Warum sollten Sie auch? Zwei Drittel von denen sind Schwindler. Ich nicht.«

»Erzeugen Sie Ektoplasma und so Zeug?«

»Du meine Güte, sie hat sich was angelesen. Nein. Ich erzeuge kein Ektoplasma oder geisterhafte Fingerabdrücke oder Hände voller Paraffin, und wenn Sie je an jemanden geraten, der das kann – so richtig –, dann rufen Sie mich hoffentlich an, weil ich das gern mit eigenen Augen sehen würde. Aber ich bin wirklich ein Medium. Und ehrlich gesagt, ich wünschte, ich wäre es nicht. Es ist anstrengend. Ich meine, richtig anstrengend. Ich würde auf der Stelle damit aufhören, wenn ich könnte.«

»Und warum können Sie nicht?«

»Haben Sie je versucht, vom Bücherschreiben zu leben?«

»Nein.«

»Na, dann lassen Sie's auch bleiben, es sei denn, Sie wollen in einem Zelt wohnen und sich von Eicheln ernähren. Selbst wenn das Einkommen einigermaßen ausreicht, Sie kriegen so unregelmäßig Geld rein, daß Sie Ihr ganzes Leben immer nur irgendwelche Rückstände aufholen – Sie wissen schon, wenn Sie im Juli die Rechnungen vom Juni bezahlen, aber für Juli und August können Sie erst im September bezahlen. So was eben. Leute mit unregelmäßigem Einkommen leben ständig so. Lassen Sie lieber die Finger davon.«

»Ich habe es auch nicht vor. Ich hole so schon ständig irgendwelche Rückstände auf. Was für Bücher schreiben Sie denn?«

»Gesundheitsbücher. Ich versuche, die Leute davon abzubringen, sich den Körper mit schädlichen Chemikalien vollzustopfen. Und Selbsthilfebücher. Ich versuche, die Leute dazu zu bringen, sich selbst zu mögen.«

»Ach. Warum arbeiten Sie dann nicht in einem Bioladen oder so?«

»Acht Stunden auf den Beinen für den Mindestlohn? Das habe ich auch schon gemacht. Danach war ich zu müde, um zu schreiben. Sind Sie hier, um mich das zu fragen?«

»Wir sind tatsächlich etwas vom Thema abgekommen. Ich war bloß neugierig. Nein. Ich habe ein paar Fragen zu Jane Stevenson.«

Sie musterte mich. »Was ist mit ihr? Sie war am Sonntag nicht in der Versammlung, soviel kann ich Ihnen sagen.«

»Sie ist tot.«

»Das überrascht mich nicht. Ihr Gewicht, bei den Herzproblemen, die sie hatte – ich habe ihr nicht nur einmal, sondern hundertmal gesagt, sie soll aufhören, diesen Schrott zu essen, und anfangen spazierenzugehen. Wissen Sie, was sie gegessen hat? Zum Frühstück, zum Mittag- und zum Abendessen – Orangeneis. Alle Jubeljahre mal ein Stück Käse. Niemals Obst, niemals Gemüse. Ich wette mit Ihnen um drei Dollar, daß sie Skorbut hatte. Woran ist sie gestorben?« Die Füße jetzt bequem auf einen Stapel Zeitschriften gelegt, sah sie mich interessiert an.

»Tja, nicht an Skorbut«, sagte ich. »Sie wurde erwürgt.«

Schwester Adlerfeder – Matilda Greenwood – setzte ihre Tasse ziemlich laut ab. »Soll das ein Witz sein?«

»Nein, das soll kein Witz sein. Sie wurde erwürgt, irgendwann am Wochenende, vermutlich Samstag abend.«

»Und Sie wollen wissen, was Sie mir hinterlassen hat und ob ich davon wußte und wo ich Samstag abend war?«

»Sie hat Ihnen nichts hinterlassen. Sie können mir erzählen, wo Sie Samstag abend waren, wenn Sie möchten, aber deshalb bin ich nicht gekommen.« Langsam ärgerte mich ihre trotzige Art. Wenn sie nicht wollte, daß man sie verdächtigte, wieso war sie dann in so einem Gewerbe, noch dazu mit so einem kitschigen falschen Namen?

»Samstag abend«, sagte sie, »hatte ich eine Sitzung.«

»Eine Séance?«

Sie erschauerte gespielt. »Bitte. Eine Sitzung. Hier. Es waren drei Frauen bei mir. Ich kann Ihnen ihre Namen geben, wenn Sie möchten. Hören Sie, ich bin keine Schwindlerin. Ich bin ein richtiges Medium. Das ganze Brimborium – den Namen, die Gewänder, den ganzen Mist – erwarten die Leute einfach, und wenn sie es von mir nicht bekommen, gehen sie zu einer anderen, die ihnen das alles liefert, und die könnte wirklich eine Schwindlerin sein, die nur ihr Geld will.«

»Und Sie nehmen kein Geld?«

»Freiwillige Spenden. Reicht gerade für Miete und Nebenkosten. Von den Büchern bezahle ich meine Lebensmittel, meistens. Wenn ich pleite bin, sage ich das meinen Kunden und lasse sie entscheiden, was sie dagegen tun wollen, wenn überhaupt. Hören Sie, mein Wagen ist zwölf Jahre alt, und im Moment parkt er irgendwo mit zwei platten Reifen. Mein Computer ist ein Commodore, Neupreis hundertneunundzwanzig Dollar, und der ist fünf Jahre alt. Wenn ich jemanden reinlegen wollte, hätte ich sehr viel bessere Möglichkeiten. Was sind Sie, irgend so eine fundamentalistische Baptistin oder so?«

»Ich bin Mormonin«, sagte ich. »Das heißt, eigentlich bin ich das nicht, weil ich nicht getauft bin, aber das ist die Kirche, in die ich gehe, wenn ich gehe, und mein Sohn ist dort Mitglied.«

Sie nickte. »Mormonin? Nein, dann glauben Sie natürlich nicht an Medien. Aber ich wette mit Ihnen um drei Dollar, daß Joseph Smith daran geglaubt hat.«

»Sie könnten recht haben. Keine Ahnung. Wetten Sie gern um drei Dollar?«

Sie zuckte die Achseln. »Nur so eine Redensart.«

»Haben Sie mit Jane Stevenson um drei Dollar gewettet, daß sie gesund würde?«

»Nein. Es war klar, daß sie sterben würde. Sehr bald. Ich habe versucht, ihr die Angst vor dem Sterben zu nehmen.«

»Sie haben nie zu ihr gesagt, sie könnte die Krankheit überwinden?«

»Nein. Das wäre böse gewesen. Wieso hätte ich ... Moment mal. Warum fragen Sie das überhaupt?«

»Ich darf mitten in einer Morduntersuchung keine Erklärungen geben«, sagte ich ziemlich grantig. »Haben Sie nur samstags abends Sitzungen?«

»Samstags abends, sonntags morgens ...« Sie winkte schwach mit der Hand, klang so, als wollte sie die Aufzählung fortsetzen.

Ich unterbrach sie. »Und Mittwoch abends?«

»Manchmal. Wieso?«

»Bei Jane Stevenson zu Hause?«

Sie setzte sich aufrechter hin, sah mich an. »Wozu in aller Welt hätte ich das machen sollen? Nein, ich war nur einmal bei Jane Stevenson zu Hause. Es hat mich deprimiert. Ich glaube nicht, daß ich dort in Trance fallen könnte.«

»Wissen Sie zufällig von irgendwelchen Treffen oder Partys, die dort stattgefunden haben?«

»Nein. Ich kann mir das auch nicht vorstellen. Wirklich. Ich meine das nicht abwertend, aber ihr Haus war wirklich deprimierend. Wissen Sie, daß sie noch immer mit all den Möbeln ihrer Großmutter gelebt hat? Und sie wollte immer, daß ich ihre Großmutter rufe, um mit ihr zu reden.«

»Und hat sie?«

»Wer? Die Großmutter? Einmal. Ihre Großmutter hat zu ihr gesagt, sie sei eine dumme Göre und sie sollte etwas Besseres mit ihrer Zeit anfangen. Sie – Jane, meine ich – dachte, ich hätte das erfunden.«

»Haben Sie?«

»Nein. Das heißt, nicht bewußt. Ich glaube nicht. *Dumme*

Göre ist ein Ausdruck, den ich nicht benutzen würde. Er klingt irgendwie veraltet, finde ich.«

»Na, so veraltet nun auch wieder nicht«, sagte ich zurückhaltend, weil ich mich vage daran erinnerte, daß meine Großmutter mich mal so genannt hatte, als ich wegen etwas geweint hatte, das nicht zu ändern war.

»Egal«, sagte Matilda – ich konnte sie wirklich nicht Schwester Adlerfeder nennen. »Nein. Auf Ihre Frage, nein, sie hat mir gegenüber nie irgendwelche Partys oder Treffen erwähnt. Und ich habe bestimmt nicht gesagt, sie könnte gesund werden. Ich habe ihr genau das Gegenteil gesagt. Aber sie war ... irgendwie heimlichtuerisch geworden, in den letzten Monaten. Vielleicht ist heimlichtuerisch nicht das richtige Wort. Verstohlen, ja genau, verstohlen. Ich hatte so ein Gefühl, als hätte sie irgendwas vor, von dem sie wußte, daß ich es nicht billigen würde.«

»Irgendeine Ahnung, was?«

»Nein. Nicht die geringste.«

»Wissen Sie zufällig, weshalb sie sich hat scheiden lassen?« Vielleicht täuschte ich mich, aber ich hatte den Verdacht, falls mehr dahintersteckte, als Bev wußte, würde diese Frau es wissen.

»Sie war nicht geschieden. Nur getrennt.«

»Aber wußten Sie –«

»Wegen seiner Qualmerei natürlich. Ich dachte, Sie wüßten das.«

»Seiner Qualmerei?«

»Ihr Mann hat dauernd geraucht«, sagte Matilda geduldig, »und noch dazu Zigarren. Jane konnte das nicht ertragen. Das war nicht nur ein Vorwand. Sie konnte es wirklich nicht aushalten, mit Rauchern zusammenzusein. Einmal hat in meiner Kirche jemand eine Zigarette angezündet, was ich *nicht* erlaube, und bevor ich bei ihm war, um ihm zu sagen, er solle sie ausmachen oder auf der Stelle gehen, war Janes Gesicht schon blau angelaufen. Aber ihr Mann konnte nicht mit dem Rauchen aufhören. Seine Frau war todkrank, aber er konnte einfach nicht auf seinen Tabak verzichten.«

»Solche Leute kenne ich«, pflichtete ich ihr bei. Ich würde gern wissen, ob anderen vielleicht andere Gründe genannt worden waren. »War sie mit irgendwem aus Ihrer, ähm, Kirche besonders eng befreundet?«

»Nein. Na ja, vielleicht Winifed Hauksby, aber ich glaube nicht, daß sie sehr eng befreundet waren.«

»Meinen Sie nicht Winifred?«

»Winifed. Ich kann nichts dafür, von mir hat sie den Namen nicht.«

Sie suchte Winifed Hauksbys Telefonnummer und Adresse für mich heraus, und ich dankte ihr und verabschiedete mich. Ich glaube zwar noch immer nicht an Medien, und ich glaube eigentlich auch nicht, daß Joseph Smith daran glaubte. Aber ich war ziemlich sicher, daß Matilda Greenwood an Trance-Medien glaubte. Und sie war vermutlich bei weitem nicht so schlimm für die Leute in ihrer Kirche, wie es viele andere Medien gewesen wären.

Ich würde später versuchen, mit Winifed zu sprechen, denn Matilda war ziemlich sicher gewesen, daß sie nichts wußte. Ich sah auf meine Uhr. Zack müßte in wenigen Minuten seinen Laster abstellen. Wenn ich direkt zum Lagerhaus von Charles's Chips fuhr, würde ich ihn vielleicht noch erwischen.

Doch dann überlegte ich es mir anders.

Jetzt, wo zu Hause ein Baby auf mich wartete, bin ich sehr viel besser darin, pünktlich Feierabend zu machen, als früher. Und ich hatte noch gerade genug Zeit, um zum Präsidium zu fahren, meinen Dienstwagen zu parken und ein paar Zeilen zu diktieren, die eine Sekretärin später abtippen konnte, bevor es Zeit für mich war, nach Hause zu fahren. Zack Stevenson konnte warten. Ich glaubte eigentlich nicht, daß er irgendwas mit dem Mord zu tun hatte. Ich glaubte eigentlich nicht, daß der Mord ein persönliches Motiv hatte. Mein Verdacht war, daß wir, vielleicht auch erst in sechs Monaten, herausfinden würden, daß ein Einbrecher ins Haus eingestiegen war, gedacht hatte, sie würde schlafen, und feststellen mußte, daß sie nicht ganz schlief.

So was kommt vor.

Als ich aus dem Aufzug trat, um zu meinem Büro zu gehen, schaute mich Millie – unsere Neue am Empfang – mit einem halb verschmitzten, halb hämischen Blick an. »Du hast Besuch«, eröffnete sie mir.

»Danke«, sagte ich und betrat das Büro des Sonderdezernats, wo ich wie angewurzelt stehenblieb. »Oh, verdammt«, sagte ich laut.

Ed Gough – das wird *Goff* ausgesprochen – wandte sich um und sah mich traurig an. »Das ist nicht nett«, sagte er.

»Ed, was machen Sie denn hier?«

Sie müßten Ed kennen. Er ist ein kleiner Mann, zirka 1,70, mit struppigem, graumeliertem Haar. Seine Kleidung sieht immer so aus, als wäre sie zu groß für ihn, und er hat immer einen Ausdruck im Gesicht, als wäre sein bester Freund vor fünf Minuten gestorben.

Das ist nicht der Grund, warum Cops zuviel kriegen, wenn er auftaucht.

Vor ziemlich vielen Jahren hat Ed, damals Anfang Zwanzig, seine neunzehn Jahre alte Schwester vergewaltigt und ermordet. Sie trug ein grünes Kleid. Das Gericht und die Psychiater waren einhellig der Meinung, daß Ed weder zur Tatzeit noch während des Prozesses zurechnungsfähig war, und Ed wurde in sichere Verwahrung genommen, wo er eine ganze Weile verbrachte. Doch vor sieben Jahren wurde er auf freien Fuß gesetzt, was weder ihm noch uns gefiel.

Seit sieben Jahren arbeitet Ed in einem ausgesprochen ärmlichen Pflegeheim, das ihn, wie ich nur vermuten konnte, deshalb eingestellt hatte, weil für den Lohn, den er dort bekam, niemand Besseres zu kriegen war. Die Vorstellung, daß er mit hilflosen, alten Menschen arbeitete, beunruhigte mich. Doch wie Dutch Van Flagg mir einmal erklärte, müßte es völlig ungefährlich sein. Bettlägerige alte Frauen tragen keine grünen Kleider.

Seit sieben Jahren taucht Ed bei uns im Büro auf, um jeden Frauenmord zu gestehen, der in Tarrant County gemeldet wird.

In den letzten Monaten, seit ich nach der Geburt von Cameron wieder arbeite, hat er sich auf mich kapriziert.

Er starrte mich noch immer an, mit vorwurfsvollem Hundeblick. »Tut mir leid, daß ich ein böses Wort benutzt habe«, sagte ich zu ihm. »Weshalb sind Sie hier?«

»Ich habe es getan, wissen Sie.«

»Sie haben was getan?«

»Sie ermordet. Diese Lady. Es war heute in den Nachrichten. Ich war es. Ich hab' sie umgebracht. Sie hatte ein grünes Kleid an.«

»Ed«, sagte ich müde, »sie hatte ein Nachthemd an.«

»Das war später. Ich habe sie umgebracht. Sie hatte ein grünes Kleid an. Sie müssen mich ins Gefängnis stecken, damit ich nicht noch jemanden umbringe.«

»Man wird nicht zulassen, daß wir Sie ins Gefängnis stekken«, sagte ich. »Obwohl ich es mir wünschte. Ich weiß, Sie wären dort glücklicher, und ich würde mich für Sie freuen, wenn Sie dort wären. Aber man wird es nicht zulassen.«

Das war nicht einmal ein Witz. Ed hatte in den Jahren seit seiner Freilassung wiederholt versucht, sich selbst in eine geschlossene Anstalt einzuweisen. Die Kliniken hatten ihn jedesmal mit einer Handvoll Beruhigungsmitteln und Verhaltensregeln wieder nach Hause geschickt.

»Können Sie nicht veranlassen, daß man mich einsperrt?« flehte er. »Ich habe sie umgebracht. Sie hatte ein grünes Kleid an.«

»Ed, ich habe eine Freundin, die ist Psychiaterin«, sagte ich. »Ich rede mit ihr. Vielleicht hat sie ja eine Idee, wie Sie wieder eingesperrt werden können.«

»Reden Sie noch heute mit ihr.«

»Sobald ich Gelegenheit habe.«

»Versprochen?«

»Versprochen. Aber, Ed, jetzt müssen Sie nach Hause gehen. Ich muß noch Berichte schreiben.«

»Nach Hause gehen?«

»Ja, Sie müssen nach Hause gehen.«

»Und was, wenn ich eine Lady in einem grünen Kleid sehe?«

»Schauen Sie woanders hin«, riet ich und nahm den Kassettenrecorder aus meinem Schreibtisch, um meinen Bericht zu diktieren.

Ed trottete von dannen, mit leicht unzufriedenem Blick. Ich hoffte, er würde zur Arbeit gehen.

Was konnte er da wohl anstellen?

Kapitel 4

Im Aufzug grübelte ich mißmutig über Ed Gough nach. Eines Tages, dachte ich, wird Ed Gough wirklich wieder jemanden töten. Und dann fällt die Presse über uns her wie Fliegen über Sie wissen schon und will wissen, warum wir es nicht verhindern konnten. Und genauso fällt sie über die Psychiater her und will wissen, warum *die* es nicht verhindern konnten. Und keiner von den Presseleuten wird auch nur eine Sekunde darüber nachdenken, daß es ja ihre ureigenen Gesetze waren, die es unmöglich machten, daß Ed Gough dort untergebracht wurde, wo er – und seine potentiellen Opfer – in Sicherheit wären.

Ich hatte nicht direkt Angst vor Ed Gough.

Aber ich war für gewöhnlich bewaffnet.

Und ich trage selten ein grünes Kleid.

Als ich an meinem Wagen war, wurde ich schon wieder traurig. Es war mein Geburtstag, und niemand, niemand, überhaupt niemand hatte daran gedacht. Na ja, meine Mutter hatte angerufen und gesagt, ich sollte an meinem nächsten freien Tag, wann immer der auch sein mochte, zu ihr rauskommen, weil sie etwas für mich hatte. Und ich erwartete ja nicht, daß meine Kollegen an meinen Geburtstag dachten. Aber bei einem Ehemann und vier Kindern – na schön, Cameron ist noch nicht ganz in dem Alter, wo man an so was denkt – würde man schon erwarten, daß wenigstens *einer* es nicht vergißt.

Ich schmollte den ganzen Weg nach Hause.

Ich schmollte noch immer, als ich zu Hause ankam, aber niemand bemerkte es. Mein Mann Harry saß vor seinem Funkgerät, unterhielt sich weiter mit irgendwem in Nome oder Fargo oder wo auch immer, und mein Sohn Hal war überhaupt nicht zu Hause. Natürlich mußte ich meinen sieben Monate alten Sohn Cameron hochnehmen und ihn knuddeln, weil er quietschte und seine Ärmchen zu mir hochstreckte. Ich konnte ihn unmöglich anschmollen, also hörte ich damit auf. Es brachte sowieso nichts.

Ich war eigentlich nicht fair. Harry hatte zwar meinen Geburtstag ganz offensichtlich vergessen. Aber er hatte auch so schon genug im Kopf, ohne an Geburtstage zu denken – zum Beispiel seinen Job, den er seit Januar nicht mehr ausübte, seit er einen Hubschrauber auf die Seite aufgesetzt hatte und im Krankenhaus gelandet war, mit einem schlimmen Beinbruch, der nicht richtig verheilt war, und allerhand anderen Verletzungen, und zum Beispiel die Versicherung, die sich mit vermutlich vernünftigen Argumenten auf den Standpunkt gestellt hat, daß er zwar berufsunfähig sei, was seine Tätigkeit als Hubschraubertestpilot anging, daß er aber noch sehr viele andere Dinge machen konnte, weshalb sie ihn natürlich nicht als arbeitsunfähig einstufen könnten. Die Tatsache, daß er nichts anderes konnte, schien keine Rolle zu spielen.

Deshalb büffelte er jetzt emsig für seinen Abschluß in Betriebswirtschaft, der ihn für den Verwaltungsjob qualifizieren würde, den Bell Helicopter ihm angeboten hatte, den er aber nicht angenommen hatte, weil er ihn sich noch nicht zutraute. Da ich tagsüber arbeitete und er nur an einem Abend pro Woche Seminare hatte (was sich nach weniger anhört, als es ist, wenn man bedenkt, daß in sechs Wochen das Arbeitspensum eines normalen Semesters abgedeckt wird), erledigte er außerdem die meiste Hausarbeit bis auf das Kochen, wozu er nicht sonderlich begabt ist, und die Wäsche, was ich ihm verboten hatte, nachdem er eine Überdosis Chlorbleichmittel in eine Wäscheladung geschüttet hatte, die überhaupt keine benötigte, und sämtliche Nähte meines Lieblingsslips zerfressen waren. Danach erschien es mir einfach weniger anstrengend, die Wäsche selbst zu machen als darüber zu diskutieren.

Na schön, er räumte das Geschirr in die Spülmaschine, staubsaugte und sah nach Cameron. Aber *er* meinte, er würde die meiste Hausarbeit machen, und zwischen Hausarbeit und Napoleon Hill Institute of Management, das eindeutig sehr viel von Hausaufgaben hielt, auch wenn sie (wie es im Kleingedruckten in den Broschüren des Instituts hieß) nichts mit Napoleon Hill zu tun hatten, blieb Harry sehr wenig Zeit für seine geliebten Amateur- und CB-Funkgeräte und sein kleines Privatflugzeug.

Anscheinend war er heute mit Hausarbeit und Hausaufgaben früh fertig geworden. Er plauderte nicht nur fröhlich am Funkgerät, sondern er hatte sich auch rasiert und sogar was anderes angezogen als seine übliche Ich-bin-den-ganzen-Tag-zu-Hause-Kluft, die aus einem zerrissenen T-Shirt, das schon alt war, als Nixon Vizepräsident – na schön, Präsident – war, und einer Khakihose mit Farbflecken besteht. Er trug eine saubere Khakihose, und er hatte tatsächlich ein Oberhemd, wie man es im wirklichen Leben trägt, über was auch immer für einem T-Shirt an, das er im Augenblick trug. Wow. Er war richtig herausgeputzt.

Hal und seine Freundin Lori kamen durch die Verandatür hereingeschlendert, so ineinander verschlungen, daß ich mir nicht recht erklären konnte, wie sie dabei noch gehen konnten. Hal hatte seinen üblichen Draußen-in-der-Stratosphäre-Ausdruck im Gesicht – manchmal glaube ich, er lebt auf dem Neptun –, aber Lori, die sich umdrehte, um dem Hund die Tür vor der Nase zuzuknallen, sah aus, als wäre sie wegen irgendwas einigermaßen zufrieden mit sich selbst. Auch sie waren herausgeputzt. Das hieß, daß sie saubere Jeans und saubere, gleiche T-Shirts anhatten (diesmal schmückten die T-Shirts Bilder von der Göttin der Demokratie auf dem Platz des Himmlischen Friedens, was ich recht nett fand), und sie hatten Schnürsenkel in ihren Turnschuhen. Die Schnürsenkel waren sogar *zugebunden*! Das war unglaublich. Vielleicht war mein Geburtstag doch nicht so vergessen, wie ich gedacht hatte.

Es wäre hilfreich, wenn irgendwer irgend etwas zu mir sagen würde, irgend etwas, das über Harrys »Hi, Deb«, Hals »Hi, Mom« und Loris »H'lo, Deb« hinausging. Cameron gluckste natürlich nur, und der Hund winselte an der Hintertür.

Ich öffnete die Tür, sagte »Hi, Pat«, während ich mit dem Knie an der Tür eine Barrikade gegen den Ansturm des Hundes errichtete, der wie üblich darauf beharrte, daß er eigentlich im Haus wohnte, und kraulte Pats Ohren. Pitbulldoggen scheinen stark juckende Ohren zu haben. Dann beschloß ich, mir das Gesicht waschen zu gehen. Ich wollte Cameron wieder in den Laufstall legen, aber Lori streckte die Arme nach ihm aus, und er lächelte sie übers ganze Gesicht an, also ließ ich sie ihn nehmen.

Als ich wiederkam, war May Rector eingetroffen. Sie wohnt ein Stück die Straße hinunter, und – auf ihre Bitte hin, nicht auf meine – babysittet sie Cameron, wenn kein Mitglied der Familie dafür zur Verfügung steht. Sie lächelte freundlich und sagte: »Herzlichen Glückwunsch zum Geburtstag, Liebes« und überreichte mir eine Glückwunschkarte.

Ich dankte ihr, hörte mich wahrscheinlich genauso verdutzt an, wie ich es war – woher wußte sie, daß ich Geburtstag hatte? –, und Harry sagte gedehnt: »Wir gehen essen, Deb. Möchtest du noch was erledigen, bevor wir gehen?«

Ich deutete das als Wink mit dem Zaunpfahl, daß ich mich umziehen, mir die Haare kämmen und etwas Make-up auflegen sollte. Aber leider muß ich, selbst wenn ich an meinem Geburtstag essen gehe, meine Pistole mitnehmen. Gauner, wissen Sie, haben niemals Feierabend, und sie scheinen mich vom Sehen gut zu kennen. Deshalb sind die Möglichkeiten, was ich anziehen kann, bis zu einem gewissen Grad begrenzt, es sei denn, ich stecke die Pistole in meine Handtasche, einen Ort, den ich für ein Sicherheitsrisiko halte.

Egal. Ich hatte keinen Grund zu der Annahme, daß ich heute abend eine Pistole brauchen würde. Ich tat sie in meine Handtasche, was bedeutete, daß ich ein leidlich feminines Kleid tragen konnte, anstatt eines Blazers, der so geschnitten sein muß, daß er ein Schulterhalfter verbirgt.

Cattleman's. Noch dazu einen Raum nur für uns. Für Harry und mich, Hal und Lori, meine ältere Tochter Vicky und ihren Anwaltsmann Don, meine jüngere Tochter Becky und ihren Medizinstudentenmann Olead. Ich machte mir langsam Sorgen wegen der Kosten dieses Gelages. Zur Zeit müssen Harry und ich jeden Penny zweimal umdrehen. Zwar würde Olead Baker – der nicht nur Medizinstudent, sondern auch ein millionenschweres

Finanz-Wunderkind ist – nicht einmal merken, was die ganze Party kostete, aber Harry war in letzter Zeit auffällig (oder vielleicht sollte ich besser sagen, unauffällig) unwillig gewesen, von seinem Schwiegersohn Gefälligkeiten anzunehmen.

Das war, so vermutete ich, auch der Grund für die etwas unnatürliche Zurückhaltung, mit der Harry Olead begrüßte. Olead tat so, als würde er es gar nicht merken. Ich war sicher, daß er nur so tat, denn Olead bekommt immer alles mit. Aber Becky plauderte munter über das Baby, das sie im November erwartete, und über die neuesten Großtaten von Oleads drei Jahre altem Halbbruder, den Olead und Becky adoptiert haben. Vicky plauderte im Gegenzug über ihren Sohn Barry, der am selben Tag zur Welt gekommen war, an dem Olead von dem Vorwurf freigesprochen worden war, seine Mutter, seinen Stiefvater und noch drei andere Menschen umgebracht zu haben, und offenbar nahm niemand außer mir diesen beklommenen Augenblick wahr.

Zwei Stühle und Gedecke waren noch immer unbesetzt. Anscheinend waren wir noch nicht vollzählig.

Tatsächlich. Meine Freundin Susan Brown, eine der herausragendsten Psychiaterinnen von Fort Worth, kam herein, und hinterdrein schlenderte ein äußerst gutaussehender Mann, den ich noch nie gesehen hatte. Susan, die ein besticktes blaues Baumwollhemd, einen blauen Denimrock mit allerlei Firlefanz dran und schwarze Cowboystiefel trug, lief gegen einen Stuhl, blieb stehen, trat zurück, wurde rot und fing an, sich an ihrem rechten Zopf zu schaffen zu machen, der sich wie üblich aus den Haarnadeln befreit hatte, die ihn angeblich oben auf ihrem Kopf verankerten, und jetzt neben ihrem Ohr baumelte. »Das ist Brad«, sagte sie fast unhörbar, während sie den Zopf wieder planlos feststeckte.

Brad – wer auch immer Brad war – grinste mich freundlich an. »Hi«, sagte er. »Du mußt Deb sein.«

Ich nickte, ganz genau wissend, daß ich ihn anstarrte. Harry stand auf, nahm seine beste, militärische Mann-von-Welt-Pose ein und streckte seine Hand so förmlich aus, wie es unter Männern üblich zu sein scheint. »Harry Ralston«, verkündete er. »Debs Ehemann. Ich bin Hubschraubertestpilot.«

»Brad Graves«, erwiderte Brad. »Susans Verlobter. Ich bin Seelenklempner.«

Das war das erste Mal überhaupt, daß ich gehört hatte, wie ein Psychiater sich selbst als Seelenklempner bezeichnete, und ich war ein wenig verdutzt. Aber bei weitem nicht so verdutzt, wie ich darüber war, daß er sich als Susans Verlobter vorgestellt hatte. Susan ist schließlich fünfundvierzig Jahre alt. Da sie nie verheiratet war, hatte ich keinen besonderen Grund zu erwarten, daß sie es je tun würde.

Das ist vermutlich ein Klischee. Dennoch, bei einer fünfundvierzigjährigen Frau, die nie verheiratet war – oder auch bei einem Mann in dem Alter –, besteht nicht gerade eine überwältigend hohe Wahrscheinlichkeit, daß sich das noch mal ändert.

Jedenfalls hätte man doch meinen können, daß sie es mir erzählt hätte – es sei denn, die Verlobung war noch ganz frisch. Aber man hätte doch meinen können, daß sie mir zumindest erzählt hätte, daß sie einen Freund hatte.

Harry und Brad Graves waren augenblicklich in eine Diskussion über irgend etwas in den Nachrichten vertieft, in deren Verlauf Harry ihn »Dr. Graves« nannte. Dr. Graves winkte ab und sagte: »Brad, Brad. Sind wir hier nicht alle Freunde?«

In Wahrheit waren wir hier nicht alle Freunde. Ich war mir ganz und gar nicht sicher, ob ich Brad Graves mochte, obwohl ich in arge Not gekommen wäre, hätte ich erklären müssen, warum. Er hatte einen Kopf voll – etwas zu voll – mit welligem, silbrigem Haar, und er hatte blaue Augen und eine schöne, gleichmäßige Bräunung und das etwas zu aufrichtige Lächeln und den etwas zu festen Händedruck eines Vertreters oder Politikers.

Na schön, das war nicht nur ein Klischee. Das war ein Vorurteil. Vielleicht sehen Psychiater nun mal so aus. Vielleicht ist Susan die Ausnahme.

»Woran arbeitest du zur Zeit, Deb?« fragte Olead von der anderen Seite, und ich wandte meine Aufmerksamkeit ihm zu.

Das geschah nicht bloß aus Höflichkeit. Olead interessiert sich immer brennend für meine Arbeit. Ich fing an, ihm von dem neuen Fall und den damit verbundenen Frustrationen zu erzählen.

»Ich kenne eine Jane Stevenson«, sagte Olead. »Aber wahrscheinlich ist es nicht dieselbe Frau.«

»Wahrscheinlich nicht«, stimmte ich zu, weil ich mir keine Situation vorstellen konnte, in der Olead, mit seinem Geld und seiner Ausbildung, diese bestimmte Jane Stevenson kennengelernt hätte.

»Richtig ... äh ... dick«, sagte er. »Ich glaube, sie arbeitet im Wasseramt. Schlimmes Herzleiden. Sieht man ihr schon an.«

»Dieselbe Frau«, sagte ich überrascht.

»Hmm«, sagte er nachdenklich. »Ich kann mir nicht vorstellen, warum irgendwer sie ermorden sollte. Na ja, eigentlich doch, aber ...«

»Olead, wenn du eine Idee hast, die mir weiterhelfen könnte, raus mit der Sprache.«

Er zuckte die Achseln. »Es ist kein richtiger Grund. Sie war ziemlich unausstehlich. Weinerlich. Du weißt schon. Aber es bringt ja wohl keiner jemanden um, nur weil er weinerlich ist.«

»Leute werden aus jedem erdenklichen Grund oder ohne jeden Grund umgebracht. Olead, ich muß dich das fragen, wo in aller Welt hast du Jane Stevenson kennengelernt?«

»Auf einem Mensa-Treffen.« Er spielte mit seinem Glas Wasser.

»Einem *Mensa*-Treffen?«

»Ja«, sagte er. »Ich weiß, daß du weißt, was Mensa ist. Ich sage dir dauernd, du solltest beitreten.«

»Mir ist schleierhaft, wieso du meinst, die würden mich aufnehmen«, begann ich.

»Ach, Deb«, echote Olead, »mir ist schleierhaft, wieso du meinst, die würden dich *nicht* aufnehmen.«

»Olead, ich bin ein Cop«, sagte ich. »Und habe gerade mal den High-School-Abschluß.«

»Na und? Das spielt keine Rolle. Abermillionen Leute, die geeignet wären, treten nicht bei.«

»Wie viele?« fragte Brad, der seine Diskussion mit Harry beendet hatte und jetzt Olead und mir zuhörte.

»Na ja, vielleicht nicht Abermillionen. Jedenfalls Millionen. Es gibt viele geeignete Leute, die nicht beitreten.«

»Bei Mensa kommt nur rein, wer zu den intelligentesten fünf Prozent zählt«, sagte ich, »und ich weiß nicht, wieso du meinst –«

»Den intelligentesten zwei Prozent«, unterbrach Olead mich, »und ich kenne dich. Deshalb halte ich dich für geeignet. Ich meine, sieh es doch mal so. Von je hundert Menschen auf der Welt wären im Schnitt zwei geeignet. Und mach dir keine Sorgen, wenn du vor dem Test Angst hast. Das hat jeder. Sogar Isaac Asimov hatte Angst davor.«

»Du willst, daß ich einen Test mache, vor dem *Isaac Asimov* Angst hatte?«

»Aber Deb, er hat ihn bestanden.«

»Das heißt noch lange nicht, daß ich ihn bestehen würde.«

»Ach, Deb, mach den Test. Ich weiß, du würdest ihn prima hinkriegen.«

»Olead, ich möchte nicht –« Ich brach abrupt ab. »Jane Stevenson war Mensa-Mitglied?«

»Ja. Und wenn sie es geschafft hat, dann bin ich mir absolut sicher, daß du –«

»Moment mal, Moment mal, Moment mal, Schluß jetzt mit mir«, sagte ich, »ich möchte über Jane Stevenson reden. Sie war Mensa-Mitglied?«

»Das hab' ich doch schon gesagt.«

»Laß mich mal kurz überlegen. Ihre Nachbarin hat gesagt, sie hätte so was wie Partys oder Versammlungen in ihrem Haus gehabt.«

»Das stimmt.«

»Das waren Mensa-Treffen?«

»Ja. Jedenfalls mittwochs. Wenn sie an anderen Tagen Treffen hatte, dann weiß ich nicht, was –«

»Es war mittwochs«, sagte ich und verstummte.

»Ist was nicht in Ordnung?« Dann lachte er. »Das war eine dumme Frage, was? Du ermittelst in einem Mordfall, und ich frage, ob was nicht in Ordnung ist.«

»Ich denke bloß nach, zwei Prozent aller Einwohner von Fort Worth, und die Größe von Jane Stevensons Haus …«

»Na ja, bei weitem nicht alle, die geeignet sind, treten bei. Das habe ich dir gesagt. Aber …« Er blickte Brad und Susan an. »Vielleicht erklärt es einer von euch«, sagte er. »Ihr wart doch auch da.«

»Weißt du, was eine SIG ist?« fragte Brad mich.

»Nein, sie weiß nicht, was eine SIG ist«, sagte Olead. »Deb, SIG bedeutet *Special Interest Group*. Es gibt Aberhunderte von SIGs. Man wird Mitglied bei Mensa und dann Mitglied bei den SIGs. Okay, die Mensa-Ortsgruppe von Fort Worth ist richtig groß geworden, und schon der Gedanke, daß sich so viele Leute alle regelmäßig treffen, wäre lächerlich gewesen, daher haben wir … ach, es ist offiziell eine SIG, aber eigentlich eine Mini-Mensa-Ortsgruppe.«

»So was wie eine Splittergruppe?«

»Genau. Sie besteht überwiegend, aber nicht gänzlich aus Leuten, die in der Psychiatrie arbeiten.«

»Und Jane Stevenson gehörte ihr an?«

»Ja«, brummte Olead, blickte hinab auf seinen Teller, wirkte plötzlich und unerklärlicherweise sehr unglücklich.

»Eine Angestellte im Wasseramt?« fragte ich.

»Die Voraussetzung, um Mensa-Mitglied zu werden, ist Intelligenz«, sagte Brad. »Bei Mensa spricht man von Superintelligenz. Aber ansonsten gibt es keine Voraussetzungen. Im Ernst. Nichts anderes. Mensa hat Mitglieder im Gefängnis. Es gibt Mitglieder, die nicht für ihren eigenen Unterhalt sorgen könnten, selbst wenn sie verhungern müßten.«

»Aber in *der* SIG? Mit Angehörigen psychiatrischer Berufe?«

»Mensa hat viele Mitglieder«, sagte Brad, »die, um es mal flapsig auszudrücken, mehr oder weniger absonderlich sind. Du mußt bedenken, daß Intelligenz und geistige Gesundheit nicht ein und dasselbe sind. Jane wollte in unserer SIG mitmachen. Und wir konnten sie schlecht rauswerfen.«

»Na ja, wir hätten schon gekonnt«, sagte Olead, »aber es wäre gefühllos und kleinlich gewesen.« Er zappelte noch immer herum, und Becky betrachtete ihn äußerst besorgt.

»Ich denke, da steckt mehr dahinter«, sagte ich und blickte Susan an, die genauso unglücklich wirkte wie Olead.

»Nun ja«, sagte Susan und sagte nichts weiter.

Unser Essen wurde serviert, und Brad sagte: »Komm doch morgen früh in mein Büro, und wir unterhalten uns darüber. Dann habe ich noch etwas Zeit zu überlegen, was ich sagen kann, das dir weiterhilft, ohne meine beruflichen Grenzen zu überschreiten.«

»Dann steckt also doch mehr dahinter, etwas, das keiner von euch sagen will?«

»Ja«, sagte Brad und beließ es dabei.

Das war alles, was während des Essens über Jane Stevenson gesagt wurde. Susan und Brad schienen ebenso erleichtert wie Olead, daß das Thema vom Tisch war, und ich fragte mich wirklich, was in aller Welt eine offenbar harmlose Angestellte des Wasseramtes gesagt oder getan haben könnte, um eine derartige Reaktion bei diesen Menschen hervorzurufen. Bei diesen intelligenten, akademisch gebildeten Menschen.

Aber ich versuchte, mir die Sache aus dem Kopf zu schlagen. Schließlich war es mein Geburtstag. Und es wäre absurd, wenn ich jetzt, nachdem ich den ganzen Tag geschmollt hatte, weil niemand an meinen Geburtstag gedacht hatte, den ganzen Abend schmollen würde, weil mir niemand während meines Geburtstagsessens bei meinem Fall helfen wollte.

Als wir nach dem Essen zurück zu unseren Autos gingen, zog Olead mich auf dem Parkplatz beiseite. »Deb«, sagte er, »mach dir keine Sorgen.«

»Weswegen?«

»Wegen allem. Mach dir keine Sorgen, hörst du? Ich meine es

ernst. Mach dir keine Sorgen.« Er schmunzelte. »Hier ist deine Geburtstagskarte.«

»Du hast mir schon eine Geburtstagskarte gegeben.«

»Dann kriegst du eben noch eine.« Er schob sie mir in die Hand. »Lies sie zu Hause.«

Ich überlegte, was er gemeint haben könnte, nachdem wir Lori bei ihren Eltern abgesetzt hatten, nach Hause gekommen waren und Hal ins Bett geschickt hatten. Als Harry, der May Rector bis zu ihrer Haustür gebracht hatte, wieder zurück war, kam er ins Schlafzimmer, wo ich, nach einer Dusche in ein Handtuch gewikkelt, auf und ab ging und sagte: »Ich möchte dir was zeigen.«

Er gab mir den Kontoauszug.

»Ich schau' mir den Kontoauszug später an«, protestierte ich. »Es ist mitten in der Nacht, und ich muß – Oh. Ach du Schreck.« Trotz meiner Proteste war mein Blick seinem zeigenden Finger auf eine Einzahlung gefolgt – eine Einzahlung von zwanzigtausend Dollar. »Das kann nur ein gewaltiger Irrtum sein«, sagte ich schwach. »Solche Irrtümer gehen meist zugunsten der Bank.«

»Ich habe die Bank angerufen. Es ist kein Irrtum. Die Kassiererin hat gesagt, sie hätte in ihrem ganzen Leben noch nie soviel Bargeld auf einmal gesehen. Sie hat gesagt, ein großer Mann Mitte Zwanzig mit braunem Haar und blauen Augen hätte das Geld eingezahlt.«

»Olead«, sagte ich.

»Olead«, pflichtete er bei. »Deb, ich weiß nicht, was ich machen soll. Ich habe es heute nachmittag gegen drei festgestellt, und wir hatten seitdem keine Gelegenheit, darüber zu sprechen.«

Ich nahm meine Handtasche, holte die zweite Geburtstagskarte heraus, die ich bis dahin vergessen hatte, und öffnete sie.

Es war keine Geburtstagskarte. Es war so etwas wie eine Freundschaftskarte; vorne abgebildet war ein Elefant, der mit seinem Rüssel mehrere Luftballons hielt. Die Ballons teilten mir mit, daß Elefanten nie etwas vergessen. Im Innenteil standen ein paar Zeilen in Oleads Handschrift:

Deb –
Du und Susan, Ihr beide habt mir mein Leben zurückgegeben. Worte reichen nicht aus, um meine Gefühle zum Ausdruck zu bringen. Ich kann Euch nicht annähernd das geben, was Ihr mir gegeben habt. Aber etwas kann ich geben. Sag Harry, er soll es annehmen. Ich kann nicht einfach zusehen, wie Ihr beide Euch grämt wegen etwas, wobei ich Euch so mühelos helfen kann. Harry hat es immer wieder abgelehnt, und daher sah ich nur eine einzige Möglichkeit, also habe ich es getan. Keine Einwände.

In Liebe
Olead

Harry kratzte sich die Nase. »Tja«, sagte er.

»Harry, ich hab' gar nicht viel getan«, sagte ich. »Ich wußte von Anfang an, daß er niemanden umgebracht hatte. Ich konnte doch nicht einfach tatenlos zusehen, wie er hingerichtet wird.«

»Natürlich nicht«, sagte Harry.

»Und was willst du jetzt machen?« fragte ich. »Wegen dieser Sache?«

Er kratzte sich wieder die Nase. »Ich denke, ich werde ein paar Rechnungen bezahlen. Geh jetzt schlafen. *Hal, wenn du nicht sofort die verdammte Stereoanlage ausmachst, nehm' ich sie dir weg. Es ist mitten in der Nacht, und deine Mutter muß morgen früh zur Arbeit!*«

»Ich mach' ja schon«, schrie Hal zurück, in einem Ton beleidigter Unschuld, und die lieblichen Melodeien von Led Zeppelin, oder was auch immer es diesmal war, hörten auf, in die Nacht hinauszuschweben.

Als ich wach wurde, saß Harry noch immer im Wohnzimmer und starrte auf ein ausgeschaltetes Funkgerät.

Ich hatte vor, an dem Morgen zu Brad zu gehen. Zumindest war das meine Absicht. Doch um sieben Uhr erhielt ich einen Anruf. Matilda Greenwood hatte einen Mord gemeldet.

Ich brauchte einen Moment, bis mir einfiel, daß Matilda Greenwood Schwester Adlerfeder war.

Kapitel 5

Matilda Greenwood, in Wildleder und Perlen statt Jeans und Sweatshirt, wirkte etwas anders als am Tag zuvor, als ich sie zuletzt gesehen hatte. Ihr Gesicht war natürlich dasselbe, und auch die glänzenden, schwarzen, schulterlangen Zöpfe waren unverändert, aber damit hatte es sich auch schon. Sie sah verstört aus, ängstlich und blaß, und eine dünne, weiße Linie säumte ihre Lippen. Ich hatte schon oft Leute erlebt, die so aussahen, meistens wenn sie kurz davor waren, in Ohnmacht zu fallen.

Ich war direkt von zu Hause zum Tatort gefahren, ohne den Umweg übers Präsidium zu machen, um mir einen Dienstwagen zu holen, und ich wußte noch immer nicht mehr als das, was mir der Einsatzleiter am Telefon erzählt hatte: eine Frau mittleren Alters, tot im Bett, die Decke bis zum Hals hochgezogen.

Normalerweise hätten wir das als Leichenfund behandelt. Fotos, Totenschein und ab in ein Bestattungsinstitut. Nach gestern war das Sonderdezernat gefragt. Falls es ein Fehler war, so war es aus Vorsichtsgründen besser zu irren.

Ich setzte mich auf die Couch, was ich eigentlich erst hätte tun dürfen, nachdem Irene Loukas es mir erlaubt hatte, und sagte zu Matilda: »Kommen Sie doch her und erzählen Sie mir, was passiert ist.«

Sie blickte mich an, verschreckt, als wüßte sie nicht, ob sie meiner Aufforderung Folge leisten oder weglaufen sollte. Dann kam sie herüber und setzte sich neben mich, und der verspannte Ausdruck wich langsam aus ihrem Gesicht. Sie würde jetzt nicht in Ohnmacht fallen. »Was soll ich Ihnen erzählen? Ich meine, Sie sind die Polizei ...«

»Nur eine Polizistin von vielen. Und ich bin eben erst gekommen. Ich weiß so gut wie nichts darüber, was hier los ist. Wie war ihr Name?«

»Corie Meeks.« Matilda wischte sich über die Stirn, als wäre da eine störende Haarsträhne.

»Wie kam es, daß Sie sie gefunden haben?«

»Sie hat mich gestern abend gegen halb zwölf angerufen. Ich war schon im Bett – ich gehe meistens recht früh schlafen. Sie war ganz aufgelöst. Sie wollte, daß ich sofort zu ihr komme. Ich hab' ihr gesagt, daß ich schon halb eingeschlafen war und ob das nicht bis morgen Zeit hätte. Sie meinte, dann würde sie die ganze Nacht weinen. Und ich hab' gesagt, es täte mir furchtbar leid, aber ich wäre einfach zu müde, um noch zu fahren. Dann hat sie schließlich gesagt, ich sollte gegen halb sieben heute morgen kommen. Das war mir ganz recht, da ich immer früh aufstehe, und ich hab' gesagt, ich wäre um die Zeit da.«

»Ist sie Mitglied in Ihrer Kirche?«

Matilda lachte kurz auf. »Ich glaube, ich muß Ihnen da was erklären.«

Ich wartete.

Sie rutschte unruhig hin und her.

»Ich bin von Haus aus Psychologin«, sagte sie schließlich. »Ich meine, ich habe einen Abschluß in klinischer Psychologie.«

Ich war im wahrsten Sinne des Wortes sprachlos. Ich saß einfach da, mit offenem Mund. Schließlich brachte ich heraus: »Wieso dann Schwester Adlerfeder?«

»Das hängt mit all den depressiven alten Damen zusammen«, sagte sie. »Denen wollte ich helfen. Aber sie gehen nicht zu Psychologen oder Psychiatern, und sie erzählen auch ihren Hausärzten nicht, daß sie Depressionen haben, obwohl sie sich in deren Praxen mit allen möglichen diffusen Beschwerden drängen. Aber sie laufen in Scharen zu den Scharlatanen. Daher habe ich mir gedacht, wenn ich mich wie eine Scharlatanin verkleide – und ich bin wirklich ein Medium, auch wenn Sie an so was nicht glauben –, kann ich sie vielleicht erreichen und ihnen helfen, wenn es niemand sonst kann. Zumindest kann ich sie vor den richtigen Scharlatanen schützen. Und wenn ich ihre Depression so behandele, daß es aussieht wie Hokuspokus ... tja, dann ist ihnen ihre Depression vielleicht nicht mehr so peinlich ... Wissen Sie, viele ältere Leute verhalten sich so, als wären emotionale

Probleme etwas Sündhaftes ...« Sie geriet ins Stocken. Dann nickte sie. »Ja. Corie Meeks war in meiner Kirche. Aber wissen Sie, was noch?«

»Was noch?«

»Sie ist Sekretärin bei einem Psychiater. Sie denken wahrscheinlich, daß sie dann eigentlich hätte klüger sein müssen, als ... zu Schwester Adlerfeder zu gehen.«

»Bei welchem Psychiater?« fragte ich und dachte, daß ich bei den vielen Zufällen in letzter Zeit nicht überrascht wäre, wenn sie Brad Graves sagen würde.

Aber nein. Sie sagte, Corie war Sekretärin von Dr. Samuel Barrett.

Ich kannte keinen Samuel Barrett – nicht, daß es irgendeinen Grund gab, warum ich ihn hätte kennen sollen. Ich kenne weiß Gott nicht jeden Psychiater oder jede Psychiaterin in der Stadt. »Hat jemand Dr. Barrett verständigt?« fragte ich.

Matilda schüttelte den Kopf. »Ich weiß nicht. Ich nicht. Und ich glaube, auch sonst niemand. Noch nicht.«

Irene Loukas kam ins Wohnzimmer gehetzt und blieb abrupt stehen. »Deb«, sagte sie mit einer schrecklichen Stimme, »was machst du denn da?«

»Ich spreche mit einer möglichen Zeugin. Hattest du einen schönen Urlaub?«

»Ich hab' mir einen Weisheitszahn ziehen lassen.«

»Dafür läßt man sich krank schreiben und nimmt keinen Urlaub«, sagte ich zu ihr.

Sie ignorierte mich. »Habe ich dir gesagt, ich wäre mit der Couch fertig?«

»Nein, hast du nicht«, sagte ich kleinlaut, »aber du findest doch keine Fingerabdrücke auf –«

»Hast du schon mal was von Fasern gehört?«

Ja, ich hatte *schon mal* was von Fasern gehört. Es gibt die Theorie, daß eine Faserübertragung erfolgt, wenn ein Stück Faser mit einem anderen in Berührung kommt. Das bedeutet, daß jemand, der sich mit einer Bluejeans auf ein rotes Sofa setzt, theoretisch beim Aufstehen mikroskopisch kleine rote Fasern an seiner Jeans mitnimmt und mikroskopisch kleine blaue Fasern auf dem Sofa zurückläßt. In zwei Dritteln aller Fälle bewahrheitet sich diese Theorie in der Praxis nicht – nicht, daß die Fasern nicht da wären, aber wenn sie da sind (und das sind sie vermutlich), sind sie so winzig klein, daß wir sie mit unseren technischen Geräten nicht feststellen können.

In einem Drittel der Fälle, in denen die Faserübertragung tatsächlich stattfindet, sind die Ergebnisse mitunter äußerst sonderbar. Auch in anderen Bereichen als der Kriminologie. Ich hab' mal ein Buch über das Turiner Grabtuch gelesen, und da hieß es, daß sich unter den identifizierten Fasern, die an dem Tuch hafteten und offenbar mittels Faserübertragung dort hingelangt waren, ein Fragment von einem rosa Stoff befand, der ausschließlich für Hüfthalter verwendet worden war. Ich sagte damals zu Harry, daß einem ganz schwindelig werden könnte, wenn man darüber nachdenkt, wie eine Faser von einem rosafarbenen Hüfthalter an das Turiner Grabtuch gelangt sein könnte.

Die meisten Fasern, die Irene bei ihrer Arbeit entdeckt, haben so viel mit dem Verbrechen zu tun, wie die rosa Hüftgürtelfaser mit der Echtheit des Turiner Grabtuches zu tun hat.

Trotzdem war Irene wütend auf mich, weil sich nämlich, falls der Mörder oder die Mörderin von Corie Meeks – vorausgesetzt, Corie Meeks war ermordet worden, wofür es bis jetzt noch keinen Anhaltspunkt gab – auf der Couch gesessen hatte, theoretisch winzige Fasern von seiner oder ihrer Kleidung auf der Couch befinden mußten, Fasern, die Matilda und ich jetzt überdeckt hatten und die wir möglicherweise an unserer Kleidung davontrugen, während wir im Gegenzug Fasern von unserer Kleidung … Schon gut, schon gut, Sie verstehen, was ich meine.

Ich würde niemals etwas berühren, auf dem sich Fingerabdrücke befinden könnten. Aber ich hielt die Wahrscheinlichkeit, daß diese Couch irgendwelche echten Beweise hergeben würde, für so gering, daß man sie mißachten konnte. Und Matilda hatte so ausgesehen, als müßte sie sich setzen.

Irene verzog sich beleidigt in ein anderes Zimmer, und ich wandte mich wieder Matilda zu. »Okay, Corie hat Sie also gebeten, um halb sieben heute morgen herzukommen, und das haben Sie getan, richtig?«

Matilda nickte.

»Und wie kam es dann, daß Sie die Leiche gefunden haben?«

»Die glauben doch, ich war's, nicht?« fragte Matilda.

»Noch glaubt keiner irgendwas. Wir haben keinerlei Spuren, die uns irgendwelche Schlüsse erlauben. Deshalb rede ich ja mit Ihnen. Natürlich, wenn Sie nicht mit mir reden wollen oder wenn Sie vorher lieber einen Anwalt anrufen möchten –«

»Schon gut«, sagte Matilda. Sie legte merkwürdig die Hände zusammen, streckte die Arme so vor sich aus, daß die Unterarme sich mit der Rückseite berührten, die Handgelenke umeinander geschlungen. In dieser Position beugte sie sich vor und streckte sich.

»Was machen Sie da?« fragte ich.

»Stretching. Wieso?«

»Ich hab' gedacht, Sie machen Yoga oder so. Ich habe noch nie jemanden in so einer Position gesehen.«

»Das ist bloß Stretching. Also, ich war um halb sieben hier. Ist Ihnen aufgefallen, wie die Wohnungen hier angelegt sind?«

Ich nickte. Es war eine Erdgeschoßwohnung, die auf beiden Seiten an andere Wohnungen grenzte. Die Wohnungstür ging auf einen Weg, der durch den grasbewachsenen Vorgarten zur Straße führte. Nach vorne raus hatte das Wohnzimmer zwei Fenster, links und rechts von der Tür. Ein großes hinteres Fenster und eine Hintertür gingen auf einen mit einer Backsteinmauer umgebenen Innenhof, der wiederum zu den Autostellplätzen führte. Die Tür, die vom Innenhof zu den Parkplätzen führte, war mit einem Vorhängeschloß gesichert. Ich hatte zwar nicht versucht, die vorderen Fenster zu öffnen, aber sie sahen aus, als wären sie beim Streichen mit Farbe verklebt worden. Was bedeutete, daß Schwester Adlerfeder – und der Mörder bzw. die Mörderin, wenn es einen bzw. eine gab und es sich dabei nicht um Schwester

Adlerfeder handelte – die Wohnung durch die Vordertür betreten hatte und, zumindest im Falle des Mörders, auf diesem Weg wieder hinausgegangen war.

»Ich bin also hier angekommen – das ist mein Wagen vor dem Haus –, und ich bin zur Tür und habe geklingelt. Sie hat nicht aufgemacht, und dann hab' ich gesehen, daß die Tür aufstand – nicht viel, bloß einen Spaltbreit –, und da hab' ich gedacht, vielleicht ist sie aufgestanden und hat die Tür für mich aufgemacht und ist dann wieder ins Bett oder duschen gegangen. Ich bin also rein und hab' ›Corie?‹ gerufen, wie man das eben so macht, Sie wissen schon. Ich hab' nichts gehört, und die Wohnung war dunkel. Ich war ziemlich verärgert ... da bittet sie mich, so früh hierherzukommen, und dann ist sie nicht mal wach ... Also bin ich in ihr Schlafzimmer –«

»Sie wußten, wo das ist?«

»Oh ja. Corie braucht – brauchte – immer jemanden, der ihre Hand hielt. Sie brauchte mehr Hilfe, als ich ihr geben konnte. Aber ich bin in ihr Schlafzimmer gegangen und habe das Licht angemacht. Ich wollte sie aufwecken. Und dann ... habe ich sie gesehen.«

»Sie haben sie berührt?«

»Ich mußte sie nicht berühren. Ich habe sie gesehen. Und dann bin ich in das andere Zimmer und habe die Polizei angerufen.«

»Was genau haben Sie gesehen?«

»Sie lag auf dem Rücken, die Bettdecke bis zum Kinn hochgezogen. Ihr ... lassen Sie mich überlegen ... ihr rechter Arm hing aus dem Bett, und die Finger hatten so eine merkwürdige bläuliche Farbe. Sie wissen, was ich meine?«

Das war nicht nur so dahergesagt, wie es »Sie wissen, was ich meine« häufig ist. Es war eine Frage. Ich nickte. Ich wußte, was sie meinte. Es wird Leichenflecke genannt, und sie bilden sich unmittelbar nach Eintritt des Todes, viel früher, als die Leichenstarre einsetzt. »Ich weiß, was Sie meinen«, sagte ich. »Weiter.«

»Okay, und ich habe ihr Gesicht gesehen. Ihre Augen waren halb geöffnet – nicht ganz geöffnet, sondern halb –, und sie sahen irgendwie so stumpf aus. Das alles habe ich gesehen, und sie hat sich nicht bewegt. Und da wußte ich es. Ich mußte sie nicht berühren, um zu wissen, daß sie tot war. Ich mußte es nicht, und ich wollte es nicht, und ich habe es nicht.«

»Sie waren früher schon mal hier.« Das war keine Frage, aber Matilda nickte. »Haben Sie heute morgen außer der Leiche noch irgend etwas anderes gesehen, das Ihnen irgendwie ungewöhnlich vorkam?«

»Nein«, sagte Matilda. »Und ich habe mich umgesehen. Ich bin rumgegangen und habe mich umgesehen, während ich auf die Polizei gewartet habe. Deb, ich habe Angst. Nicht um mich, aber ... ist Ihnen klar, daß es jetzt zwei Leute aus meiner Kirche in zwei Tagen sind? Ich frage mich die ganze Zeit, war das jemand aus meiner Kirche? Und ich glaube nicht, daß ich gesetzlich verpflichtet bin, Ihnen mein Mitgliederverzeichnis zu geben, aber ich denke, ich sollte es vielleicht doch tun, andererseits, vom ethischen Standpunkt her ... ich weiß einfach nicht, was ich machen soll!«

Ich wußte auch nicht, was ich machen sollte. Ich habe noch nie Grund gehabt, mir eine richterliche Anordnung zu besorgen, um Kirchenbücher einsehen zu können, und ich war mir nicht sicher, ob ich so eine richterliche Anordnung überhaupt bekommen würde. Selbst im einigermaßen konservativen Fort Worth, Texas, und obwohl es um eine Spiritistenkirche ging, die, wie sogar ihre Besitzerin oder Gründerin, oder wie immer man sie bezeichnen sollte, zugab, eigentlich gar keine richtige Kirche war, war ich mir nicht sicher, ob ein Richter so eine Anordnung unterzeichnen würde.

Ich beschloß, das Thema fürs erste auf sich beruhen zu lassen. »Als Corie Sie gestern abend angerufen hat, hat sie Ihnen gesagt, warum?«

»Nein«, sagte Matilda. »Wie ich schon sagte, sie wollte immer, daß man ihr die Hand hielt. Und für das Privileg hat sie gut bezahlt, obwohl es mir ehrlich gesagt lieber gewesen wäre, sie hätte ihr Geld woanders hingebracht. Ich habe einmal zu ihr gesagt, sie bräuchte einen Psychiater, und sie war außer sich. Ich weiß allerdings, daß sie verlobt war und daß die Verlobung aufgelöst wurde … Sie hat gesagt, er hätte jemand Reicheres zum Heiraten gefunden, aber ich weiß nicht, ob das stimmte. Sie hat immer alles überdramatisiert.«

»Hat Sie Ihnen den Namen ihres Verlobten genannt?«

»Nein. Nein, den hat sie mir nie verraten. Und ich habe mich schon gefragt, ob es da überhaupt einen gegeben hat oder ob sie sich den bloß … ausgedacht hat.«

»Hat sie sich Sachen ausgedacht?«

»Oh ja. Sie hat sich immer irgendwelche Sachen ausgedacht. Aber ob das auch … weiß ich nicht. Deb, kann ich jetzt nach Hause?«

»Ich denke, ja.« Ich konnte hören, wie Dr. Habib draußen mit einem Streifenbeamten sprach. »Ich brauche eine schriftliche Aussage, aber das können wir auch noch später machen. Ich möchte Sie um folgendes bitten: Sobald Sie zu Hause sind, setzen Sie sich an Ihre Schreibmaschine oder Ihren Computer und schreiben alles auf, was Ihnen von heute morgen einfällt und was Corie gestern abend gesagt hat und was sie Ihnen sonst noch alles erzählt hat.«

Matilda grummelte etwas von Schweigepflicht, und ich sagte ungehalten: »Sie ist tot. Ist Schweigepflicht da noch so wichtig?«

»Unbedingt«, sagte Matilda. »Sie hat ein Recht auf ihre Privatsphäre, auch wenn sie tot ist.«

Mir war im Moment nicht danach, darüber zu diskutieren. »Dann schreiben Sie eben alles, womit Sie Ihrer Meinung nach nicht die Schweigepflicht brechen.«

Ich begleitete sie zur Tür. Habib und Davisson, letzterer recht unglücklich dreinschauend, kamen herein, gefolgt von Gil Sanchez, komplett mit Kamera und Spurensicherungsausrüstung. Wie üblich gingen wir auf Nummer Sicher; Sanchez würde alles das noch einmal machen, was Irene bereits gemacht hatte, außer die Spuren sichern, die Irene bereits gesichert hatte, und die Fingerabdrücke nehmen, die Irene bereits genommen hatte.

Ich trat zurück und sah zu, wie Sanchez Fotos machte und Habib summte, ein paarmal nickte, Davisson rief (der noch immer unglücklich dreinschaute) und auf irgend etwas zeigte. Ich stand zu weit weg, um zu erkennen, was. Habib in belehrender Stimmung ist – wie soll ich sagen? – interessant. Einmal beschloß er während einer Autopsie aus irgendeinem mir bis heute unerfindlichen Grund, den gesamten Verdauungstrakt des Opfers herauszunehmen, ihn neben der Leiche auszubreiten und mir zu erklären, wie er funktionierte. Bis ins kleinste Detail. Es war interessant, aber ich weiß eigentlich noch immer nicht, warum er das getan hat. Es wäre verständlich gewesen, wenn die Tote vergiftet worden wäre, aber die Frau war an einem brutalen Schlag auf den Kopf gestorben. Noch eine ganze Weile danach konnte ich keinen Bissen zu mir nehmen, ohne im Geist die ganze Strecke durchzugehen, die er vor sich hatte.

Habib zeigte Davisson noch immer irgend etwas. Schließlich drehte er sich um und teilte Sanchez mit, daß die Leiche weggebracht werden könne.

»Würden Sie mir wohl bitte sagen, was eigentlich los ist?« fragte ich, nur ein bißchen sarkastisch. »Schließlich ist das hier mein Fall.«

»Oh, ja, also, ich will mich nicht festlegen, bevor ich es aufgemacht habe.« Jede Leiche wird für Habib zum »es«, natürlich außer es handelt sich um eine Leiche, die er kannte, als sie noch keine Leiche war. Wenn das der Fall ist, ist er sehr unglücklich.

»Haben Sie denn schon irgendeine Vermutung?« Ich war ganz sicher, daß er die hatte.

»Nun, ja, ein paar. Ich denke, wir werden, um es mit Ihren Worten zu sagen, ein gebrochenes Genick feststellen.«

Das waren auch seine Worte gewesen. Genau seine Worte, als er mich am Telefon wegen Jane Stevenson angebrüllt hatte. Er wird weniger wissenschaftlich, wenn er wütend ist. Aber wenn er einen offiziellen Bericht schreibt, dann verfaßt er ihn natürlich in Medizinesisch, das ich ohne Wörterbuch nicht verstehen kann.

Und wenn er meint, daß er ein gebrochenes Genick feststellen wird, dann wird er ein gebrochenes Genick feststellen. Andrew Habib versteht sein Geschäft. Wir hatten es hier also mit Mord zu tun, und wir konnten wirklich von Glück sagen, daß einem aufgeweckten Streifenbeamten, der als erstes vor Ort war, die Ähnlichkeit zu dem Fall Jane Stevenson aufgefallen war, so daß der Fall von Anfang an als Mord behandelt worden war.

Irene hatte die Leiche bereits fotografiert und in ihrer unmittelbaren Umgebung alles auf Fingerabdrücke untersucht. Habib ordnete an, daß »es« weggebracht wurde, und die meisten der buntgemischten Beamtenschar gingen mit oder kurz nach der Leiche. Somit waren nur noch Irene und ich in der Wohnung und ein Streifenbeamter auf der Vordertreppe, um dafür zu sorgen, daß kein Unbefugter den Tatort betrat.

Irene und ich begannen mit der Durchsuchung. Wie es meine Gewohnheit an Tatorten ist, hielt ich die Hände auf dem Rücken gefaltet, damit ich nicht aus Unachtsamkeit irgend etwas berührte, das noch nicht berührt werden durfte. Ich ließ Irene Möbel leicht verrücken, Vorhänge anheben, um einen Blick darunter zu werfen.

Aber vergeblich. Es gab keinerlei Anzeichen von Gewalt. Diesmal keinen Blutstropfen auf dem Badezimmerboden, keine zerbrochene Brille unter den Vorhängen. Nichts. Dem Augenschein nach zu urteilen, war Corie Meeks friedlich allein im Bett gestorben.

Was nicht den Tatsachen entsprach.

Wir konnten anhand von Corie Meeks Büchern den Schluß ziehen, daß sie sich für Spiritismus interessiert hatte, nur daß wir diesen Schluß nicht ziehen mußten, da wir es bereits wußten. Wir konnten den Schluß ziehen, daß sie eine Katze hatte. Die Katze war zwar nirgends zu sehen – was nicht überraschend war, da die Wohnungstür einen Spaltbreit offen gestanden hatte, vermutlich seit dem Zeitpunkt, da der Mörder die Wohnung verlassen hatte –, aber Futter- und Wassernapf und Katzenklo sprachen eine deutliche Sprache. Das Katzenklo war saubergemacht worden, seit die Katze es zuletzt benutzt hatte. Da ich die Gewohnheiten von Katzen kenne – sie können es nicht ausstehen, wenn ihre Streu völlig unberührt ist – und die Gewohnheiten dieses Mörders oder dieser Mörderin zumindest gut genug kannte, um zu wissen, daß er (sie?) nach dem Mord alles saubermachte, drängte sich mir die Frage auf, ob der Mörder auch das Katzenklo saubergemacht hatte.

Ich sagte mir, daß das absolut lächerlich war. Doch ich legte Irene nahe, auch das Plastik des Katzenklos auf Fingerabdrücke zu untersuchen und die Streutüte für einen Ninhydrintest mit ins Labor zu nehmen. Es war mir lieber, lächerlich zu wirken, als irgendwelche Indizien nicht zu berücksichtigen.

Ich ließ Irene in Ruhe nach Fingerabdrücken suchen, obwohl sie nichts als Scheuerspuren fand, weil irgendwer einfach alles abgewaschen oder gewachst hatte, und ging, um mit den Nachbarn zu reden.

In der Wohnung rechts war niemand zu Hause. In der Wohnung links war niemand zu Hause.

Wahrscheinlich war bis auf den Hausverwalter im ganzen Apartmentkomplex niemand zu Hause. Es war eine von diesen Wohnanlagen, wo die Leute morgens früh zur Arbeit gingen und abends spät zum Schlafen zurückkamen.

Auf einem Schild auf dem Rasen stand BÜRO L-4. Hausverwaltung G-5.

Das Büro war geschlossen und wurde erst um zehn Uhr geöffnet, wir mir ein Schild an der Fassade mitteilte. Ich ging über einen Umweg, da ich mich nicht auskannte, weiter zu G-5, einer Wohnung im Obergeschoß Rücken an Rücken mit D-4, wo Corie Meeks gewohnt hatte. Ich klingelte, und ich klingelte. Eine wütende Frauenstimme im Innern rief: »Was ist denn nun schon wieder?«

»Polizei«, erwiderte ich.

Kurzes Hasten. Die Wohnungstür öffnete sich. In einen bedruckten Baumwollbademantel gewickelt, blickte sie mich unter zerzausten Haaren hinweg an. »Was ist denn?« fragte sie in einem gereizten Ton. »Das Baby hat die ganze Nacht geschrien, und wenn es mal nicht geschrien hat, hat diese bescheuerte Corie Meeks mit ihrem Lichtschalter gespielt, und ich bin wie gerädert. Ich mache erst um zehn auf. Können Sie dann nicht noch mal wiederkommen?«

»Es tut mir leid, Sie zu stören«, sagte ich. »Ich habe auch ein Baby, deshalb weiß ich genau, wie Sie sich fühlen. Aber leider muß ich doch sofort mit Ihnen sprechen. Corie Meeks ist ermordet worden.«

Sie starrte mich an, und der Rest Farbe wich aus ihren Wangen. »Was reden Sie denn da? Sie kann doch nicht ... Das ist nicht Ihr Ernst, oder? Ermordet?«

»Ja, und ich würde gern mehr über ihr Licht erfahren. Es könnte sein, daß Sie da was gesehen haben –«

»Wer sind Sie?«

»Deb Ralston, Fort Worth Police Department.« Ich zeigte meinen Ausweis. »Ich bräuchte auch Ihren Namen.«

»Sue. Sue Jarvis. Sie wollen wissen, was ich gesehen habe? Eigentlich gar nichts. Nur das Licht. Sie sehen ja, wie die Wohnungen angelegt sind. Von unseren Schlafzimmern aus blickt man direkt auf ihr Schlafzimmer. Ihr Licht war gestern nacht eine Ewigkeit an. Ich glaube, es ist erst gegen drei Uhr morgens ausgegangen und dann etwa zehn Minuten ausgeblieben, und dann ging es aus und an, aus und an, aus und an, als würde ein kleines Kind mit dem Schalter spielen.«

»Wie lange ging das so?«

»Ich weiß nicht. Vielleicht zehn oder zwanzig Minuten. Es kam uns wie eine Ewigkeit vor, schließlich wollten wir schlafen.«

»Haben Sie sonst noch was gesehen?«

»Nein, wie ich schon sagte.«

»Oder gehört ...«

Irgendwo hinter ihr fing ein Baby an zu schreien. Es schrie sehr laut, und sie deutete resigniert in die Richtung. »Bei dem Lärm? Ich sagte doch schon, er hat fast die ganze Nacht geplärrt. Kommen Sie rein.«

Ich folgte ihr und wartete, während sie die Windel des Babys überprüfte und ein Fläschchen aus dem Kühlschrank nahm, um es warm zu machen. Erst als sich das Baby mit der Flasche beruhigt hatte, versuchte ich, noch ein paar Fragen zu stellen. Inzwischen wirkte auch die Verwalterin ruhiger. »Hatte Corie häufig Besuch?«

»Diese Indianerin. Die ist meistens abends gekommen, aber manchmal auch morgens. Zwei oder drei Männer, aber ich hab' sie nie richtig wahrgenommen, wissen Sie, das heißt, wahrgenommen habe ich sie schon, aber nur, daß es Männer waren. Manchmal hatte sie Partys, und ich mußte sie darauf hinweisen, daß ihre Gäste den Besucherparkplatz benutzen sollten, denn ein- oder zweimal haben sie alle Parkplätze belegt, und die anderen Mieter waren ganz schön sauer, als ihre Privatparkplätze besetzt waren. Ich meine, die Plätze sind alle numeriert, und die sind eigentlich für die Mieter der jeweiligen Wohnungen reserviert. Es war ziemlich rücksichtslos, daß die Besucher da geparkt haben. Man sollte doch meinen, daß sie sich denken könnten, daß numerierte Parkplätze nicht ohne Grund numeriert sind. Ach ja, gegen Mitternacht hat sie irgendwen angebrüllt, aber ich hab' gedacht, das ist bestimmt ihr Exverlobter. Nach einer Weile hat es aufgehört.«

»Haben Sie ihren Exverlobten gekannt?«

»Nein, sie hat ein richtiges Geheimnis um ihn gemacht. Und das war irgendwie komisch, weil sie sonst über alles Mögliche geplappert hat. Ich meine, im Ernst, ich habe noch nie erlebt, daß jemand so viel geredet hat wie sie.«

»Nach dem Streit letzte Nacht –«

»Oh, es war kein Streit, Corie hat bloß rumgeschrien. Sonst hab' ich nichts gehört.«

»Gut, also, nachdem Corie mit Schreien fertig war, haben Sie da jemanden weggehen sehen?«

»Um Mitternacht? Das hätte ich sowieso nicht mitbekommen. Ihre Wohnungstür kann ich von hier aus nicht sehen, nur ihr Schlafzimmerfenster.«

»Haben Sie da jemanden herumgehen sehen?«

»Ich hab' nicht hingeschaut. Ich hab' bloß ständig ihr Licht in die Augen gekriegt.«

Sie war nicht gerade die ergiebigste Zeugin, mit der ich je gesprochen hatte. Nicht, daß ich es ihr übelnahm; sie war offenbar mit ihren eigenen Problemen beschäftigt gewesen, und sie hatte nicht den geringsten Grund zu der Annahme gehabt, daß in Cories Wohnung irgendwas nicht stimmte. »Diese Partys«, sagte ich. »Waren die immer am gleichen Abend?«

»Immer. Mittwochs abends. Das war irgendwie komisch, man hätte doch meinen sollen, sie hätte sie freitags oder samstags abends gehabt, wenn die meisten Leute Partys haben, aber …«

»Können Sie mir etwas über die Partys erzählen? Was für Leute da waren? Waren es laute Partys?«

»Oh nein, sie waren ganz leise. Sie hätten mich auch überhaupt nicht gestört, wenn das mit dem Parken nicht gewesen wäre. Ich weiß nicht, vielleicht ein Dutzend Leute, zwanzig Leute, so um den Dreh. Männer und Frauen. Nicht richtig in Schale, bloß normale Kleidung. Shorts, Freizeithosen, T-Shirts. Ein Typ war dabei, der mir besonders aufgefallen ist, weil er so eine Mütze trug, so ähnlich wie eine Baseballmütze, aber die hatte ein Fuchsgesicht drauf, mit Pelz und allem. Kein Alkohol, soviel ich mitbekommen habe, keine laute Musik … nichts von dem, was man normalerweise auf einer Party macht. Es kam mir fast so vor, als wären es eher Treffen als Partys gewesen, aber manchmal konnte man sie alle lachen hören, und ich kann mir eh nicht vorstellen, was für Treffen sie hätte haben können.«

Mir gefiel das Gefühl nicht, das mich beschlich. »Dürfte ich mal telefonieren?« fragte ich.

»Ja, klar, der Apparat ist im Wohnzimmer.«

Susan war noch nicht mit Patientengesprächen beschäftigt. Ein Glück für mich, denn so konnte ich gleich mit ihr reden, statt sie bei irgendwelchen Terminen zu stören und sie zu bitten, mich zurückzurufen, ohne zu wissen, wo ich dann sein würde, damit sie mich zurückrufen konnte.

»Ja, ich kenne Corie Meeks«, sagte sie zurückhaltend, als ich sie fragte. »Wieso?«

Ich erklärte es ihr.

Langes Schweigen an Susans Ende der Leitung. Dann sagte sie: »Warum rufst du an?«

Ich erzählte ihr von den Partys. »Ja, das waren Mensa-Treffen«, sagte sie. »Dieselbe Gruppe. Wir haben uns auch ein paarmal hier bei mir getroffen. Auch in Brads Wohnung. Und in etlichen anderen Wohnungen.«

»Was kannst du mir über Corie erzählen?«

Wieder langes Schweigen. »Sie ist ... sie war ... eine sehr seltsame Frau. Wirklich eigenartig.«

»Seltsam, eigenartig, in welcher Hinsicht?«

Noch mehr Schweigen. »Ich muß jetzt los, Deb, ich hab' einen Termin. Mehr kann ich dir ohnehin nicht erzählen.«

»Kannst du nicht, oder willst du nicht?« Ich war schon öfters gegen die Steinmauer von Susans professionellen Empfindlichkeiten gelaufen. Aber ich glaubte nicht, daß es diesmal auch der Fall war, nicht bei dieser undurchdringlichen Barriere des Schweigens, auf die ich mit jeder Frage stieß, einschließlich meiner letzten. Schließlich sagte sie: »Ich muß jetzt los.« Und legte auf.

Ich hatte keine weiteren Fragen an Sue Jarvis, nicht wirklich. Außerdem war es kurz vor zehn, und sie mußte sich noch die Haare kämmen und anziehen, bevor sie das Büro öffnete. Ich ging, um mit weiteren Nachbarn zu sprechen.

Diesmal traf ich einen Mann in einer Wohnung auf der anderen Straßenseite an – genauer gesagt, auf der anderen Seite der Privatstraße durch den Apartmentkomplex –, gegenüber von Corie. Jack Tatum kannte Corie nicht besonders gut, nur vom Sehen und das auch kaum. Aber er arbeitete bis spät nachts (zum Glück erwischte ich ihn, nachdem er aufgestanden war, so daß er nicht allzu schlecht gelaunt war), und er war letzte Nacht um ein Uhr nach Hause gekommen und hatte feststellen müssen, daß sein Parkplatz besetzt war. Er war leicht verärgert, aber er sagte sich, daß er nicht gut schlafen würde, wenn er sich aufregte, und es würde den Parkplatzpiraten (das war sein Ausdruck) nicht im geringsten kratzen. Also parkte er auf dem Besucherparkplatz, ging in seine Wohnung und gleich zu Bett.

»Wie hat er ausgesehen, der Wagen auf Ihrem Parkplatz?« fragte ich.

Er schüttelte den Kopf. »Sie wissen ja, wie diese gelben Laternen die Farbe verfälschen. Ich kann Ihnen nur sagen, daß es eine Limousine war. Helle Farbe. Nicht richtig alt, aber auch nicht mehr so neu, daß noch der Aufkleber vom Händler im Fenster war.«

»Ich vermute, Sie haben sich nicht zufällig das Kennzeichen gemerkt?«

»Sie vermuten richtig. Das hab' ich nicht. Hören Sie, es war ein Uhr morgens. Ich wollte nur noch ins Bett. Obwohl das erst mal nicht viel gebracht hat. Diese verdammte Katze hat noch zwei Stunden draußen vor meinem Fenster gejault, und ich bin erst eingeschlafen, als sie endlich aufgehört hat.«

»Was für eine Katze war das?«

Er starrte mich an. »Corie Meeks' Katze natürlich. Haustiere sind hier in der Anlage eigentlich nicht erlaubt, aber sie hat es irgendwie durchgesetzt oder sich einfach nicht um die Regeln geschert, weil sie diese Siamkatze hat, einen großen, fetten Kater. Und ich vermute, der war gestern nacht auf ein Liebesabenteuer aus, weil er vor meinem Fenster saß ... oh, das heißt, ich schätze, er war irgendwo draußen auf der Straße, aber es hörte sich so an, als wäre er direkt draußen vor meinem Fenster ... und er hat gejault und geheult und geheult und gejault. Um drei Uhr morgens war dann endlich Ruhe.«

Drei Uhr morgens. Sue Jarvis hatte gesagt, Corie Meeks' Licht sei etwa um diese Uhrzeit ausgegangen. Jetzt sagte Jack Tatum, daß Corie Meeks' Katze etwa um diese Uhrzeit aufgehört hatte zu jaulen. Konnte es da einen Zusammenhang geben?

Jedenfalls keinen, der irgendeinen Sinn ergab. Zumal Sue Jarvis auch gesagt hatte, daß Cories Licht danach noch zehn bis zwanzig Minuten aus- und angegangen war – was auch keinen Sinn ergab. Welcher Mörder würde auf diese Weise auf sich aufmerksam machen wollen? Es sei denn, er wollte geschnappt werden.

Aber wo war die fehlende Katze? Ich hatte vorhin nicht großartig darüber nachgedacht, als ich die Futternäpfe und das Katzenklo gesehen hatte. Wie sollte ich auch wissen, wo sie war?

Was ich allerdings wußte, war, daß es fast elf Uhr am Vormittag war und daß sowohl das Frühstück, das ich nicht gehabt hatte, als auch das Mittagessen, das bald angesagt war, laut nach mir riefen. Ich war sogar so hungrig, daß mir fast flau wurde – nicht richtig schlecht, aber ich spürte, daß ich kurz davor stand, etwas benommen zu werden. Ich würde zurück zu Cories Wohnung gehen, fragen, ob Irene noch eine Weile brauchte und ob ich ihr was zu essen holen sollte, und mich dann vom Acker machen.

Auf dem Weg zur Wohnung fing mich eine Frau mittleren Alters ab. Das heißt, eine Frau etwa in meinem Alter, aber da ich eben erst (na ja, vor nicht so langer Zeit) ein Baby bekommen habe, kann ich mir nur schwer eingestehen, daß ich wirklich im mittleren Alter bin. »Sind Sie die Polizei?« fragte sie.

»Jedenfalls eine von denen. Deb Ralston. Warum?«

»Ach, ich wollte bloß wissen, was da drüben in Cories Wohnung los ist. Wissen Sie, ich wollte eben zu ihr, und da stand ein Polizist vor der Tür, und der wollte mich nicht reinlassen, und als ich ihn fragte, ob mit Corie irgendwas nicht in Ordnung ist, hat er gesagt, ›Polizeisache, Ma'am‹, und wollte mir nichts verraten, und sie ist praktisch meine beste Freundin, und irgend jemand sollte mir sagen –«

»Gibt es einen Grund, warum etwas mit Corie nicht in Ordnung sein sollte?« fragte ich zurückhaltend.

»Na ja, wissen Sie, sie war in letzter Zeit richtig verzweifelt, so, wie ihr Freund sie abserviert hat, und ich dachte, vielleicht hat sie sich ja, na ja, Sie wissen schon …«

»Nein, das ist es nicht«, sagte ich. »Wohnen Sie hier in der Nähe?«

»Gleich da drüben.« Sie zeigte in die Richtung.

Natürlich nahm ich das mit der »besten Freundin« skeptisch auf – bei Befragungen in der Nachbarschaft treibt die Polizei jede Menge »beste Freundinnen« auf, die in Wirklichkeit nicht mehr sind als neugierige Nachbarinnen – aber dennoch, wenn diese Frau, wer immer sie auch war, tatsächlich eine gute Freundin von Corie Meeks war, sollte sie das, was passiert war, in einer etwas privateren Umgebung erfahren.

Ich überredete sie, mich in ihre Wohnung mitzunehmen, und brachte ihren Namen in Erfahrung. Sie hieß Genny Cantrell, wobei Genny die Kurzform von Genevieve war, nicht von Virginia oder Jennifer. (Ich habe gefragt.)

Ich überredete sie, sich hinzusetzen, und erzählte ihr dann, was passiert war. Sie weinte ein wenig, aber nicht genug, um mich davon zu überzeugen, daß sie wirklich Cories engste Freundin gewesen war, und dann fing sie an, Fragen zu stellen, von denen ich die meisten nicht beantworten konnte und die übrigen nicht beantworten durfte.

Ich schaffte es, sie abzublocken und selbst Fragen zu stellen.

Wie ich schon vermutete, hatte sie Cories Verlobten nie kennengelernt und nie gehört, daß sein Name genannt wurde. Aber trotzdem war sie sicher, daß Corie von ihrem Verlobten ermordet worden war.

Ein Verdacht, mit dem sie durchaus recht haben konnte. Aber sie konnte genausogut falsch liegen.

Ich ließ sie hin- und hergerissen zwischen Trauer und Aufregung zurück und ging wieder in Cories Wohnung, wo Irene auf dem Schlafzimmerfußboden hockte und die wohl größte Ansammlung von Wodkaflaschen mit Fingerabdruckpulver einpinselte, die ich jemals außerhalb einer Kneipe gesehen hatte. »Was in aller Welt ist denn das?« fragte ich.

Irene deutete auf die Kommodenschublade, neben der sie hockte. Ich sah hinein. Selbst ohne die Flaschen, die sie bereits herausgenommen hatte, war die Schublade noch über die Hälfte voll mit Wodkaflaschen. Alle Marke Prince Ivan – eine, wie ich gehört habe, nicht sehr gute Marke, obwohl ich das nicht beurteilen kann, da ich selbst keinen Wodka trinke –, und alle leer.

Irene erhob sich vorsichtig aus dem Wirrwarr von Wodkaflaschen und klappte den Deckel einer Zedernholztruhe auf, die am Fußende des Bettes stand. Ich sah hinein. Auch sie war halb voll mit Wodkaflaschen, ebenfalls Prince Ivan, ebenfalls leer. Ansonsten enthielt die Truhe Pullover und Strickgarn. Ich wußte, daß es Strickgarn war, nicht Häkelgarn, weil auch Stricknadeln und allerlei Strickmuster dabeilagen.

Irene öffnete eine weitere Kommodenschublade. Auch die enthielt Wodkaflaschen, dieselbe Marke, diesmal volle, sowie ein kleines Sortiment Unterwäsche und ein gerahmtes Foto, von dem ich nur die Rückseite sehen konnte. »Kann ich es anfassen?« fragte ich.

Irene nickte.

Ich drehte es um.

Das Glas war gesprungen, aber nicht so schlimm gesprungen, daß ich die professionelle Porträtaufnahme von Bradley Graves nicht hätte erkennen können.

Kapitel 6

Man könnte sagen, daß ich mich nicht gerade in der allerbesten Stimmung befand, als ich zu Bradley Graves' Praxis fuhr. Ich dachte über Muster nach. Über Gesetzmäßigkeiten von Begebenheiten. Gesetzmäßigkeiten von Handlungen.

Ich hatte zwei tote Frauen, Jane Stevenson und Corie Meeks. Beide hatten Brad Graves gekannt. Allerdings, so rief ich mir gewissenhaft in Erinnerung, lag das daran, daß beide, so unwahrscheinlich das auch sein mochte, derselben Mensa-Ortsgruppe angehörten, der auch Brad Graves angehörte. Daher war das nicht unbedingt als Verdachtsmoment einzustufen. Aber anscheinend war eine von ihnen mit ihm verlobt gewesen, und die Verlobung war gelöst worden, und sie verwahrte ein professionelles Porträtfoto von ihm in ihrer Wohnung auf. Und keiner läuft herum und verteilt Porträtfotos von sich an alle Bekannten und Verwandten. So was machen höchstens Schauspieler und dergleichen.

Natürlich hatten die beiden Frauen noch andere Berührungspunkte. Sie gehörten nun mal derselben Mensa-Ortsgruppe an, und es lag auf der Hand, daß ich die Namen aller Mitglieder dieser Ortsgruppe herausfinden mußte, vorausgesetzt, irgendwer würde sie mir verraten. Und sie gehörten beide der Spiritistenkirche von Schwester Adlerfeder an, doch nachdem ich Matilda Greenwood etwas besser kennengelernt hatte, fand ich diesen Umstand weniger verdächtig als zuvor. Trotzdem mußte ich mir, falls möglich, das Mitgliederverzeichnis der Kirche besorgen.

Und ich mußte schnellstens herausfinden, wie viele Angehörige der SIG und wie viele Angehörige von Matildas Kirche ältere, alleinstehende Frauen waren. Es herausfinden und sie warnen. Bevor es dunkel wurde.

Normalerweise, wenn man zwei oder mehr ähnliche Morde hat, macht man sich daran, nach Verbindungen zwischen den Opfern zu suchen, Ähnlichkeiten zwischen den Opfern. Normalerweise sind diese Verbindungen, diese Ähnlichkeiten dabei hilfreich, Verdächtige zu ermitteln. Diesmal jedoch hatte ich zu viele Verbindungen, zu viele Ähnlichkeiten.

Das gefiel mir nicht. Und noch viel weniger gefiel mir der Umstand, daß Brad Graves, der ein möglicher Verdächtiger war, ob er nun mit Corie Meeks verlobt gewesen war oder nicht, jetzt mit meiner besten Freundin verlobt war.

Dr. Graves hatte seine Praxis oben in einem der Gebäude des Tandy Center. Eigentlich sind es Türme, und ich habe mich schon oft gefragt, wieso man den gesamten Komplex nicht Tandy Towers genannt hat statt Tandy Center. Aber ich unterstelle mal einfach, daß es schon gute Gründe dafür geben wird. Die Adresse ließ zwar darauf schließen, daß er reichlich Geld hatte, aber für eine psychiatrische Praxis fand ich die Lokalität recht ungewöhnlich. Doch vielleicht waren meine Kenntnisse hier genauso wie auf anderen Gebieten beschränkter, als ich mir eingestehen wollte.

Nein, ich stellte den Wagen nicht auf dem Tandy-Parkplatz ab und nahm die Tandy-U-Bahn, die unter dem Fluß hindurchführt, um dort hinzugelangen. Ich stellte den Wagen auf dem Parkplatz des Polizeipräsidiums ab, das nur zwei Querstraßen vom Tandy Center entfernt liegt, und ging zu Fuß. Zugegeben, die Gegend ist nicht gerade die freundlichste, die man sich vorstellen kann, aber ich war ja bewaffnet. Ich hatte meine Pistole nicht in der Handtasche, die einer Polizeibeamtin ebenso leicht entrissen werden kann wie jeder anderen Frau, sondern in dem Schulterhalfter, das ich fast schon so lange trage, wie ich als Zivilbeamtin arbeite.

Wie üblich liefen Leute auf der Eisbahn in der Mitte des Untergeschosses Schlittschuh – so eigentümlich das auch für Fort Worth, Texas, klingt. Wie üblich hatten die vielen kleinen Läden ihre Waren auf den Bürgersteigen ausgestellt oder versuchten sonstwie, Kunden anzulocken. Wie üblich schwebten verführerische Düfte – äußerst verführerische Düfte in Anbetracht der Tatsache, daß ich noch immer nicht gegessen hatte – aus den

Restaurants, und auf den Rolltreppen zum Einkaufszentrum des Komplexes drängten sich die Menschen.

Diesmal nahm ich nicht die Rolltreppe. Ich ging zu den Fahrstühlen, die zu den oberen Stockwerken führten. Elfter Stock. Er arbeitete im elften Stock.

Kurz darauf erklärte ich der Sprechstundenhilfe oder Empfangsdame oder was immer sie war, daß ich, nein, keinen Termin bei Dr. Graves hatte, daß ich aber Polizeibeamtin war und bezweckte, ihn auch ohne vorherige Terminvereinbarung zu sprechen.

»Er hat gerade eine Patientin«, sagte die Sprechstundenhilfe oder Empfangsdame oder was immer sie war, und zwar in diesem akkuraten, hohen Tonfall, den Menschen in medizinischen Berufen gern einschlagen, wenn sie mit Menschen sprechen, die leicht zurückgeblieben, betrunken oder sonstwie behindert sind. »Ich kann ihn wirklich nicht stören. Das wäre der Patientin gegenüber verantwortungslos.«

Vermutlich stimmte das. Ich hatte keinen Haftbefehl oder Durchsuchungsbefehl, deshalb konnte ich ohnehin nicht einfach dort eindringen. »Wann ist er denn mit der Patientin fertig?« fragte ich und hörte mich dabei wahrscheinlich genauso mürrisch an, wie ich mich fühlte.

»Die Sprechstunde mit dieser Patientin dauert bis ein Uhr«, sagte sie, »und danach geht Dr. Graves zum Lunch.«

»Gut«, sagte ich. »Bestellen Sie ihm, daß Deb Ralston in einer offiziellen Angelegenheit mit ihm zum Lunch gehen wird.«

»Ms. Ralston«, fragte wer immer sie war (ich wünschte mir von Herzen, daß sie ein Namensschild vor sich hätte oder eine Anstecknadel mit ihrem Namen drauf tragen würde), »kennt Dr. Graves sie?«

»Dr. Graves kennt mich«, konnte ich sie beruhigen, »und er hat mich auch erwartet. Er wußte nur nicht, wann ich kommen würde. Ich bin um eins wieder zurück.«

Als ich aus der Tür rauschte, schaute ich kurz auf die Uhr. Fünf nach zwölf. Ich war also höchstwahrscheinlich etwa zwei

Sekunden nachdem er sich mit der Patientin zurückgezogen hatte, durch ebendiese Tür gekommen. Das hieß, daß ich etwa fünfundvierzig Minuten totschlagen mußte, da ich vorhatte, schon um zehn vor eins wiederzukommen. Von Susan hatte ich nämlich unter anderem gelernt, daß die Stunden, die Psychiater mit ihren Patienten verbringen, meist nur fünfzig Minuten dauern. Manchmal auch nur fünfundvierzig. Nun ja, das ist verständlich. Jeder Mensch braucht mal ein Päuschen, und wenn auch nur, um mal zur Toilette zu gehen oder einen Schluck zu trinken.

Ich fragte mich, ob Dr. Graves zu den Psychiatern gehörte, bei denen sich die Patienten auf eine Couch legten, um zu reden. Ich überlegte, ob es diese Art von Psychiatern überhaupt noch gab. Da ich nie Gelegenheit hatte, einen Psychiater in Ausübung seines Berufes zu erleben, konnte ich das nur herausfinden, indem ich danach fragte, und ich glaubte nicht, daß ich das tun würde.

Das Tandy Center hat zahllose Fußgängerbrücken und Tunnels. Es verfügt nicht nur über den U-Bahntunnel unter dem Trinity River – ich habe mir sagen lassen, daß es die längste private U-Bahn der Welt ist, obwohl ich persönlich da so meine Zweifel hege –, sondern es hat auch verglaste Brücken von einem Turm zum andern und zu dem angrenzenden Luxushotel. Es hat sogar einen Tunnel, der unter der Straße hindurch direkt in die Stadtbibliothek führt. Das bedeutet unter anderem, daß man, wenn der Bibliotheksparkplatz voll ist, und das ist er oft, auf der anderen Seite des Flusses auf dem weitläufigen Parkplatz des Tandy Center parken kann, um die U-Bahn unter dem Fluß hindurch zu nehmen – zumindest vermute ich, daß sie unter dem Fluß hindurchführt; das ist mir gesagt worden, aber ich habe es selbst noch nicht überprüft – und dann durch den sauberen, gut beleuchteten Fußgängertunnel mitten hinein in die Bibliothek zu spazieren. Das Gelände wird nicht nur von Polizeibeamten der Stadt Fort Worth überwacht, sondern auch vom Tandy-Sicherheitsdienst, so daß man hier tatsächlich sicherer ist als auf der Straße.

Ich wußte nicht recht, was ich in der Bibliothek wollte. Wahrscheinlich hatte mein Unterbewußtsein einen triftigen Grund, der jedoch noch nicht in mein Bewußtsein gedrungen war. Anscheinend funktioniert die menschliche Psyche so, oder zumindest meine.

Drinnen begab ich mich zum Lesesaal und fragte die Bibliothekarin, ob es irgendein Verzeichnis gab, das sämtliche Ärzte des County mit ihren jeweiligen Qualifikationen auflistete. Noch immer wußte ich nicht, wonach ich eigentlich suchte. Ich befand mich zweifellos auf einem Angelausflug und würde herausfinden, nach welchem Fisch ich angelte, wenn zufällig einer anbiß.

»Nein, nicht für das *County*«, sagte sie.

»Wofür dann?« fragte ich.

Sie holte mir ein Verzeichnis, das sämtliche Ärzte des Staates mit ihren Qualifikationen auflistete. Ich suchte den Eintrag für Bradley Graves und fand nichts, das mir irgendwie außergewöhnlich erschien. Der Vollständigkeit halber schlug ich auch noch unter Samuel Barrett nach, dem Arbeitgeber unserer neuen Leiche, und auch dort fand ich nichts Außergewöhnliches. Ich wußte noch immer nicht, wonach ich suchte, und hatte noch immer dreißig Minuten totzuschlagen, also vergnügte ich mich damit, sämtliche Ärzte nachzuschlagen, die ich kannte. Ich stellte fest, daß eine Ärztin, die ich auf dem Kerrville Folk Festival kennengelernt hatte – sie ist groß und schlank, hat schwarzes Haar, das ihr bis zur Taille hängt, trägt, wenn sie außer Dienst ist, am liebsten das gesetzliche Minimum an Kleidung, und alle nennen sie bloß J.P. –, tatsächlich den (für sie) absurden Vornamen Joanne hatte, doch abgesehen davon fand ich absolut nichts, das irgendwie interessant gewesen wäre.

Ich wußte noch immer nicht, was ich eigentlich zu finden gehofft hatte.

Unter Mißachtung des Schildes BÜCHER NICHT WIEDER IN DIE REGALE STELLEN, stellte ich das Buch wieder zurück ins Regal und ging erneut zu der Lesesaal-Bibliothekarin, um sie nach Büchern über Spiritismus zu fragen. Sie erklärte, die müßten in derselben Abteilung sein wie Bücher über Religion, und fragte, ob ich erneut Hilfe bräuchte. Das tat ich nicht. Ich ging selber nachschauen. Nachdem ich mir mehr oder weniger wahllos zwei Bücher herausgenommen hatte, strebte ich zur Ausleihe, wo ich auf eine Bibliotheksangestellte traf, die meine Handtasche stets mit größtem Interesse in Augenschein nimmt, und zwar seit dem Tage, als ich zwei Liebesromane (lachen Sie ruhig) ausleihen wollte und sie in meiner geöffneten Handtasche die absurde Kombination von Babyfläschchen und Pistole erblickte.

Sie schien irgendwie enttäuscht, als sie diesmal keins von beidem entdeckte.

Da ich mich nun auf der Erdgeschoßebene befand (es gibt auch eine Ausleihstelle an dem Bibliotheksausgang zum Tunnel, aber die ist nur ganz selten besetzt), lief ich im Zickzack über die Straße und ging zurück ins Tandy Center, das ich nun auf der zweiten Ebene betrat. Ich hätte mich über das Geländer beugen und den Schlittschuhläufern im Untergeschoß zusehen können, wenn mir danach gewesen wäre, was aber zufälligerweise nicht der Fall war.

Nachdem ich im Wartezimmer der Praxis Platz genommen hatte, begann ich eines der Bücher zu lesen. Es schien absolut nichts mit Schwester Adlerfeder zu tun zu haben. Ich erfuhr weit mehr, als ich je erfahren wollte, über zwei Schwestern und einen anscheinend intelligenten Poltergeist, der behauptete, der Geist eines ermordeten Hausierers zu sein, der in der Kellerwand des Hauses eingemauert war, in dem die Mädchen nun lebten. Sie gestanden schließlich, alles nur erfunden zu haben. Doch ihr Geständnis wurde später ernsthaft in Zweifel gezogen, als man in dem Keller ein Skelett ausgrub, neben dem der Koffer eines Hausierers eingemauert war.

Hmm, dachte ich und grübelte über falsche Geständnisse nach. Jeder Polizeibeamte bekommt reichlich davon zu hören, selbst wenn er nicht von den Ed Goughs dieser Welt heimgesucht wird, und fast jede größere Stadt hat mindestens einen Ed Gough, der auftaucht und Morde gesteht, die er nicht begangen hat. Mal sehen, es war jetzt Oktober, und seit Beginn des Jahres hatte ich Ed mindestens zwanzigmal in meinem Büro gehabt, die Monate, die ich in Mutterschaftsurlaub war, noch nicht mal mitgezählt. Er hatte einen der beiden Morde an den Bankkassiererinnen gestanden, und dann war da noch die vermißte Teenagerin, deren Mord er auch gestanden hat. Wie sich später herausstellte, war sie gar nicht ermordet worden, noch nicht mal wirklich vermißt gewesen. Sie war bloß mit ihren Großeltern zum Camping gefahren. Und das hatte sie ihrer Mutter auch gesagt, aber die Mutter hatte geschlafen, und das, was die Teenagerin als Einverständnis gedeutet hatte, waren bloß so vage Laute gewesen, wie sie Mütter und gelegentlich auch Väter von sich geben, wenn sie von einem lästigen Kind halb geweckt werden, mit dem sie erst sehr viel später am Morgen in Interaktion treten möchten.

Eine junge Frau kam mit niedergeschlagenen Augen aus einer Tür und ging am Schreibtisch der Empfangsdame-oder-was-auch-immer vorbei, und die Empfangsdame-oder-was-auch-immer eilte sofort durch dieselbe Tür. Kurz darauf kam Brad Graves heraus. »Hi, Deb, tut mir leid, daß du warten mußtest«, sagte er gutgelaunt.

»Na ja, du wußtest ja nicht, wann ich kommen würde. Ich muß natürlich nicht unbedingt mit dir zum Lunch gehen, ich wollte bloß ein paar Fragen –«

»Aber *ich* muß zum Lunch. Ich hab' um halb zwei den nächsten Termin. Du kannst gerne mitkommen.«

Ich gehe nicht gerne mit jemandem zum Essen, den ich zumindest halb des Mordes verdächtige. Trotzdem war es nicht das erste Mal, daß ich es tat. Er eilte zu einem Restaurant im Tandy Center – bei schlechtem Wetter ist das bestimmt sehr praktisch –, wo es einen guten Spinatsalat gibt, den ich mag. Erst als wir uns oben, wo es leiser ist, hingesetzt hatten (der untere Teil ist eigentlich eher eine Bar als ein Restaurant), sagte er: »Also. Du hattest ein paar Fragen wegen Jane Stevenson.«

»Stimmt«, sagte ich. »Aber zuerst habe ich ein paar Fragen wegen Corie Meeks.«

»Corie Meeks?« Er war gerade dabei, eine kastanienbraune Leinenserviette zu entfalten, hielt aber abrupt inne und starrte mich eindringlich an. »Was ist mit Corie Meeks?«

»Was weißt du über sie?«

Er zögerte. »Tut mir leid, aber das werde ich dir nicht sagen, ehe ich nicht weiß, warum du mich das fragst. Schließlich gibt es so etwas wie das Recht auf ein gewisses Maß an Privatsphäre. Und du denkst doch wohl nicht, daß Corie irgendwas mit dem Mord –«

»Corie ist tot«, fiel ich ihm ins Wort. Allmählich hatte ich es satt, mir etwas über das Recht auf Privatsphäre anhören zu müssen.

»Tot.« Es klang zu ausdruckslos, um ein Ausruf zu sein. »Corie Meeks ist tot?« Ich nickte. »Und aus der Tatsache, daß du jetzt nach ihr fragst, schließe ich, daß sie nicht gerade von einem Auto überfahren wurde.«

»Sie wurde nicht von einem Auto überfahren«, bestätigte ich.

Ein langes Schweigen, während ein Kellner an den Tisch trat, um sich erkundigen, was wir trinken wollten. Brad Graves bestellte sich Mineralwasser mit Limonensaft. Ich auch. Der Kellner verschwand, und Brad sagte: »Sie war eine Nervensäge. Aber nicht so, wie Jane eine Nervensäge war.«

»Erzähl weiter«, sagte ich.

»Jane war eine Nachläuferin, eine Klette. Sie hatte sich an irgendeine Frau drangehängt, die eine spiritistische Kirche leitete, und hatte die fixe Idee, daß sich emotionale Krankheiten, psychische Krankheiten, ebensogut durch schamanistische Methoden heilen lassen wie durch irgendwelche Formen der Psychotherapie. Wobei übrigens einiges dafür spricht, daß sie damit gar nicht so unrecht hat, aber das tut ja jetzt nichts zur Sache. Sie hatte sich vorgenommen, eine Heilerin zu werden, und sie hatte sich unserer SIG angeschlossen, um mit Heilern Kontakt zu haben. Was nicht etwa meine Wortwahl ist, sondern ihre. Ich wünschte, ich könnte glauben, daß ich ein Heiler bin. Ein Psychiater – oder ein Psychologe, das spielt keine Rolle – heilt nicht. Er hilft dem

Patienten oder der Patientin, sich wenn irgend möglich selbst zu heilen. Falls das Sinn ergibt.«

Für mich ergab das sehr viel Sinn; ich hatte von Susan schon oft genug so ziemlich das gleiche gehört. »Das stimmt auch nicht immer«, fügte er nachdenklich hinzu. »Es ist bloß ... Verstehst du, je mehr wir über das Zusammenspiel von Geist, Körper und Emotionen wissen, desto mehr wissen wir, daß wir nichts wissen. Manchmal ist das, was sich als psychische Erkrankung manifestiert, in Wahrheit eine körperliche, und wenn wir in einem solchen Fall zufällig genug über diese körperliche Erkrankung wissen, um sie zu behandeln, können wir sie heilen oder zumindest lindern. Dann wiederum kommt es vor, daß sich eine eigentlich psychische Erkrankung als körperliche manifestiert, und sämtliche Antibiotika und Schmerzmittel der Welt helfen kein bißchen, ehe man nicht das eigentliche Problem angeht. Das erste Problem bei der Behandlung von augenscheinlich psychischen oder emotionalen oder körperlichen Erkrankungen besteht also darin, herauszufinden, was das wahre Problem ist, und wer das öfter schafft als in einem von drei Fällen, ist eine ganze Stange klüger, als ich es bin.«

Ich schwieg, weil ich an meinen Schwiegersohn Olead Baker denken mußte, der über zehn Jahre mit der Diagnose Schizophrenie in einer sehr teuren, sehr vornehmen, aber absolut geschlossenen psychiatrischen Klinik verbracht hatte, bis sein alter Arzt starb und die Tochter dieses Arztes die Leitung der Klinik übernahm und herausfand, daß Olead lediglich unter einem schweren Vitamin-B-Mangel litt – was jedoch keinesfalls bewies, wie Susan sowohl mir als auch Olead versichert hatte, daß alle oder auch nur die meisten Fälle von angeblicher Schizophrenie mit Vitamin B behandelt werden konnten.

»Was ich eigentlich damit sagen will, ist, daß Jane sich irgendwie in den Kopf gesetzt hatte, daß sie, wenn sie viel mit Schwester weiße Eule oder wie immer die hieß –«

»Schwester Adlerfeder«, warf ich ein.

»Egal. Jedenfalls hatte Jane sich in den Kopf gesetzt, wenn sie viel mit ihr und mit uns zusammen war, würde sie alle Geheimnisse der Heilkunst lernen und selbst eine Heilerin werden, und dann würde sie sich selbst von diesem Herzleiden heilen, das sonst niemand heilen konnte. Sie war todkrank, das konnte selbst ein Blinder sehen. Und das Verrückteste an der ganzen Sache war, daß wir bei unseren Treffen gar nicht über Medizin geredet haben.«

»Was habt ihr denn gemacht?«

»Meistens Trivial Pursuit gespielt.«

Der Kellner brachte unsere Getränke. Brad leerte sein Glas auf einen Zug und bestellte gleich noch eins zum Essen. Er nahm einen Thunfischsalat. Ich bestellte den Spinatsalat. Er sah mich mißbilligend an und teilte mir mit, daß da Ei drin war.

»Ich weiß«, sagte ich.

»In deinem Alter solltest du anfangen, dir Gedanken um dein Cholesterin zu machen«, sagte er.

»Ich weiß«, sagte ich. »Ich esse viel Vollkornbrot und meistens nur Cornflakes zum Frühstück. Aber im Augenblick möchte ich einen Spinatsalat. Hör mal, Susan liegt mir schon genug damit in den Ohren. Sie behauptet noch immer, ich müßte Gewicht zulegen.«

»Ich finde, du siehst gut aus.«

»Ich möchte das Thema wechseln. Alle wollen immer an mir herumdoktern, und so langsam reicht's mir. Du hast mir von Jane erzählt. Was ist nun mit Corie?«

Er blickte sehr unbehaglich drein. »Mir ist nicht klar, inwiefern das etwas mit deinen Ermittlungen zu tun haben könnte.«

»War sie mit dir verlobt?«

»Ach, verdammt«, sagte er. »Sie hat sich das eingebildet. Verstehst du, Corie war labil. Äußerst labil. Samuel Barrett – ihr Arbeitgeber – hat mir mehrfach erzählt, daß er sie aus seiner Praxis raushaben müßte, aber Angst hatte, wenn er sie rausschmeißt, bringt sie sich um. Derart labil war sie. Und sie … verstehst du, ich weiß nicht, wie sie darauf gekommen ist. Ich weiß es wirklich nicht. Außerhalb der Mensa-Treffen hab' ich sie kein einziges

Mal getroffen, bis auf einen Abend, als ihr Wagen nicht ansprang und ich mich angeboten habe, sie nach Hause zu fahren. Aber sie hatte beschlossen, daß wir heiraten würden. Tja, zu Anfang war sie gar nicht hinter mir her, sondern hinter Sam. Ihrem Boß. Sam ist jünger als ich, weißt du. Aber als Sam dann geheiratet hat, hat sie diese Wahnvorstellung – anders kann man es wohl nicht nennen – auf mich übertragen. Sie hat mich in der Praxis angerufen und Hallie, meiner Sprechstundenhilfe, erzählt, es wäre dringend. Hallie hat sie durchgestellt, und sie war dabei, ihr Hochzeitskleid zu entwerfen. Sie hat mich zu Hause angerufen und Nachrichten auf meinem Anrufbeantworter hinterlassen, und ich konnte meine Telefonnummer nicht ändern lassen, weil meine Patienten in der Lage sein müssen, mich zu erreichen.«

»Du meinst also, diese Verlobung war eine Wahnvorstellung von ihr?« Falls dem so war – und falls sie in einem Winkel ihres Hirns gewußt hat, daß dem so war – würde das erklären, wieso sie zwar aller Welt erzählt hat, daß sie verlobt war, aber niemandem erzählt hat, mit wem. Auf diese Weise hätte sie jederzeit alles zurücknehmen können, ohne daß es für sie besonders peinlich geworden wäre.

»Eine Wahnvorstellung, ja. Eine gezielte Selbsttäuschung, möchte ich meinen.«

»War das schöne Porträtfoto von dir auch eine Wahnvorstellung?« Um das zu fragen, war ich hergekommen, in der Hauptsache.

»Ich hab' mir schon gedacht, daß das Foto bei ihr gelandet ist«, sagte er. »Aber ich war mir nicht sicher. Ich hab' gedacht, es wäre am besten, sie das Foto behalten zu lassen, falls sie es war, die es genommen hatte, und mir ist einfach sonst niemand eingefallen, der ein Interesse daran gehabt haben könnte.«

»Erzählst du mir, wie das genau war?« fragte ich.

Er nickte und wartete, während der Thunfischsalat vor ihm auf den Tisch gestellt wurde. Er fing an zu essen und sprach halb geistesabwesend mit vollem Mund. »Also. Ich hatte ... Es war so, Susan und ich waren noch nicht so weit, unsere Verlobung öffentlich zu machen, weil es noch so vieles zu klären gab. Nicht bloß die Namen – aus beruflichen Gründen wird sie ihren behalten –, sondern auch Fragen, die ihre Klinik und meine Praxis betreffen, oder wie wir mögliche Nachteile für unsere Patienten auf ein Minimum beschränken können. Monatelang … haben wir um die Dinge herumgeredet … und dann über die Dinge geredet.«

Er stockte, blickte ein wenig verlegen drein. »Ich hab' sie gebeten, es niemandem zu erzählen – selbst dir nicht, und sie hält wirklich große Stücke auf dich –, bis wir alles durchdacht hatten. Jedenfalls habe ich dieses Porträtfoto für Susan machen lassen. Ich hatte es ihr noch nicht gegeben. Wir hatten ein Mensa-Treffen in meiner Wohnung, und als das Treffen vorbei war, naja, ist Susan noch länger geblieben, und als sie sich verabschiedet hat, wollte ich ihr das Porträt geben und konnte es nirgends finden. Weißt du, ich gebe ja zu, daß ich schon ein paar Jahre allein lebe und nicht gerade ein Ordnungsfanatiker bin, aber ich bin auch nicht so unordentlich, daß ich ein gerahmtes Bild mit nach Hause nehme und es innerhalb der nächsten vier Stunden verliere. Also … hab' ich mir gedacht, daß Corie es sich genommen haben mußte, weil ich mir das von niemandem sonst vorstellen konnte. Das habe ich Susan erzählt, und sie war auch der Meinung. Wir fanden, daß es keinen Sinn hätte, Corie zu bitten, es zurückzugeben, weil sie entweder abstreiten würde, es zu haben, oder sie würde, nun ja, richtig wütend werden. Also habe ich einfach den Fotografen angerufen und einen neuen Abzug bestellt, und den habe ich Susan geschenkt, und wir haben uns nicht weiter Gedanken darüber gemacht.«

»Dann hast du dir keine Gedanken darüber gemacht, daß diese Wahnsinnige vielleicht das Foto überall rumzeigt und allen möglichen Leuten erzählt, daß sie dich heiraten würde?«

Er starrte mich an. »Sie war nicht wahnsinnig. Sie hat ihre Fantasievorstellung ausgelebt, aber sie war ganz sicher nicht wahnsinnig.«

Das Gespräch mit ihm brachte mir ansonsten nichts ein, außer meinem Lunch, den er unbedingt bezahlen wollte. Es lag auf der

Hand, daß ich irgendwann an diesem, wenn nicht am nächsten Tag mit Samuel Barrett würde reden müssen. Das erwähnte ich Brad gegenüber, und er sagte: »Komm mit zurück in meine Praxis, dann rufe ich ihn an und sage ihm, daß du kommst.«

Hallie, deren Namen und Berufsbezeichnung ich nun endlich kannte, war nicht in der Praxis. Anscheinend war auch sie zum Lunch gegangen. Aber anstatt das Telefon an ihrem Schreibtisch zu benutzen, rief Brad von seinem Büro aus an. Er nahm mich mit hinein, so daß ich seinen Teil des Gesprächs mithören konnte, dem ich bestimmt auch mit mehr Aufmerksamkeit gefolgt wäre, wenn mein Blick nicht auf einen Barwagen gefallen wäre, der unter anderem eine Flasche Wodka der Marke Prince Ivan enthielt.

Er sagte: »Danke«, legte auf und teilte mir mit, daß Sam mich erwartete. Dann bemerkte er meine Blickrichtung und wurde leicht rot. »Angewohnheit aus Studentenzeiten«, erklärte er. »Billiger Wodka. Aber man sagt ja, daß man bei Wodka sowieso keinen Unterschied schmeckt. Jedenfalls ich nicht.« Ich erwiderte nichts, obwohl sich die Gedanken in meinem Kopf überschlugen, und er beschrieb mir, wie ich zu Barretts Praxis kam, die nicht weit von der Hulen Mall entfernt lag. Das ist eine Gegend der Stadt, wo ich fast nie hinkomme, und die Folge davon ist, daß ich mich fast immer verfahre, wenn ich beruflich dort zu tun habe. Na ja, das ist natürlich nicht der einzige Grund; die Straßen kommen mir irgendwie viel gewundener und kurvenreicher vor als in meiner Gegend der Stadt, wo sie mehr oder weniger kerzengerade verlaufen.

Dr. Sam Barrett wartete schon auf mich. Er war tatsächlich jünger als Brad, mindestens fünfzehn Jahre. Er war um die Dreißig, und eingedenk dessen, was ein Mensch alles leisten muß, um es bis zum Psychiater zu bringen, dürfte es wohl kaum sehr viel jüngere Vertreter ihrer Zunft geben. Er sah gut aus, mit dunklem Haar und ebensolchen Augenbrauen, blauen Augen und einer sehr hellen Haut, ein Gesicht, das irgendwie ein bißchen irisch aussah. Entweder hatte er schon von vornherein zwei Empfangsdamen gehabt, oder er hatte keine Zeit verloren, eine Nachfolgerin einzustellen oder eine Zeitarbeitsagentur anzurufen, damit sie ihm eine Vertretung schickte. Aber er empfing mich selbst, was ziemlich schmeichelhaft gewesen wäre, hätte es nicht höchstwahrscheinlich den Grund gehabt, daß er einer Empfangsdame, besonders einer vorübergehend oder neu eingestellten, nicht gern erklären wollte, was die Polizei mit ihm zu besprechen hatte.

Er ging schnurstracks mit mir in ein Büro mit dicken Vorhängen, dicken Teppichen und schalldämpfenden Platten an der Decke. »So«, sagte er, »Brad hat gesagt, daß Sie mit mir über Corie reden wollen.«

»Stimmt. Aber zuerst möchte ich Sie fragen, ob Sie auch Mitglied bei Mensa sind.«

»Abgelehnt«, antwortete er leichthin. »Mir fehlt ein halber Punkt. Wahrscheinlich käme ich rein, wenn ich rummosern und mich beschweren und den ein oder anderen Test zurechtfrisieren würde, aber wozu?«

Ich betrachtete ihn einigermaßen bestürzt. Dieser Arzt mit all seinen Diplomen ist für Mensa nicht geeignet, und Olead meint, *ich* wäre es?

»Ist das alles, was Sie wissen wollten?« drängte er. Er muß ein anderer Psychiatertyp sein als Brad, dachte ich. Brad scheint daran gelegen, daß die Leute sich wohl fühlen. Samuel Barret dagegen scheint daran gelegen, daß die Leute sich unwohl fühlen. Susan hat einmal versucht, mir zu erklären, wie viele unterschiedlichen Typen es bei den Psychiatern gibt, aber ich bekam schon beim Zuhören Kopfschmerzen, und sie gab auf. »Haben Sie Jane Stevenson gekannt?« fragte ich.

»Nein, hab' ich nicht.«

»Erzählen Sie mir von Corie Meeks.«

Er seufzte. »Diese Praxis war früher eine Gemeinschaftspraxis«, sagte er. »Als ich soweit war, selbst praktizieren zu können, habe ich zuerst für Ezra Loundes gearbeitet, und später hat er mir angeboten, mich zu seinem gleichberechtigten Partner zu machen. Dann ist Ezra ... gestorben.« Er mußte nicht weiter ins

Detail gehen. Ich wußte Bescheid, und er wußte, daß ich es wußte. Dr. Ezra Loundes war vor seinem Haus von zwei Teenagern erschossen worden, die meinten, sie würden bei ihm zu Hause oder in seinem Wagen irgendwelche Drogen finden. Wir wußten, daß das ihr Motiv war, weil sie es uns erzählten, später, nachdem Streifenpolizisten, die durch die lautlose Alarmanlage des Hauses herbeigerufen worden waren, Loundes tot vor dem Haus fanden, seine Frau – ebenfalls Dr. Loundes – tot *im* Haus fanden und zwei Teenager entdeckten, die gerade das Arbeitszimmer verwüsteten, weil sie nach Drogen suchten, von denen sie überzeugt waren, daß es sie gab. Nicht, daß sie selbst welche gebraucht hätten; sie waren ohnehin schon durch eine Kombination von etlichen unterschiedlichen Aufputsch- und Beruhigungsmitteln high bis zum Gehtnichtmehr.

»Und Sie haben die Praxis weitergeführt«, sagte ich.

Er nickte. »Ja. Und ich weiß nicht, ob Sie Ezra gekannt haben.«

»Nicht gut. Aber ich denke, halb Fort Worth hat ihn gekannt.«

»Allerdings. Halb Fort Worth hat ihn gekannt. Ihn und sein Engagement. Daß er in Glen Rose verhaftet wurde, weil er gegen das AKW protestiert hat.«

»Genauer gesagt wurde er verhaftet, weil er den Zaun durchgeschnitten hat«, stellte ich klar. »Er hätte protestieren können, bis zum Jüngsten Tag, wenn er vor dem Zaun geblieben wäre.«

»Fragen Sie die Leute in Tschernobyl doch mal, ob der Fallout auf der Werksseite des Zaunes bleibt«, konterte Barrett.

»Ich bin keine Entscheidungsträgerin«, sagte ich.

»Das ist niemand«, erwiderte Barrett. »Das ist niemand. Und wir bleiben alle auf unserem entscheidungsfreien kleinen Hintern hocken, bis die Welt eines Tages in die Luft fliegt und wir mit unserem entscheidungsfreien, kleinen Hintern halb bis zum Mars katapultiert werden. Na schön. Egal. Ich versuche, ein würdiger Nachfolger von Ezra zu sein. Er hat sich überall engagiert. Er hatte eine chaotische Praxis, weil er sich überall engagiert hat. Er hat Corie eingestellt, weil sie den Job brauchte, nicht weil sie den Job meistern konnte, und Tatsache war, daß sie das nicht konnte. Wußten Sie, daß einer von den jungen Burschen, die ihn erschossen haben, für ihn gearbeitet hat?«

»Nein, das wußte ich nicht.«

»Tja, stimmt aber. Er hat den Garten für ihn gemacht. Nicht, weil Ezra ihn brauchte. Das tat er nicht; er hatte eine große Gartenbaufirma beauftragt, und die schickte einmal pro Woche Leute vorbei, die dann alles gemacht haben, was so anfiel, vom Rasensprengen bis zur Neubepflanzung der Blumenbeete. Aber der Junge brauchte Arbeit, also hat Ezra ihn eingestellt, und neun Tage später knallt er Ezra kaltblütig ab. Aber ... er hatte Corie eingestellt. Und ich wollte sie nicht wieder rausschmeißen. Ich hab' bloß ...« Er blickte verlegen. »Ich hab' schließlich noch jemanden eingestellt, damit die Arbeit erledigt wurde. Ich hab' Corie einfach da sitzen und Telefongespräche entgegennehmen lassen, und die halbe Zeit hat sie die Nachrichten falsch notiert, aber ... Ezra hatte sie eingestellt.«

»Okay. Brad hat gesagt, sie wollte Sie heiraten.«

»Tja. Das war ein weiterer Grund, warum ich eine zweite Sekretärin eingestellt habe, abgesehen davon, daß die Arbeit erledigt werden mußte. Ich ... ich wollte niemals mit Corie Meeks allein sein. Keine Sekunde. Falls Sie verstehen, was ich meine.«

»Ich glaube, ich verstehe, was Sie meinen.«

»Deshalb weiß ich auch nicht, was Brad sich bloß dabei gedacht hat, als er ihr angeboten hat, sie nach Hause zu fahren. Ihr Wagen war völlig in Ordnung. Am nächsten Tag ist sie hin und hat ihn abgeholt. Da ist er ganz normal angesprungen.«

»Sie meinen also, daß sie so getan hat, als wäre er kaputt, damit Brad sie nach Hause fährt.«

»Das glaube ich nicht nur, das weiß ich. Sie hat's mir erzählt, wissen Sie. Sie hat überall erzählt, sie sei verlobt, aber ich war der einzige, dem sie anvertraut hat, wer ihr ›Verlobter‹ war. Und ich hab' gewußt, daß es nicht stimmte. Das habe ich ihr auch taktvoll klarzumachen versucht. Sie wollte nichts davon hören. Brad hat mich ein paarmal angerufen und mich gefragt, wie er sie davon abbringen könnte. Himmel, ich weiß – wußte – es auch nicht. Ich hab' ihm gesagt, die könnte man höchstens mit einer Maschinenpistole davon abbringen, aber sonst wüßte ich auch keine Möglichkeit.«

»Danke«, sagte ich, »ich denke, damit sind alle meine Fragen beantwortet.«

Höflich begleitete er mich zum Ausgang. Inzwischen wartete schon ein Patient, der ein bißchen pikiert dreinblickte, weil jemand anders ihm einen Teil seiner Zeit gestohlen hatte. Ich dankte Barrett noch einmal und ging zu meinem Wagen. Ich war noch immer mit meinem Privatwagen unterwegs, weil ich nicht die Zeit gefunden hatte, zum Präsidium zu fahren und mir einen Dienstwagen zu nehmen. Allerdings hatte ich mir ein Walkie-Talkie von einem Kollegen ausgeborgt, der gerade auf dem Weg ins Präsidium gewesen war. Nun saß ich im Wagen und dachte nach.

Wenn er nur eine Minute früher aufgehört hätte zu reden, hätte ich Brad Graves von jedem Verdacht freigesprochen. Doch jetzt konnte ich das nicht mehr. Was, wenn Corie Meeks versucht hatte, Brad durch Erpressung zur Ehe mit ihr zu zwingen? Was, wenn sie gedroht hatte, sie würde behaupten, er habe sie an dem Abend, als er sie nach Hause brachte, sexuell belästigt? Hätte er einen solchen Rufmord überstanden? Oder sonst jemand?

Und wenn ein Mann – ein intelligenter Mann, der sich ernsthaft bedroht fühlt, ein Mann, dessen gesamter Lebensstil, ganz zu schweigen von seinem Lebensunterhalt, auf dem Spiel steht –, wenn ein solcher Mann beschließt, daß Mord der einzige Ausweg ist, wie würde er es anstellen? Würde er versuchen, es wie einen Unfall aussehen zu lassen, oder würde er versuchen, es wie eine Mordserie aussehen zu lassen, für die er kein Motiv hätte?

Es wäre weiß Gott nicht das erste Mal, daß eine scheinbar motivlose Mordserie als Tarnung für einen persönlich motivierten Mord dienen sollte. Wenn es das früher schon gegeben hatte, warum nicht auch jetzt …

Meine Gedanken, die sich nie sonderlich diszipliniert verhalten, schweiften ziellos umher. Im Grunde näherte ich mich folgender Überlegung an: Wenn jemand eine vermeintlich unmotivierte Mordserie inszeniert, um einen persönlich motivierten Mord zu tarnen, dann ist dieser persönlich motivierte Mord nicht der erste in der Serie, weil selbst der dümmste Killer weiß, daß wir beim ersten Mord nach persönlichen Motiven suchen würden. Und er wäre nicht der letzte, denn wenn die Serie unmittelbar nach dem Mord an jemandem, für den es ein Motiv gibt, abreißen würde, wüßten wir sofort, wo wir zu suchen hätten. Nein, es wäre der mittlere Mord. Bei einer Dreierserie wäre es der zweite.

Was bedeutete, falls Brad Graves der Killer war, würde es einen dritten Mord geben.

An wem?

War dieser zuvorkommende, charmante Ladykiller im wahrsten Sinne des Wortes ein Ladykiller? Und wollte er tatsächlich Susan Braun heiraten, die niemandem mehr glich als der Weißen Königin in *Alice hinter den Spiegeln*? Ich konnte Susan förmlich durch den Wald fliegen sehen wie die Königin, ihren Schal über den Boden schleifend und mit herabfallendem Haar. Tatsächlich hatte ich Susan einmal mit einem schönen gehäkelten Mohairschal gesehen, der ihr von den Schultern fiel, während ihre Zöpfe sich wie üblich aus der angeblich sicheren Verankerung befreiten.

Susan würde einen aufgeregten Telefonanruf von mir ganz und gar nicht schätzen.

Natürlich hielt ich trotzdem an der nächsten Telefonzelle und rief sie an. Vielleicht war es ein Glück für uns beide, daß sie im Patientengespräch war und nicht ans Telefon kommen konnte.

Vielleicht. Aber ich hätte nicht ihr Leben darauf gewettet.

Wenn ich doch nur nicht die Flasche Prince-Ivan-Wodka gesehen hätte …

Ich hatte noch immer den Haustürschlüssel von Jane Stevenson in meiner Tasche. Aber wir hatten das Haus freigegeben. Das bedeutete, daß die Einwilligungserklärung zur Hausdurchsuchung keine Gültigkeit mehr hatte. Ich rief bei Charles's Chips an und fragte, wo ich Zack Stevenson auf seiner Tour wohl am besten erreichen konnte, und dann machte ich mich auf die Suche nach ihm.

Ich entdeckte ihn, oder besser gesagt einen Charles's-Chips-Laster, von dem ich annahm, daß es seiner war, hinter einer Bank geparkt. Ich wartete hinter dem Laster in meinem Wagen, bis er herauskam, und dann schnitt ich ihm mit einem weiteren Formular für die Einwilligungserklärung zur Hausdurchsuchung den Weg ab. Nein, er hatte schon lange nicht mehr in dem Haus gewohnt, aber trotzdem war er der rechtmäßige Eigentümer – das hatten wir inzwischen überprüft –, und er war bis zuletzt der rechtmäßige Ehemann von Jane Stevenson.

Er blickte verwirrt drein und sagte: »So was hab' ich doch schon unterschrieben. Ihr habt das Haus doch schon durchsucht.«

»Richtig, Sir, aber jetzt suchen wir nach etwas anderem.« Gestern, als wir Jane Stevensons Haus durchsuchten, war ich Bradley Graves noch nicht begegnet. Wenn ich ein Bild von Bradley Graves gesehen hätte, wäre es mir nicht aufgefallen. Und ich hatte ganz sicher nicht danach gesucht. Jetzt tat ich es.

»Na klar, Ma'am, Sie können gern da weitersuchen. Muß ich das jetzt unterschreiben?«

»Ja, Sir.« Ich unterschrieb selbst als Zeugin, was bedeutete, daß die Einwilligungserklärung vor Gericht nicht anerkannt werden würde, falls er beschloß, sie anzufechten, aber das würde er nicht, und falls irgendwer sonst es täte, würde er in dem gleichen verwunderten Tonfall, den er jetzt hatte, sagen: »Ja, das ist meine Unterschrift.«

Wenn ich mich recht erinnerte, gab es jede Menge Fotos im Haus. Ich fuhr hin und suchte sie. Und sah sie mir an.

Die einzige Atelieraufnahme im Haus war ein altes Hochzeitsfoto, eine schlanke (nun ja, einigermaßen schlanke) Jane Stevenson und ein sehr viel jünger aussehender Zack Stevenson. Es gab jede Menge Schnappschüsse und Schulfotos, und ich nahm mir die Zeit, jedes einzelne genau zu betrachten.

Ich fand tatsächlich mehrere Fotos von Bradley Graves. Aber falls ich ihn damit konfrontiert hätte, hätte er logischerweise geantwortet, ja, Sie wußten doch schon, daß wir uns kannten. Und ich hätte dem nichts entgegenhalten können, denn es sah ganz danach aus, daß Jane, so überraschend es vielleicht auch war, eine leidenschaftliche Fotografin gewesen war. Außer Brad Graves sah ich auch Susan Braun und Olead Baker. Auf einer ganzen Reihe von Fotos waren auch ein Trivial-Pursuit-Spiel und ein Tisch mit Chips und Limonade zu sehen.

Sie hatte bei den Mensa-Treffen Fotos gemacht. Es gab keinen Grund, wieso Brad Graves *nicht* auf den Bildern zu sehen sein sollte.

Und es gab keine Wodkaflaschen, weder Prince Ivan noch irgendeine andere Marke, weder voll noch leer.

Kapitel 7

Ich überlegte erneut, Susan anzurufen. Natürlich würde Susan sich nichts anhören, das wie eine Anschuldigung Brads klang, und sie würde mir auch nichts über Corie Meeks erzählen, weil sie befürchten mußte, es könnte so klingen, als wäre sie eifersüchtig auf Corie gewesen. Was einfach lächerlich war; jeder Mann, der Corie vor Susan den Vorzug gegeben hätte ... Doch dann dachte ich wieder an Susans allgemeinen – und ständigen – zerzausten Zustand und fragte mich: Welche Kriterien? Wessen Kriterien?

Ich wußte nicht, wie Corie Meeks lebend ausgesehen hatte. Ich hatte sie nie lebend gesehen. Sowohl Brad als auch Sam Barrett hatten mir versichert, daß sie psychische und emotionale Probleme gehabt hatte, und obwohl ich nicht recht wußte, ob ich Brad glauben konnte, war ich mir unerklärlicherweise sicher, daß Sam Barrett aus keinem Grund der Welt jemanden anlügen würde.

So weit, so gut. Aber es gab zu viele Antworten, von denen ich noch meilenweit entfernt war, zu viele Fragen, die ich noch nicht mal gut genug formulieren konnte, um sie zu stellen.

Es war vier Uhr nachmittags. Ich hätte nach Hause fahren sollen. Aber konnte ich denn guten Gewissens einfach nach Hause fahren, wo ich doch wußte, daß der Mörder – wer immer der Mörder war – heute nacht wieder zuschlagen konnte?

Ich hielt an einem 7-Eleven und suchte mir ein öffentliches Telefon. Zuerst rief ich Matilda Greenwood an. Sie hob gleich beim ersten Klingeln ab.

»Wie viele alleinstehende Frauen, im mittleren Alter oder älter, gibt es in Ihrer Kirche?« fragte ich, ohne mich vorzustellen.

»O je«, erwiderte sie, da sie meine Stimme offenbar auch ohne Vorstellung erkannt hatte. »So ziemlich alle.«

»So ziemlich alle«, wiederholte ich wie vor den Kopf geschlagen, obwohl mir nicht klar ist, wieso, denn nach allem, was sie mir bis dahin erzählt hatte, hätte ich mit genau dieser Antwort rechnen müssen.

»Ja. Und ich weiß, warum Sie das fragen, weil ich schon den ganzen Tag darüber nachdenke. Möchten Sie, daß ich sie warne?«

»Wie viele –«

»Hab' ich doch schon gesagt, so ziemlich alle.«

»Aber *wie viele* sind das?« fragte ich nach und hob dabei meine Stimme stärker, als ich wollte.

»Oh. Oh, ich verstehe, was Sie meinen. Etwa sechzig. Aber ich kann sie alle erreichen. Oder die meisten jedenfalls.«

»Sie können zwischen jetzt und Einbruch der Dunkelheit sechzig Leute erreichen?« fragte ich leicht ungläubig. Schließlich hatten wir schon Ende Oktober. Es war schon wieder auf Winterzeit umgestellt worden, und es wurde recht früh dunkel.

»Oh, ich muß sie nicht alle selbst anrufen«, sagte sie, offensichtlich von meiner Frage überrascht. »Ich habe eine Art Schneeballsystem entwickelt. Ich rufe Leiterinnen an – das sind sechs –, und jede von denen ruft zwei andere an, und von denen wiederum ruft jede fünf oder sechs an. Ich kann sie alle in etwa fünfzehn Minuten warnen. Ich muß ihnen nur klarmachen, wie dringend es ist, damit sie die Nachricht sofort weitergeben und nicht erst bis morgen oder übermorgen warten.«

Na. Das war eine Überraschung. Auf diese Weise macht das auch meine Kirche – eigentlich die Kirche meines Sohnes –, und es hat ihnen den Ruf eingebracht, daß sie im ganzen Land am schnellsten und effizientesten Freiwillige für irgendwelche Arbeiten zusammentrommeln können. Ich war überrascht, obwohl ich das wohl nicht hätte sein sollen, daß die Kirche von Schwester Adlerfeder ein ähnliches System hatte.

Als nächstes rief ich Susan an – oder versuchte es zumindest.

Sie hatte eine Patientin und konnte nicht ans Telefon kommen.

Das stimmte vielleicht. Vielleicht stimmte aber auch, daß Susan mir, aus irgendeinem von mehreren möglichen Gründen – aber höchstwahrscheinlich, weil sie nicht den Eindruck erwekken wollte, auf Corie Meeks eifersüchtig gewesen zu sein – aus dem Weg ging. Ich wollte nicht glauben, daß sie mir aus dem Weg ging, weil sie ihren Verlobten verdächtigte. Nein, das glaubte ich wirklich nicht. Wenn sie glaubte, daß Brad schuldig war, würde sie mir helfen. Also glaubte sie das nicht. Aber daß sie es nicht glaubte, bewies noch lange nicht, daß es nicht wahr war.

Ich verdächtigte ihren Verlobten. Und vielleicht war es auch gut so, daß Susan nicht mit mir reden wollte, weil ich meinen Verdacht bestimmt geäußert hätte. Und dann wäre Susan möglicherweise – sehr wahrscheinlich – gekränkt.

Ich wollte Susan wirklich nicht kränken.

Trotzdem mußte ich alleinstehende Frauen aus dieser SIG ausfindig machen und warnen. Wen kannte ich, den ich anrufen konnte? Susan, die im Augenblick anscheinend nicht mit mir reden wollte; Brad, der der Verdächtige war; und Olead. Als vielbeschäftigter Medizinstudent könnte er überall stecken. Andererseits meldete er sich bestimmt regelmäßig zu Hause, weil seine Frau bald ein Baby erwartete. Sehr bald. Etwa nächsten Monat.

Ich rief bei ihnen zu Hause an, und Becky meldete sich. »Hi, Mom«, sagte sie munter.

»Hi, Tochter. Wie geht's dir?«

»Och, bestens. Jeffrey hat heute beschlossen, ein Wandgemälde an die Diele zu malen.«

An. Nicht in. Ich bemerkte ihre sprachliche Genauigkeit.

Jeffrey ist genetisch, wie ich vielleicht schon erwähnt habe, Oleads Halbbruder. Rechtlich ist er Oleads und Beckys Sohn. Becky, die selbst adoptiert ist, gefiel die Idee, ein Kind zu adoptieren. Aber sie ist selbst erst neunzehn und hat nun alle Hände voll zu tun. Und Oleads Dollarmillionen sind keine große Hilfe bei der Suche nach Hauspersonal, wenn keins zu kriegen ist oder wenn, wie es der Fall zu sein scheint, sowohl Olead als auch Becky der Gedanke nicht behagt, Personal einzustellen.

»Womit?« fragte ich. Jeffrey ist eigentlich schon ein wenig aus dem Alter heraus, in dem Kinder Wandgemälde mit dem Inhalt ihrer Windeln kreieren, aber man kann nie wissen.

»Buntstifte«, sagte sie. »Ich schrubbe schon seit einer Stunde, und das meiste hab' ich abgekriegt. Gibt es abwaschbare Buntstifte?«

»Woher soll ich das wissen? Hal ist zu alt für Buntstifte und Cameron zu jung. Eine Weile gab es jedenfalls mal welche.«

»Na ja, wenn ich die Energie aufbringe, werde ich mal versuchen, welche zu finden.«

»Ist Olead da?« fragte ich hoffnungsvoll.

»Nee. Er ist noch an der Uni. Warum? Wolltest du ihn sprechen?«

»Ja, ich muß ihm ein paar Fragen stellen. Becky, gehst du schon mal mit ihm zu diesen Mensa-SIG-Treffen?«

»Ein paarmal war ich mit, wieso?«

Ich hatte es mir schon gedacht. Auf einigen von Janes Fotos meinte ich nämlich ihren Kopf erkannt zu haben, der sich über das Spielbrett von Trivial Pursuit beugte. »Weißt du, wie viele Frauen es in der Gruppe gibt, die in, tja, sagen wir, meinem Alter und älter sind und die allein leben?«

»Ich glaube nicht, daß es viele sind«, sagte sie, »aber genau weiß ich es nicht. Olead ruft meistens an, bevor er nach Hause kommt, falls ich noch etwas brauche. Soll ich ihm sagen, daß er dich anrufen soll?«

»Ja, mach das«, sagte ich. »Oder noch besser wäre, wenn er vorbeikommen könnte. Ich bin auf dem Weg nach Hause.«

»Okay, ich werd's – Jeffrey, leg das sofort hin!« Die Leitung wurde unterbrochen.

Aaah, Mutterfreuden.

Es war mir gelungen, einen ganzen Tag meiner Arbeit nachzugehen, ohne auch nur einmal einen Fuß ins Präsidium zu setzen. Ich hatte alles mit meinem Wagen erledigt, mit meinem eigenen Benzin, und das würde ich nicht erstattet bekommen. Ich hatte zwar heute morgen direkt zu Cories Wohnung gemußt, doch danach hätte ich theoretisch zum Präsidium fahren können und sollen, um wenigstens einen Dienstwagen zu nehmen und mein eigenes Funkgerät zu holen, anstatt mit diesem hier rumzulaufen, das, wie die weiße Beschriftung an der Seite und am Boden verkündete, an die uniformierte Abteilung ausgegeben worden war. Durchaus möglich, daß sich dort inzwischen jemand Gedanken machte, wo es geblieben war.

Soll er doch. Ich würde es morgen abgeben.

Das würde ich ohnehin müssen. Diese Dinger haben wiederaufladbare Batterien, und einmal Aufladen reicht theoretisch für vierundzwanzig Stunden. Das bedeutete, daß mir dieses Funkgerät morgen früh nicht mehr viel nützen würde.

Wenn ich recht überlegte, brauchte ich es ja vielleicht diese Nacht. Ich rief Harry an und bat ihn, Olead zu bestellen, daß ich noch eben ins Präsidium mußte und etwas später nach Hause käme.

Mit einer nicht gerade überschwenglich heiteren Stimme sagte Harry: »Heute ist Donnerstag.«

»Ja und?« Es war Donnerstag. Was sollte das heißen?

»Donnerstags«, sagte Harry gepreßt, »habe ich Seminare.«

»Oh, Harry! Ach du meine Güte! Ich wollte das wirklich nicht vergessen –«

»Das weiß ich ja, aber wie soll ich jetzt –«

»Ist Hal nicht da?«

»Hal hat Football-Training. Und bevor du fragst, May Rector ist zum Einkaufen. Das habe ich schon festgestellt. Und Lori schaut Hal beim Football-Training zu. Moment mal, ich glaube, da kommt Mary angefahren.« Stille, während er vermutlich zur Haustür ging. »Okay, sie ist es, bis dann.«

Manchmal geraten mein Leben und Harrys Leben und die Kombination von beiden plus allerlei Sprößlinge allzu kompliziert. Ich mußte nach Hause, aber ich mußte mir auch ein Funkgerät besorgen, und ich mußte mir eine Möglichkeit überlegen, an ein Funkgerät zu kommen, ohne daß Captain Millner mich sah, denn wenn er mich sah, würde er mich ganz bestimmt nach den Berichten fragen, die ich noch nicht fertig hatte.

Ich fuhr also zum Präsidium. Ich stellte das Funkgerät aus der uniformierten Abteilung in die Aufladevorrichtung, wo es hingehörte, nachdem ich zunächst pflichtgemäß die Batterien ausgetauscht hatte, damit es niemand einfach in dem Glauben nahm, es sei voll aufgeladen, und dann auf höchst unerfreuliche Weise feststellen mußte, daß es das nicht war, und ich holte den kleinen Kassettenrecorder aus meiner Schreibtischschublade und zwei Kassetten, so daß ich, falls Cameron schlief, während Harry im College war und Hal beim Football-Training, die Gelegenheit nutzen konnte, zu Hause ein paar von den Berichten zu diktieren.

Ich schob die Schreibtischschublade zu, stand auf, um zu gehen, und rannte praktisch in Ed Gough hinein.

Natürlich machte ich einen Satz nach hinten. Hätten Sie das etwa nicht getan? Er ist nicht so viel größer als ich, aber er war einfach viel zu nahe. Und er war absolut geräuschlos hereingekommen, und außerdem war er Ed Gough. Wenn Ihnen das nichts ausmacht, sind Sie keine Frau.

Er starrte mich mit seiner üblichen vorwurfsvollen Miene an. »Ich würde Ihnen nichts tun«, sagte er.

»Das weiß ich. Sie haben mich bloß erschreckt.«

»Sie tragen kein grünes Kleid.«

»Wie beruhigend.« Er war noch immer zu nahe, und er roch nach Clorox. »Was würden Sie denn machen, wenn ich ein grünes Kleid tragen würde?«

Er antwortete nicht. Er sah mich bloß an.

»Ed, bitte gehen Sie nach Hause«, sagte ich matt. »Ich hab' heute wirklich keine Zeit, mich mit Ihnen abzugeben.«

»Sie hat ein grünes Kleid angehabt«, leierte er. »Haben Sie diese Lady angerufen?«

»Welche Lady?«

»Diese Lady, die dafür sorgen will, daß ich eingesperrt werde.«

Susan. Ich hatte Susan wegen Ed Gough fragen wollen. »Ich habe den ganzen Tag versucht, sie zu erreichen«, sagte ich. »Sie war zu beschäftigt, um mit mir zu sprechen.«

»Hat sie ein grünes Kleid?«

»Ich glaube nicht, wirklich nicht.«

»Sind Sie sicher?«

»Nein, ich bin nicht sicher, aber ich glaube nicht.«

»Haben Sie ein grünes Kleid?« Er machte zwei Schritte auf mich zu.

»Ed, ich habe kein grünes Kleid, und ich will kein grünes Kleid, und würden Sie jetzt bitte nach Hause gehen und mich nach Hause gehen lassen?« schrie ich.

Der Lärm lockte Ron Elgart von der Undercoverabteilung an. Er kam in den Raum des Sonderdezernats und sagte: »Ed, Sie belästigen die Lady.«

Ed drehte sich zu Elgart um. »Sie hat kein grünes Kleid an.«

»Ich hoffe, Sie wollten nicht, daß sie eins trägt«, sagte Elgart trocken. »Kommen Sie, Ed. Ich bring' Sie nach Hause.«

»Ich kann nach Hause gehen«, sagte Ed und schlurfte aus dem Büro. Seine Kleidung war wie üblich ein bißchen zu groß für ihn, als wäre er geschrumpft, und sein graues Haar ragte in Büscheln unter der verwaschenen Baseballmütze hervor.

»Alles klar, Deb?« fragte Elgart.

Ich nickte. »Ja. Aber er hat recht, er gehört eingesperrt. Er wird wieder verrückter.«

»Ach, das ist bloß Ed Gough, der sich benimmt wie Ed Gough«, sagte Elgart abwiegelnd. »Er könnte keiner Fliege was zuleide tun.«

»Ach ja? Erzähl das mal seiner Schwester.«

»Deb, das war ...« Elgart mußte überlegen und nachrechnen. »Vor einunddreißig Jahren. Er war fünfundzwanzig Jahre eingesperrt und hat nie irgendwelchen Ärger gemacht, und jetzt ist er seit sieben Jahren wieder auf freiem Fuß und –«

»Macht andauernd irgendwelchen Ärger«, sagte ich.

»Aber das heißt doch nicht, daß er gefährlich ist.«

»Na ja«, sagte ich, »ich werde jedenfalls in seiner Gegenwart kein grünes Kleid tragen, um es herauszufinden.«

Elgart lachte, und ich fuhr mit dem Fahrstuhl nach unten, wollte schleunigst nach Hause.

Ed wartete unten in der Eingangshalle auf mich.

Es wäre äußerst lächerlich, wenn eine Polizistin – eine erfahrene Beamtin wie ich – um eine Eskorte zu ihrem Wagen bitten würde. Deshalb tat ich es nicht. Ich schlich mich bloß durch den Hinterausgang hinaus und ließ Ed in der Eingangshalle weiter, wie ich annahm, auf mich warten.

Auf dem Nachhauseweg redete ich mir selbst ein, daß ich paranoid war. Wieso sollte Ed auf mich warten? Wahrscheinlicher war, daß er einfach da rumstand und überlegte, was er als nächstes tun wollte.

Aber trotzdem würde ich am nächsten Tag zur Arbeit kein grünes Kleid anziehen.

Ich war schon fast zu Hause, als mir einfiel, daß ich Ron Elgart hätte fragen sollen, was er davon halten würde, wenn seine Frau in einem grünen Kleid mit Ed Gough zusammen in einem Raum wäre. Die Antwort, die er darauf geben würde, könnte ganz interessant sein.

Oleads Kombi parkte vor dem Haus, als ich ankam. »Tut mir leid«, sagte ich. »Geh schon mal rein, ich hol' nur noch schnell das Baby –«

»Ich hab' das Baby«, antwortete er strahlend. »Als Harry nicht hier war, hab' ich mir überlegt, wo wohl alle sein könnten.«

Er reichte mir Cameron und schloß die Tür mit dem Schlüssel auf, den Harry ihm vor langer Zeit gegeben hatte. Über die Schulter fragte er: »Ist Harry sauer auf mich?«

»Nein. Er ist bloß ... Die ganze Situation gefällt ihm nicht«, erwiderte ich. »Aber ...«

»Mir gefällt sie auch nicht«, sagte Olead. »Der Himmel weiß, daß ich lange genug nichts anderes mehr hatte als meinen Stolz, und selbst der hing in Fetzen. Ich will seinen Stolz nicht verletzen. Aber es ist nicht seine Schuld, und –«

»Olead«, unterbrach ich ihn, »können wir über was anderes reden?«

Er starrte mich an. »Ich dachte, daß du deshalb mit mir reden wolltest.«

»Das war voreilig«, sagte ich schnippisch.

Er lachte kurz auf. »Okay. Hast du eine Cola da? Ich verdurste.«

»Muß ich nachsehen.«

Wie ich es mir gedacht hatte, war keine Cola mehr da. Es gab noch Orangensaft. Es müßte schon ein Wunder geschehen, damit Hal oder Harry Orangensaft trinken, wenn sie statt dessen Cola haben können.

Nachdem er sich mit einem Glas Orangensaft niedergelassen hatte, beäugte Olead mich eindringlich. Er hatte sich seit unserer ersten Begegnung stark verändert; das Selbstbewußtsein, das damals so angeknackst war, umhüllte ihn nun so stark, daß es schon fast an Arroganz grenzte, aber seine blauen Augen blickten noch genauso direkt, und sein Lächeln war viel freier und offener geworden. »Gibt's ein Problem?« erkundigte er sich.

»Wie kommst du darauf?«

»Normalerweise rufst du nicht an, bevor ich überhaupt zu Hause bin, und verlangst, mich umgehend zu treffen. Geht es um Jane Stevenson?«

»Und um Corie Meeks«, sagte ich.

Sein Lächeln erstarb. »Corie Meeks?« Dann stieß er heftig hervor: »Ach du Scheiße!«

»Sagt dir das was?«

Er beugte sich vor und suchte sich auf dem Couchtisch zwischen Harrys diversen Ausgaben von *Soldier of Fortune* und *Brigade Quartermaster's Catalog* ein Plätzchen für sein Glas Orangensaft. »Deb, wieviel weißt du über Mensa?«

»Du müßtest eigentlich wissen, wieviel ich über Mensa weiß. Genau so viel, wie du mir erzählt hast.«

»Sonst hat dir noch keiner was darüber erzählt?«

»Sagen wir mal, wenn ja, so würde ich es trotzdem lieber von dir hören. Einverstanden?«

»Einverstanden«, erklärte er. »Okay. Jane Stevenson war eine Nervensäge. Corie Meeks ist ...« Er musterte mich. »War?« Ich nickte. »War«, sagte er, »eine noch schlimmere Nervensäge. Sie wollten sich beide unbedingt in eine Gruppe hineindrängen, in die sie nicht gehörten und in der sie sich nicht wohl fühlten. Aber sie waren nicht die einzigen; da gab es noch andere.«

»Hättet ihr ... Gab es denn gar keine Möglichkeit, sie irgendwie auf die sanfte Art loszuwerden?« fragte ich.

»Darauf komme ich gleich«, sagte er. »Wenn du beitreten –«

»Olead ...«

»Unterbrich mich nicht dauernd«, sagte er nicht unfreundlich. »Ich bin mir fast hundertprozentig sicher, daß du dafür qualifiziert wärst. Woran erkennt man Leute, die höchstwahrscheinlich die Voraussetzungen für Mensa erfüllen? Nicht daran, wie sie sich ihren Lebensunterhalt verdienen. Nicht daran, was sie beruflich machen. Zugegeben, Mensa ist eine Organisation für die Superintelligenten – dieser Ausdruck wird in Diskussionen und irgendwelchen Veröffentlichungen gern verwendet –, aber das heißt keineswegs, daß nicht auch ein ordentlicher Schuß Spinner und Irre dabei sind. Oder hast du vergessen, daß ich gleichzeitig Mitglied bei Mensa und Insasse einer psychiatrischen Klinik war?«

»Ich hab's nicht vergessen«, sagte ich leise.

»Deb, die alles beherrschende, allgegenwärtige Konstante bei Mensa-Mitgliedern ist *Einsamkeit*.«

»Einsamkeit?«

»Einsamkeit«, wiederholte er mit Bestimmtheit. »Dauernd versuchen Leute, Mensa als Heiratsvermittlung zu gebrauchen. Ein paar Mitglieder meckern darüber, doch die meisten sehen die Notwendigkeit ein. Wie eine Frau, die in einer Kleinstadt wohnte, einmal zu mir sagte: ›Wenn ich nicht Mitglied bei Mensa werde, lerne ich nie im Leben einen Mann kennen, mit dem ich reden kann und der nicht mein Bruder ist.‹ Wenn du superintelligent bist, hängst du sicher auch gerne mal mit ein paar Bier vor dem Fernseher ab und guckst im Sommer Baseball und im Herbst Football, genau wie alle anderen, aber du willst – du *brauchst* – immer auch noch etwas anderes. Und es mag sein, daß du noch nicht mal weißt, was es ist. Du weißt nur, daß du dich ständig schmerzlich einsam fühlst.«

»Aber ich –«

»Du bist nicht einsam?« Er klang, als wüßte er nicht, ob er weinen oder lachen sollte. »Ach hör doch auf. Wer ist deine beste Freundin?«

»Susan, aber –«

»Als du Susan kennengelernt hast, warst du einundvierzig. Wer war davor deine beste Freundin?«

Das konnte ich nicht beantworten. Denn die Wahrheit war, daß ich keine gehabt hatte.

»Genau das meine ich, Deb. Du fällst längst nicht so aus dem Rahmen wie ich – dich hat man nie als schizophren bezeichnet und eingesperrt –, aber aus dem Rahmen fällst du trotzdem. Du gehörst nirgendwo so richtig dazu. Deine Kollegen halten dich für ein bißchen seltsam, weil du diese Gedankensprünge machst, die sonst keiner macht. Manchmal bringen sie dich weiter und manchmal nicht, aber trotzdem machst du sie, und keiner kann sich erklären, wo sie herkommen. Sie meinen, du fischst dir deine Ideen einfach so aus dem Nichts. Du kannst ihnen nicht begreiflich machen, daß hinter diesen deinen Ahnungen ein komplizierter Gedankenprozeß steckt, weil keiner diesem Denkmuster folgen kann, und du kannst es nicht so erklären, daß sie es verstehen, und deshalb sitzt du einfach da und läßt zu, daß sie über dich herfallen, weil du angeblich voreilige Schlüsse ziehst. Hab' ich recht?«

Ich nickte nur, weil ich meiner Stimme nicht traute. Ich wußte, daß meine Augen voller Tränen standen, und ich konnte mir kein Kleenex nehmen, weil ich die Hände voller Baby hatte.

»Und genau das will ich dir klarmachen, Deb. Dafür gibt es Mensa. Ich habe gehört, daß manche es für ein elitäres Klübchen halten. Nun ja, vielleicht ist es elitär, aber ich kenne nur sehr wenige Organisationen, die wirklich jeden aufnehmen, der hereinspaziert kommt. So ziemlich jede Organisation ist auf die eine oder andere Weise elitär. Mensa hat nun zufällig die Intelligenz als Auswahlkriterium genommen – die nackte Intelligenz, soweit die überhaupt meßbar ist. Und es gibt übrigens, ob du's glaubst oder nicht, nonverbale Aufnahmetests für Menschen mit Lernbehinderungen, weil sehr viele lernbehinderte Menschen extrem intelligent sind. Und im Grunde ist es ein Zufluchtsort. Ein Ort, wo man hingehen kann, um nicht mehr einsam zu sein. Wo niemand über deine abwegigen Gedankensprünge lacht. Natürlich sind sie vielleicht nicht deiner Meinung, und sie debattieren mit dir, bis du schwarz wirst, aber sie lachen nicht über dich, weil sie selbst die gleichen abwegigen Gedankensprünge machen. Deshalb ist Mensa voll von sehr, sehr, *sehr* einsamen Menschen.«

»Dann geht man also zu Mensa, um sich wie ein ganz durchschnittlicher Mensch zu fühlen«, hörte ich mich selbst sagen.

Er blickte verblüfft drein, nickte dann. »So ungefähr. Man geht zu Mensa, um sich wie ein durchschnittlicher Mensch zu fühlen. Sofern das überhaupt irgendwo möglich ist.«

»Und was hat das nun –«

»Darauf komme ich jetzt«, sagte Olead. »Was hat das mit Jane Stevenson oder mit Corie Meeks zu tun? Wolltest du das fragen? Bloß das: Wenn du so einsam bist, dann ... na ja, dann hast du erstens einmal irgendwie Angst, Leute zu sehr vor den Kopf zu stoßen, weil sie dich dann nicht mehr leiden können, und wenn du so einsam bist, hast du ein ungemein starkes Bedürfnis danach, daß Menschen dich mögen. Und zweitens, wenn du so einsam bist, dann erkennst du ... begreifst du ... *grokst* du ...«

Ich mußte laut auflachen. Er zitierte aus Heinleins *Ein Mann in einer fremden Welt*, und ich war erstaunt, das von jemandem seiner Generation zu hören. Es war ein Kultbuch, als ich noch jünger war als er jetzt. »Du *grokst*?« wiederholte ich.

»*Groken* heißt ... nun ja ... begreifen und intuitiv verstehen. Irgendwie.« Er sah ziemlich gekränkt aus.

»Olead, ich weiß, was es heißt«, beruhigte ich ihn. »Okay. Sprich weiter.«

»Okay, wenn du also wirklich verstehst, was es bedeutet, einsam zu sein, dann hast du eher Mitgefühl mit anderen, die einsam sind.«

»Und deshalb schmeißt keiner Jane Stevenson und Corie

Meeks aus einer Gruppe für Angehörige der psychiatrischen Berufe raus, obwohl jeder weiß, daß sie da eigentlich nichts zu suchen haben.«

Er nickte. »Corie ... Wahrscheinlich hast du schon gehört, daß sie hinter Brad Graves her war. Es war wirklich peinlich, das mit anzusehen. Wir wußten alle, daß Brad sich nicht die Bohne für sie interessierte; er ist in Susan verliebt, seit ... Mensch, seit ich zu diesen Treffen gehe, und wahrscheinlich auch schon lange vorher. Susan war es, die zurückhaltend war, nicht er, und nicht etwa, weil sie sich nichts aus ihm macht, sondern bloß, weil sie einfach unsicher war, ob sie überhaupt heiraten wollte. Und die ganze Zeit über hat Corie sich ihm an den Hals geworfen. Es war wirklich übel, das mit anzusehen. Und rein theoretisch war sie ja in einem psychiatrischen Beruf, weißt du. Ganz am Rande – sie war Sekretärin –, aber sie konnte zumindest behaupten, daß sie irgendwie in der Psychiatrie beschäftigt war.«

»Obwohl also alle peinlich von ihr berührt waren und obwohl sie Brad Graves arg belästigte, hat keiner versucht, sie aus der Gruppe hinauszudrängen.«

»Oh doch, das haben wir versucht«, sagte Olead. »Aber nach den Mensa-Bestimmungen gab es keine Möglichkeit, sie einfach auszuschließen, selbst wenn einer von uns den Mut dazu gehabt hätte, und um sie erfolgreich rauszudrängen, hätten wir schon eine Kanone gebraucht.«

»Ein gebrochenes Genick war genauso effektiv«, bemerkte ich.

Olead schwieg einen Moment. Dann sagte er: »Allerdings. Sowohl bei ihr als auch bei Jane.«

»Erzähl mir was über Jane.«

Er zuckte die Achseln. »Ich hab' dir doch schon von Jane erzählt.«

»Erzähl mir noch ein bißchen mehr.«

»Was willst du wissen? Du hast sie gesehen. Nicht nur, daß sie dick war; es gibt viele dicke Menschen, die trotzdem gut aussehen. Sie kleiden sich vorteilhaft, achten auf ihre Garderobe, pflegen ihr Haar und so weiter. Ich glaube, sie hat es geradezu darauf angelegt, so schlecht auszusehen, wie es nur ging. Und sie hat gerochen. Als würde sie sich nicht sehr häufig waschen. Ich weiß, daß sie ihr Haus sauber hielt. Es war nicht bloß blitzeblank, es war wie geleckt, wenn du verstehst, was ich meine.« Ich nickte, und er fuhr fort: »Aber ich glaube nicht, daß sie sehr auf persönliche Sauberkeit geachtet hat. Sie war eine furchtbar unglückliche Frau. Ich ... ich meine, ich will nicht abschätzig klingen. Aber du mußt doch wissen, wie sie wirklich war. Sie ... ich weiß, daß sie krank war. Sie war sowohl psychisch als auch körperlich krank, und gerade deshalb haben wir uns alle bemüht, besonders nett zu ihr zu sein. Das war vielleicht ein Fehler. Ich weiß es nicht.«

»Olead, ich kann dir nicht folgen. Ich weiß nicht mal, wovon du eigentlich redest.«

»Wir haben uns bei ihr zu Hause getroffen«, sagte er bedächtig, »weil sie das so wollte. Nicht sehr oft, aber oft genug ... zu oft, um ehrlich zu sein. Es hat sich niemand ernsthaft daran gestört, daß sie diejenigen, die rauchen wollten, nach draußen geschickt hat. Das tun schließlich viele. Ich übrigens auch. Ich kann Rauch nicht vertragen, und ich möchte nicht, daß meine Familie darunter leidet. Aber ... ich weiß nicht, warum sie überhaupt wollte, daß wir uns bei ihr trafen. Sie schien sich für gastfreundlich zu halten, aber sie hat alle in den Wahnsinn getrieben. Man hatte schon Angst, daß einem mal ein Krümel von den Kartoffelchips auf den Boden fiel. Jeder mußte seine Limodose in der Hand behalten, weil es sonst Ringe auf den Möbeln gegeben hätte, und es kam ihr nicht mal in den Sinn, einfach Untersetzer hinzulegen. Wir durften keine Spiele auf den Tisch legen, weil er vielleicht Kratzer abbekommen hätte, deshalb mußten wir auf dem Boden spielen. Aber sie wollte, daß wir zu ihr kamen. Und sie war Mitglied in irgendeiner Spiritistenkirche. Deb, ich hab' keine Ahnung vom Leben nach dem Tod. Ich meine, ich habe einiges darüber gelesen, diese Erfahrungen von Leuten, die fast gestorben wären, und so Sachen, und ich zähle nicht zu den Menschen, die meinen, wenn man stirbt, ist man einfach weg, wie ein ausgeblasenes Streichholz, und nur noch das abgebrannte Hölzchen bleibt übrig, um es in die Erde zu tun. Aber ich finde, wenn ein Mensch stirbt, dann ist er tot, so wie ich, wenn ich nach China ziehe, eben in China bin, und ich würde nicht dauernd mal eben nach Fort Worth flitzen, bloß weil Onkel ... weil irgendwer mich sprechen will.«

»Du meinst also ...« Das hatte nun wirklich wenig oder besser gesagt gar nichts mit meinen Ermittlungen zu tun, aber es war in anderer Hinsicht interessant. Und es könnte trotzdem wichtig sein. Wieder einmal war ich auf einem Angelausflug.

»Ich denke, der Tod ist, wie wenn jemand wegzieht«, präzisierte er. »Es leuchtet mir nicht ein, warum jemand, der weggezogen ist, ständig wiederkommen sollte. Und außerdem, wenn ich tot wäre, und irgendwer würde sich ein Handtuch um den Kopf wickeln und eine durchgebrannte 1000-Watt-Birne vor sich auf den Tisch legen und mich rufen, wieso sollte ich darauf reagieren? Diejenigen, die zu irgendwelchen Medien rennen, sind doch immer die, die einem auch sonst auf die Nerven gehen. Leute, mit denen man schon zu Lebzeiten nichts zu tun haben wollte, warum also sollte sich das ändern, wenn du tot bist?«

Ich mußte unfreiwillig lachen, und Olead grinste und zuckte die Achseln. »Egal. Aber du verstehst, was ich meine. Sie hatte sich mit diesem falschen Medium eingelassen –«

»Das ich übrigens kennengelernt habe, und ich wette, du würdest die Frau mögen, wenn du sie kennenlernen würdest.«

Olead verzog das Gesicht und zuckte erneut die Achseln. »Kann sein. Aber Jane hatte jedenfalls beschlossen, daß sie selbst ein Medium war. Sowohl ein Trance-Medium als auch ein *Channeling*-Medium. Außerdem hatte sie sich selbst zur Gesundbeterin erklärt, ich habe keinen blassen Schimmer, mit welcher Begründung. Ich vermute übrigens, daß Gesundbeten sehr häufig wirklich funktioniert, nicht bloß bei psychosomatischen Leiden, sondern auch bei einigen anderen, weil nämlich meiner Meinung nach keiner genau weiß, wie Geist und Körper miteinander verbunden sind. Ich will also das Gesundbeten als solches gar nicht abtun. Vielleicht noch nicht mal alle Medien. Es könnte am Ende ja doch ein paar echte geben, nur, daß ich finde, wenn dem so ist, können sie wenig Einfluß auf die Geschehnisse nehmen. Aber ich bin sicher ...« Er stockte. »Ich glaube, ich will damit sagen, ganz gleich, ob es echte Medien oder echte Gesundbeter gibt, Jane Stevenson war jedenfalls weder das eine noch das andere. Und sie machte alle damit wahnsinnig.«

»War sie mit Corie befreundet?«

»Ein bißchen. Sie gingen beide in dieselbe Spiritistenkirche. Ich glaube, es war Corie, die Jane überhaupt erst mit in die Gruppe brachte.«

»Wie ist Corie denn überhaupt da reingekommen?«

»Oh, Corie war schon vor mir dabei. Seien wir ehrlich, theoretisch war sie tatsächlich in einem psychiatrischen Beruf. Peripher zwar, aber trotzdem.« Er blickte in sein Glas.

»Leer«, sagte ich unnötigerweise.

»Ich erinnere mich gar nicht, daß ich davon getrunken habe.«

»Also *ich* war es bestimmt nicht. Außerdem habe ich gesehen, wie du getrunken hast. Möchtest du noch was?«

»Ich denke, doch.«

»Ja oder nein?« fragte ich recht ungeduldig.

»Ja«, sagte er und reichte mir das Glas.

»Was meinst du, wer hat sie umgebracht?« fragte ich aus der Küche.

»Ich weiß nicht. Seid ihr sicher, daß ein und dieselbe Person beide umgebracht hat?«

»Wir sind nie sicher«, sagte ich und brachte ihm das Glas Orangensaft. »Aber ich bin einigermaßen sicher, so sicher, wie ich sein kann, solange ich nicht herausgefunden habe, wer es getan hat. Mal angenommen, dieselbe Person hat sie beide umgebracht, was meinst du, wer es war?«

»Deb, ich sag' das jetzt nicht aus falscher Zurückhaltung, aber ich habe ehrlich nicht die blasseste Ahnung. Ich kann mir wirklich nicht vorstellen, daß es jemand aus unserer Gruppe war.«

Ich setzte mich wieder hin, Cameron noch immer auf dem Arm. »Zwei Frauen sind gestorben«, sagte ich. »Auf dieselbe, ungewöhnliche Weise gestorben. Sie hatten drei Gemeinsamkeiten. Sie gehörten beide derselben Spiritistenkirche an. Sie gehörten beide dieser Mensa-SIG an. Und sie hatten beide mehr oder weniger Bradley Graves verärgert.«

Olead trank rasch von seinem Orangensaft.

Ich beschloß, Bradley Graves vorläufig beiseite zu lassen und später auf ihn zurückzukommen. »Falls noch jemand aus der SIG ermordet werden sollte«, fragte ich, »was meinst du, wer ist als nächstes dran?«

Er schüttelte den Kopf. »Keine Ahnung.«

»Und du willst auch nicht darüber nachdenken.«

»Du hast den Nagel auf den Kopf getroffen.«

»Gibt es noch irgendeine andere Frau, die den Leuten ähnlich auf die Nerven geht?«

Er schüttelte den Kopf.

»Andere Frauen, in meinem Alter oder älter, die allein leben?«

Er schüttelte erneut den Kopf. »Susan lebt theoretisch allein, aber natürlich nicht wirklich. Sie wohnt in der Klinik und hat da ständig Leute um sich. Sonst fällt mir niemand ein.«

»Mögen alle Susan?«

»Es gibt niemanden, den alle mögen, einschließlich meiner Wenigkeit und deiner werten Person.«

»Könnte Bradley Graves deiner Meinung nach einen Menschen töten?«

»Unter den richtigen – oder besser gesagt falschen – Umständen könnte jeder einen Menschen töten. Wiederum einschließlich deiner und ...« Er verstummte. »Tut mir leid, Deb. Ich wollte keine schlimmen Erinnerungen heraufbeschwören.«

Ich zuckte die Achseln. »Es ist passiert. Es ist vorbei. Fast dreizehn Monate her.«

»Ja. Richtig. Du solltest dich an eine psychologische Beratungsstelle wenden.«

»Ich brauche keine –«

»Schon gut, schon gut, schon gut.« Er hob spielerisch eine Hand, als wollte er meine trotzige Attacke abwehren. »Du brauchst keine Hilfe, und du hast nie Alpträume, und der Mond ist aus grünem Käse, und ich gehe jetzt raus und schneide mir eine Scheibe ab und leg' sie mir auf meine Pizza.«

»Laß das, Olead. Ich rede von Bradley Graves. Unter welchen Umständen, meinst du, würde er –«

»Deb, ich sage dir eins, du bist auf der falschen Fährte. Brad hat keine der beiden Frauen ermordet.«

»Wenn er befürchtet hat, Corie könnte seine Beziehung zu Susan gefährden –«

»Das hat er nicht befürchtet.«

»Woher willst du das wissen?«

Olead schüttelte den Kopf. »Es gibt Dinge, die weiß man einfach. Und außerdem, meinst du nicht, es wäre blöd, falls es Brad war, zwei Frauen zu töten, die bekanntermaßen Kontakt zu ihm hatten? Und überhaupt, er war nicht wütender auf Corie als wir anderen auch.«

»Olead, stell dir mal folgendes vor. Angenommen, es war doch ein bißchen was dran an der Sache. Angenommen, Brad hatte, sagen wir mal, eine Nacht mit Corie verbracht. Nur einmal. Weil –«

»Weil Susan gerade keine Zeit hatte?« unterbrach mich Olead. »Das glaube ich nicht.«

Ich spürte, wie ich rot wurde. Es liegt mir wirklich fern, im Liebesleben meiner Freunde herumzuschnüffeln.

»Also gut, vergiß es«, sagte ich. »Angenommen, nur mal als Gedankenspiel, Corie hatte was gegen Brad in der Hand. *Irgendwas*. Es hätte ihm bei Susan schaden können. Es hätte ihm beruflich schaden können. Einfach irgendwas.«

»Okay«, sagte Olead und stellte sein Glas ab. Sein Blick ruhte so unverwandt auf mir, daß er mich nervös machte.

»Und sie umzubringen war die einzige Möglichkeit, sie zum Schweigen zu bringen. Alles rein hypothetisch«, fügte ich hastig hinzu, weil ich Oleads gepreßten Atem hörte, als er zur Antwort ansetzte.

»Okay«, sagte er wieder und atmete langsam aus.

»Wenn dann nur sie und sonst niemand umgebracht würde, dann käme die Polizei früher oder später dahinter, daß er derjenige mit einem Motiv war.«

»Vielleicht.«

»Das wäre ihm also klar. Was würde er also tun? Was würde ein intelligenter Mann – sagen wir ruhig, ein superintelligenter Mann – in dieser Situation tun? Aufgeben und sie alles ausplaudern lassen? Sie umbringen und darauf hoffen, daß er schon irgendwie davonkommt? Oder sie und zwei, drei andere Frauen umbringen, bei denen er kein Motiv hat, so daß das Ganze wie das Werk eines Serienmörders aussieht? Eines Irren? Was wäre die Mensa-Methode in einem solchen Fall? Oder willst du mir jetzt weismachen, Mensa-Mitglieder töten nicht?«

»Ich weiß von keinem bei Mensa, der je jemanden ermordet hat«, sagte Olead, deutlich und mit Bedacht zwischen *töten* und *ermorden* unterscheidend – wie ich es auch tun müßte. »Das heißt natürlich nicht, daß es nie passiert ist. Ich versichere dir, es gibt Mensaner im Gefängnis; manche Leute werden sogar da erst Mitglied. Und ja, vielleicht wäre das die Methode, die ein intelligenter Mann anwenden würde, wenn er einen Mord plant. Aber Deb, das heißt noch lange nicht, daß es so gewesen ist, und ich sage dir, diesmal bist du auf dem Holzweg. Ich muß jetzt nach Hause.« Er stand auf, trottete in die Küche und stellte das leere Glas auf die Arbeitsplatte. »Laß uns später noch mal darüber reden, wenn du Zeit zum Nachdenken gehabt hast. Aber hör auf, über Brad Graves nachzudenken, weil der Mann es nicht war, ich sag's dir.«

»Ich dachte, du hättest gesagt, daß Mensa-Mitglieder nicht über die Theorien anderer Leute lachen«, sagte ich provozierend.

»Mensaner«, sagte er geistesabwesend. »Ich lache nicht. Ich argumentiere. Und ich habe dir todsicher nicht gesagt, daß wir das nicht tun.«

Als er zur Tür ging, rief ich ihm nach: »Olead, du willst mir doch nicht etwa weismachen, daß ein Psychiater, der Mitglied bei Mensa ist, niemals und unter keinen Umständen je ausflippen würde?«

Er drehte sich um, sah mich an, und plötzlich waren seine Augen unergründlich. »Nein, das will ich dir nicht weismachen«, sagte er. »Ich kann dir noch nicht mal mit Sicherheit sagen, daß *ich* nie wieder ausflippen werde. Es ist schließlich schon mal passiert, weiß Gott. Aber weißt du was? Objektiv betrachtet, denke ich, ist die Wahrscheinlichkeit des Ausflippens bei mir größer als bei Brad Graves. Und mal angenommen, ich würde ausflippen und jemanden töten, dann würden die Zeitungen bestimmt nicht schreiben: ›Mensa-Mitglied ermordet Soundso‹. Die würden schreiben: ›Ehemaliger Insasse einer psychiatrischen Klinik ...‹«

Er öffnete im Reden die Tür, und ich stand hastig auf. »Olead, so habe ich das nicht gemeint ...«

Er lächelte mich an, aber diesmal war sein Lächeln müde. »Das weiß ich, Deb. Und ich war es nicht. Diesmal nicht und damals nicht. Genausowenig wie Brad Graves.«

Kapitel 9

Harry würde erst um kurz vor elf nach Hause kommen. Hal … mal sehen, Football-Training, also gegen sieben, und dann würde er völlig ausgehungert sein. Aber es war erst halb sechs. Das ließ mir ein bißchen Zeit für mich, da selbst Cameron nicht hungrig zu sein schien. Ich beschloß, ihn in seinen kleinen Wippstuhl zu parken, so daß ich ihn von Zimmer zu Zimmer mitnehmen und ihn zuschauen lassen konnte, was ich tat, während ich es ihm erklärte. Ich weiß nie genau, wieviel er versteht, aber er gluckst und plappert, so daß so etwas Ähnliches wie eine Unterhaltung entsteht. Wenn er genug davon hätte stillzusitzen, würde ich ihn in seinen Laufstall setzen.

Eigentlich habe ich was gegen Laufställe, aber da Harry soviel elektronischen Kram hat – Kurzwellenfunkgerät, CB-Funk, Lötkolben, Prüfgeräte für dieses, jenes und solches –, wäre es viel zu unsicher, für das Baby wie auch für die Geräte, ihn freizulassen. Ich fragte mich, was wir wohl tun würden, wenn er anfing zu laufen.

Das Wohnzimmer war oberflächlich sauber, womit ich mich ohnehin in über neunzig Prozent der Fälle zufriedengebe. Es lagen keine alten Zeitungen herum; die Mehrzahl von Harrys *Soldier of Fortune* und etliche Kataloge für Survivaltraining und paramilitärisches Zubehör lagen mehr oder weniger ordentlich gestapelt auf dem Regalbrett unter dem Funktisch. Selbst das schmutzige Geschirr war nicht einfach bloß in die Küche getragen, sondern sogar in den Geschirrspüler geräumt worden. Die Wäsche dagegen …

Ich glaube, ich sagte bereits, daß Harry sich nicht um die Wäsche kümmert. Grund dafür ist nicht etwa männlicher Chauvinismus, sondern der Seelenfriede aller Beteiligten, vor allem meiner.

Also inspizierte ich die Wäschekörbe, von denen wir zwei haben, einen pro Badezimmer. Derjenige in dem Bad, das nun fast ausschließlich von Hal benutzt wird, war so gut wie leer. Ich öffnete die Tür zu seinem Zimmer und schloß sie rasch wieder. Ich hatte seine schmutzige Wäsche gefunden.

Pech. Sie würde in diesem Zustand bleiben müssen. Wie bereits erwähnt, durchsuche ich kein Schlafzimmer ohne Durchsuchungsbefehl.

Andererseits würde ich ihn dazu zwingen müssen, irgend etwas wegen des schmutzigen Geschirrs in seinem Zimmer zu unternehmen. Das wurde nämlich in der Küche gebraucht. Hmm. Die Angelegenheit wollte wohl durchdacht sein.

Als der erste Schwung Wäsche in der Maschine war, setzte ich mich ans Telefon. Hatte ich wirklich alles in meiner Macht Stehende getan, um das nächste potentielle Opfer von ... wer auch immer der Killer war zu schützen? Ich hatte nie richtig geglaubt, daß es Brad Graves war. Ich hatte ihn als möglich, nicht als wahrscheinlich in Erwägung gezogen, und Olead hatte mich selbst darin noch verunsichert. Matilda Greenwood war noch immer nicht bereit, mir das Mitgliederverzeichnis ihrer »Kirche« zur Verfügung zu stellen, und ich hatte noch nicht entschieden, ob es der Mühe wert war, einen Durchsuchungsbefehl zu beantragen.

Olead hatte gemeint, daß es abgesehen von den beiden Toten keine alleinstehenden Frauen in der SIG gab. Aber dieser Meinung war nicht unbedingt zu trauen. Er war zu jung, um genauer auf ältere Frauen zu achten, zu verheiratet, um allzusehr auf alleinstehende Frauen zu achten.

Irgendwo mußte doch jemand sein, der mir diese Information liefern konnte.

Ob ich es riskieren sollte, Susan noch mal anzurufen?

Ich sollte. Ich tat es.

Susan wirkte nicht gerade herzlich, bis ich ihr erklärt hatte, daß ich, da zwei alleinstehende Frauen aus der SIG ermordet worden waren, herausfinden wollte, wie viele andere alleinstehende Frauen in der Gruppe waren, um sie zu warnen und ihnen zu sagen, sie sollten sich vorsehen.

Susan sagte, sie könne mir wahrscheinlich dabei helfen, wenn ich einen Moment warten würde. Sie erwähnte Brad Graves nicht. Sie erwähnte Corie Meeks nicht. Und ich achtete sorgsam darauf, die beiden ebenfalls nicht zu erwähnen.

Ich wartete, den Hörer am Ohr, während Susan nach irgendwelchen Unterlagen kramte. Es würde nicht lange dauern. Im Gegensatz zu ihrer äußeren Erscheinung ist ihr Büro immer hyperordentlich. Schließlich kam sie wieder ans Telefon und sagte: »Hast du was zu schreiben? Ich hab' eine Adresse und eine Telefonnummer für dich.«

Die Adresse war in Brooklyn. Die Telefonnummer dann also vermutlich auch.

»Ist das ein Büro?« fragte ich.

»Ja, natürlich. Du rufst das Mitgliedersekretariat an, und die schicken dir eine Liste mit Namen und Anschriften, das heißt, falls sie –«

»Susan«, fiel ich ihr ins Wort, »wenn das eine Büronummer ist, kann ich erst morgen da anrufen. Wenn sie mir morgen eine Liste schicken, kann ich froh sein, wenn ich die Dienstag oder Mittwoch kriege. Aber was soll ich in der Zwischenzeit tun? Leichen zählen? Kadaver sammeln?«

»Oh«, sagte sie. »Oh, ja. Daran hab' ich nicht gedacht. Warte mal, laß mich überlegen ... Deb, ich muß dir was zu den SIGs erklären, okay?«

»Okay«, sagte ich resigniert. Ich erfuhr erheblich mehr über Mensa, als ich je hatte erfahren wollen. Aber, wenn ich so recht darüber nachdenke, erfahre ich bei so ziemlich jeder Ermittlung in einem Mordfall mehr über etwas, als ich je hatte erfahren wollen.

»Eine SIG funktioniert so, daß irgendwer beschließt, es wäre doch schön, wenn man eine SIG zu diesem oder jenem Thema hätte. Dieser Mensch meldet das dann in Brooklyn an. Und meistens leitet ebendieser Mensch – also der, der auf die Idee gekommen ist – die jeweilige SIG, bis er keine Lust mehr dazu hat oder bis jemand anderes beschließt, die Leitung zu übernehmen.«

»Eine Diktatur?« fragte ich.

»Oh, nein«, sagte Susan. »Eher eine kontrollierte Anarchie. Auf jeden Fall führt dieser Mensch die Mitgliederlisten und schickt regelmäßig Kopien davon nach Brooklyn.«

»Okay, also wer –«

»Das ist das Problem«, sagte Susan. »Die Gruppe wurde von Ezra Loundes ins Leben gerufen.«

»Und der ist tot.« Ich erinnerte mich an mein Gespräch mit Samuel Barrett.

»Und der ist tot. Ich vermute, nach seinem Tod hat jemand anders die Liste übernommen, aber ich weiß nicht, wer.«

»Aber wenn keiner zuständig war, wie habt ihr dann zum Beispiel entschieden –«

»Kontrollierte Anarchie«, unterbrach mich Susan. »Ich kann dir nicht sagen, wer im Verzeichnis stand und wer nicht, weil SIGs theoretisch per Post funktionieren, landesweit. Durchaus möglich, daß seit Ezras Tod nichts mehr schriftlich niedergelegt wurde, und das ist über zwei Jahre her. Aber ich kann dir die Namen der Leute nennen, die meistens zu den Treffen gekommen sind.«

Das bezweifelte ich nicht. Susans Gedächtnis ist phänomenal, und wahrscheinlich brauchte ich das landesweite Verzeichnis gar nicht. »Aber weißt du auch, wer allein lebt und wer nicht, und hast du ihre Telefonnummern und Adressen?«

»Nein«, sagte Susan, »aber –«

»Was soll das Ganze denn dann bringen?«

»Du wirst schon sehen«, sagte Susan selbstgefällig. »Kannst du vorbeikommen?«

Das ist nicht so einfach, dachte ich und erklärte es ihr.

»Dann komme ich zu dir«, sagte Susan. »Ich bin in einer Dreiviertelstunde da.« Sie legte auf, bevor ich sie warnen konnte, daß ihre Ankunft in einer Dreiviertelstunde etwa zeitgleich mit der eines sehr hungrigen und sehr großen Teenagers erfolgen würde.

Na gut. Ich hatte noch Zeit, Vorsorge für besagten Teenager zu treffen. Ich sah im Kühlschrank nach, um mich zu vergewissern, daß ich (a) noch genug Hamburgerhack hatte und daß es (b) noch in einem genießbaren Zustand war (in beiden Fällen: ja). Dann formte ich vier große Hamburgerportionen, legte sie in die Grillpfanne und schob sie in den Ofen. Sie würden ungefähr zu dem Zeitpunkt gar sein, wenn Hal ausgehungert durch die Tür gestürmt kam. Vier Viertelpfünder müßten ihn so lange ruhig stellen, bis ich Zeit und/oder die Energie hatte, mir Gedanken um das Abendessen zu machen.

Sie meinen, ich mache Witze? Dann waren Sie offensichtlich noch nie Mutter eines 1,95 großen (diese Größe hält er nun schon seit sechs Monaten, so daß er vielleicht tatsächlich aufgehört hat zu wachsen), sechzehn Jahre alten Footballspielers. Eines *stämmigen* 1,95 großen, sechzehn Jahre alten Footballspielers.

Dann schnappte ich mir ein Stück Papier und einen Stift. In meinem offiziösesten Stil verfaßte ich folgende Hausmitteilung:

AN: Hal
VON: Mom
BETREFF: Zimmer

(1) Dein Zimmer ist ein Saustall.

(2) Sollte ich es für erforderlich halten, einen Durchsuchungsbefehl vorzulegen, um Dein Zimmer nach schmutziger Wäsche zu durchsuchen,wird jegliches auf dem Boden befindliche Kleidungsstück sofort verhaftet.

(3) Die Verhafteten werden nur nach Zahlung einer angemessenen Gebühr (in Form von Arbeit) wieder auf freien Fuß gesetzt. Anderenfalls bleiben sie für den Zeitraum von einer (1) Woche beschlagnahmt.

(4) Für die Dauer dieses Zeitraums könnte es schwierig für Dich werden, irgend etwas zum Anziehen für die Schule zu finden.

Das müßte eigentlich die erhoffte Wirkung zeitigen. Hal ist eitel, wie die meisten Jungen in seinem Alter – ich habe beobachtet, wie er sich im Badezimmerspiegel bewunderte, während er nach dem einen oder anderen Barthaar forschte, um es abzurasieren (in dieser Hinsicht und in noch sehr wenigen anderen scheinen seine asiatischen Gene zu dominieren). Die Drohung, seine Anziehsachen für die Schule zu beschlagnahmen, müßte wesentlich beängstigender sein als die Drohung, ihm Hausarrest zu erteilen, und wenn auch nur, weil er wußte, daß es mein voller Ernst war. Nach einer entsprechenden Verwarnung hatte ich es im Mai schon mal gemacht. Und angesichts der Tatsache, daß Harry und ich ihm beibringen wollen, wie wichtig es ist, seine Verpflichtungen einzuhalten, ist Hausarrest nicht gerade effektiv.

Ich klebte den Zettel an seine Zimmertür. Dann ging ich in die Küche und setzte den Teekessel auf, damit ich Kräutertee machen konnte, wenn Susan kam. Ich tat Teebeutel in zwei Tassen und wartete.

Hal kam als erster. Er fegte schnurstracks in Richtung seines Zimmers, stockte und jaulte (erwartungsgemäß) auf: »Och Moo-om!« Es gelang ihm, aus »Mom« zirka sechs Silben zu machen, und jede einzelne war voll spürbarer Seelenpein.

Natürlich reagierte ich nicht. Er zog sich um, und ich hörte erstaunliche Klänge von Türenknallen und dumpfem Klopfen aus seinem Zimmer und dem Badezimmer, begleitet von vereinzelten Flüchen, die ich vorgab, nicht zu hören. Schließlich erschien er nach etwa fünf Minuten und trug einen prallgefüllten Müllsack – einschließlich des Zettels, den ich geschrieben hatte – hinaus in die Garage, wo wir unseren Müll lagern, bis die Müllabfuhr kommt. Er trabte zweimal mit schmutzigem Geschirr in die Küche und stellte es auf der Arbeitsplatte ab; dann, als er meinen Blick auffing, packte er alles in den Geschirrspüler, gab Spülmittel dazu und schaltete die Maschine an. Anschließend schleppte er sich zurück in sein Zimmer, um mich nach weiteren dreißig Sekunden davon in Kenntnis zu setzen, daß sein Zimmer sauber sei.

Das war es natürlich nicht, aber immerhin so viel besser, daß ich mich damit zufriedengeben konnte. Er war etwas früher als erwartet nach Hause gekommen; ich hatte, bevor Susan eintraf, also wohl noch Zeit genug, um die Wäsche zu sortieren und in die Garage zu bringen, wo unsere Waschmaschine wohnt. Ich nahm drei Wäschekörbe – für weiße, hellbunte und dunkle Wäsche (Hal konnte von jeder Kategorie eine ganze Maschine voll produzieren) – mit ins Badezimmer, während Hal in die Küche eilte, um sich über die Hamburger herzumachen. Ich sah mich zu der Frage veranlaßt, ob es wirklich in seinem Interesse lag, daß ich den Turnschuh mitwusch, den ich zwischen seiner Wäsche gefunden hatte, und falls ja, wo dessen Gegenstück sei, doch abgesehen davon schien er seine Sache ganz ordentlich gemacht zu haben.

Susan kam dagegen etwas später, als ich erwartet hatte. Ich war gerade damit fertig geworden, den ersten Schwung Wäsche aus der Maschine in den Trockner zu verfrachten, als sie vorfuhr. Hal lief zur Haustür, um ihr aufzumachen, und Susan ließ Pat herein. Der Hund schoß natürlich sofort zum Laufstall, um sich daneben hinzusetzen und Cameron liebevoll verzückt anzustarren, der ihm die Hand hinhielt, um sie ablecken zu lassen. Als ich ihn hinausbugsieren wollte (den Hund, nicht Cameron), fing Cameron an zu brüllen.

Ich weiß, wann ich verloren habe. Ich ließ Pat bleiben, wo er war.

Harry würde sich darüber aufregen. Er würde es als Verstoß gegen die Disziplin bezeichnen, was es auch unstrittig war. Er würde mir vorhalten, wenn wir den Hund immer draußen ließen, dann würde der Hund auch lernen, daß er drinnen nichts zu suchen hatte, und aufhören, dauernd hereinzuwollen.

Ich halte das für Blödsinn. Schließlich verfolgen wir diese Strategie nun schon seit zwei Jahren, und trotzdem versucht Pat nach wie vor, ins Haus zu flitzen, sobald die Tür sich öffnet.

Susan setzte sich und holte aus ihrer geräumigen Handtasche ein zwanzig mal dreißig Zentimeter großes Buch, an dem ein

Blatt Papier befestigt war. Das Blatt sah aus wie ein Computerausdruck; es hatte den gezahnten Rand von Endlospapier an den Seiten, nachdem der schmale seitliche Papierstreifen abgerissen wurde, und oben und unten, wo das Blatt von dem darüber und dem darunter abgetrennt worden war. Susan bemerkte meinen Blick und sagte: »Ich hatte die Liste nicht auf Computer. Ich hab' sie bloß am Computer zusammengestellt, damit ich die Namen alphabetisch ordnen konnte.«

Sie reichte mir die Liste. Frauen. Bloß Namen. Keine Anschriften, keine Telefonnummern, nichts, was darauf hinwies, ob sie allein lebten. Meine Enttäuschung spiegelte sich wohl auf meinem Gesicht wider, denn Susan sagte: »Das ist erst die Hälfte der Arbeit. Die andere Hälfte hab' ich hier.«

Ohne das Computerblatt auf dem Umschlag war jetzt der Titel des Buches sichtbar: *Mensa-Verzeichnis*. Sie schlug es auf und zeigte auf einen beliebigen Namen. Dahinter war eine Zeile mit Buchstaben und Zahlen. »Kodierte Informationen«, erklärte sie. »Die Aufschlüsselung für den Code ist hier.«

Etwa zu dem Zeitpunkt ließ Pat, dessen Fußkrallen über den Vinylboden trippelten, den wir hatten legen lassen, als wir alle den alten, schäbigen braunen Teppichboden von ganzem Herzen leid waren, Cameron vorübergehend allein, um sich von Hal einen Bissen Hamburger zu erbetteln. Hal, der keineswegs vorhatte, seine Hamburger mit Pat zu teilen, schaffte den Hund nach draußen, und natürlich fing Cameron an zu brüllen, und ich mußte ihn auf den Arm nehmen.

Wir benötigten etwa zwei Stunden und etliche Telefonanrufe, bis wir sicher waren, daß wir alle alleinstehenden Frauen in der SIG lokalisiert, identifiziert und gewarnt hatten. Wir riefen jede Frau an, bei der die Angaben darauf schließen ließen, daß sie unverheiratet, verwitwet oder geschieden war; die meisten wohnten mit Eltern, Kindern oder Freundinnen zusammen, und die drei, bei denen nichts dergleichen der Fall war, erklärten sich bereit, innerhalb einer Stunde bei Freunden unterzukommen und dort mindestens eine Woche lang zu bleiben, oder bis die Zeitungen schrieben, daß der Mörder aufgehört hatte oder gefaßt worden war.

Mittlerweile hatte ich zwei- oder dreimal Camerons Windeln gewechselt, ihn gefüttert und ihn zu einem kurzen Nickerchen hingelegt. Hal, der (wie er sagte) seine Hausaufgaben schon in der Schule gemacht hatte, war weg, um mit Lori spazierenzugehen.

»So, und was ist mit den Männern?« fragte ich.

»Um die Männer hab' ich mich nicht gekümmert. Davon hast du nichts gesagt. Wofür brauchst du die denn?«

Tat Susan absichtlich so begriffsstutzig? »Irgend jemand hat diese beiden Frauen umgebracht«, sagte ich. »Der einzige Berührungspunkt zwischen ihnen – die einzigen Berührungspunkte, meine ich – sind die SIG und die Spiritistenkirche. Also muß der Mörder entweder in der Gruppe oder in der Kirche sein, und ich muß von beiden ein vollständiges Mitgliederverzeichnis haben.«

»Das stimmt nicht, weißt du«, sagte Susan.

»Was stimmt nicht?«

»Daß das die einzigen Berührungspunkte sind. Du weißt doch, daß Corie Jane mit in die Gruppe gebracht hat.«

»Und daß sie sich in der Kirche kennengelernt haben.«

»Wie viele andere Leute – wie viele andere Frauen – gehen in diese Kirche?« erkundigte sich Susan.

»Ich weiß nicht, gut sechzig, glaube ich, aber –«

»Bekanntschaft reicht nicht«, sagte Susan geduldig. »Es muß da noch etwas anderes gewesen sein, etwas, das ausgereicht hat, ihnen das Gefühl zu geben, daß sie Freundinnen waren oder werden konnten. Warum hätte Corie sich sonst die Mühe machen sollen?«

»Vielleicht hat sie das gar nicht. Vielleicht haben sie sich nur eines schönen Tages unterhalten, und Corie hat zufällig die SIG erwähnt, und Jane hat gefragt –«

»Wieso haben sie sich überhaupt unterhalten? Versteh doch, du hast Corie Meeks nicht gekannt. Ich aber. Sie war seltsam –«

»Das habe ich schon gehört«, unterbrach ich sie.

»Aber außerdem war sie auch selbstsüchtig«, sagte Susan. Das klang nicht nach Eifersucht, nicht aus Susans Mund, und ich hörte aufmerksam zu. »Sie hat nie etwas getan, wenn sie selbst nichts davon hatte. Sie hätte niemals mit Jane geredet, wenn sie nicht aus dem Gespräch mit Jane irgendeinen Vorteil gezogen hätte. Und sie hätte Jane ganz sicher niemals mit in die SIG gebracht, wenn sie keinen guten Grund dafür gehabt hätte.«

»Vielleicht war der Vorteil der, daß sie im Vergleich zu Jane sehr viel besser aussah, als sie ausgesehen hätte, wenn sie die einzige Außenseiterin in der Gruppe gewesen wäre«, schlug ich vor.

»Oh, sie war keineswegs die einzige Außenseiterin«, sagte Susan. »Siehst du, die Sache ist die, daß eine SIG jedem offenstehen muß –«

»Jedem?« fiel ich ihr ins Wort.

»Jedem, der in Mensa ist«, berichtigte Susan. »Jeder Mensaner, der sich dafür interessiert. Unsere SIG durfte nicht ausschließlich für Angehörige von psychiatrischen Berufen sein. Um anerkannt zu werden, mußte sie auch Leute aufnehmen, die sich für Psychiatrie im allgemeinen *interessieren*. Was bedeutet, daß wir nicht nur Leute haben, die in der Psychiatrie arbeiten …«

»Sondern auch Leute, die psychiatrische Hilfe in Anspruch nehmen?« fragte ich, als sie stockte.

»Genau«, sagte sie. »Daher hatten wir auch ein paar, die selbst mir, nun ja, sonderbar vorkamen, und ich habe nun wirklich schon fast alles gesehen. Wir haben da einen Typen, der mich einmal gebeten hat, ihm dabei zu helfen, in eine geschlossene Abteilung eingewiesen zu werden, und das hätte ich natürlich nur unter äußerst strenger gerichtlicher Supervision machen können. Er hat sich selbst in ein staatliches Krankenhaus einweisen lassen, und die haben ihn sechs Wochen behalten, dann war er wieder bei Mensa. Das nur mal als Beispiel.«

Tja, damit wäre Ed Goughs Frage wohl beantwortet, dachte ich. Er konnte genausowenig in eine geschlossene Einrichtung, wie dieser Mann das gekonnt hatte.

»Aber um auf Corie zurückzukommen«, fuhr sie fort. »Ich wollte sagen, daß es irgendwelche unterschwelligen Ähnlichkeiten gegeben haben muß, und die Beziehung, oder wie man das nennen will, muß für Corie von Vorteil gewesen sein, sonst hätte sie gar nicht bestanden. Und wenn sie unterschwellige Ähnlichkeiten hatten und wenn eine Beziehung bestand, dann gab es mit an Sicherheit grenzender Wahrscheinlichkeit noch andere Berührungspunkte als die beiden, von denen du weißt.«

»Das sind aber die beiden einzigen, mit denen ich arbeiten kann, Susan«, sagte ich. »Kannst du mir eine Liste mit den Namen der Männer ...«

Ich hörte auf zu reden, weil sie den Kopf schüttelte. »Ich kenne nicht alle«, sagte sie. »Sobald ich morgen irgendwann Zeit finde, rufe ich Brooklyn an und lasse mir telefonisch eine Liste durchgeben. Aber aus dem Kopf kann ich das nicht. Tut mir leid, Deb. Aber ich kann es einfach nicht.«

Ich lud sie ein, doch zum Abendessen zu bleiben, und sie lehnte sehr höflich ab. »Bist du böse auf mich, weil ich Brad verdächtige?« fragte ich.

Sie blickte verwirrt drein. »Ich wußte gar nicht, daß du ihn verdächtigst. Das ist albern, Deb. Er würde nicht –«

»Olead meint das auch«, sagte ich. »Aber ich muß der Sache trotzdem nachgehen.«

Susan schüttelte den Kopf. »Damit verschwendest du nur deine Zeit. Wahrscheinlich wäre ich dir böse, wenn es nicht so abwegig wäre. Aber das ist nicht der Grund, warum ich nicht bleibe. Ich muß nächsten Monat zu einer Tagung und schreibe dafür einen Vortrag. Ich muß daran arbeiten. Ehrlich.«

Ich dankte ihr, daß sie vorbeigekommen war, und für ihre Hilfe. Dann sah ich ihr nach, als sie wegfuhr.

Was konnte ich jetzt noch tun?

Ja, was noch? fragte ich mich, als das Telefon um Viertel nach eins in der Nacht klingelte.

Im Wagen hörte ich über das kleine Funkgerät, das ich nachmittags mit nach Hause genommen hatte, wie Bob Castle vom Erkennungsdienst am Tatort eintraf, fragte, ob der Gerichtsmediziner schon unterwegs war, und die beruhigende Antwort erhielt, daß er das sei. Ansonsten schien Fort Worth ziemlich still zu sein.

Vor dem Haus hielt ich lange genug inne, um mir von dem Streifenpolizisten, der dort postiert war, einen kurzen Überblick geben zu lassen – einen für einen Streifenpolizisten ungewöhnlich gründlichen Überblick, denn er war der erste Beamte am Tatort gewesen.

Er sagte, Captain Millner habe beschlossen, nicht extra rauszukommen, habe beschlossen, daß Detective Ralston die Situation im Griff habe.

Wie nett von ihm, das zu sagen, dachte ich sarkastisch und ging ins Haus.

Nach einem kurzen Blick auf das Opfer, Mary Beth Toomer, zweiundvierzig, die auf dem Rücken lag in einem ordentlich gemachten Bett in einem makellos reinen Haus, wandte ich meine Aufmerksamkeit ihrer erwachsenen Tochter Eileen zu, die auf einer Couch im Wohnzimmer saß, die Hände fest gefaltet und auf den dunkelgrünen Wollstoff ihrer Hose gelegt. »Ich bin Deb Ralston«, erklärte ich und nahm neben ihr Platz. »Ich leite in diesem Fall die Ermittlungen. Ich weiß, daß es für Sie ein schrecklicher Zeitpunkt ist, aber meinen Sie, daß Sie in der Lage wären, mir ein paar Fragen zu beantworten?«

Ihr dunklen Augen richteten sich langsam auf mich, und dann nickte sie. »Ja«, sagte sie. »Ja, ich kann Fragen beantworten.«

»Sie sind Eileen Toomer?«

Sie nickte.

»Wohnen Sie immer hier, oder –«

Sie schüttelte den Kopf. »Ich gehe auf die Texas Woman's University«, sagte sie.

»In Denton?«

»Das … Zentrum ist in Denton. Aber ich belege den Studiengang Krankenpflege, und da gibt es mehrere Zweigniederlassungen. Ich besuche die in Dallas.«

»Parkland, richtig?«

Sie nickte erneut.

»Und da wohnen Sie normalerweise, im dortigen Studentinnenwohnheim der TWU?«

»Ja.«

»Aber heute abend hatten Sie beschlossen, nach Hause zu kommen?«

»Ja.« Sie rieb die Hände aneinander, und dann rieb sie sie über ihre Knie. »Ich habe morgen frei. Und heute abend hatte ich eine Verabredung. Mein Freund wohnt in Fort Worth, er geht aufs T-Com ...«

Sie hielt inne, anscheinend unsicher, ob ich wußte, daß »T-Com« die Abkürzung für Texas College of Osteopathic Medicine war. »Ja, mein Schwiegersohn studiert auch da«, erklärte ich ihr. »Erzählen Sie weiter. Sie hatten also eine Verabredung, und dann hat ihr Freund Sie hier abgesetzt, anstatt ...« Ich stockte, weil sie den Kopf schüttelte.

»Mein Freund hat kein Auto«, erläuterte sie. »Ich habe den Wagen. Und als ich heute im Krankenhaus fertig war, bin ich nach Fort Worth gefahren und hierhergekommen, aber Mom ...« Sie verstummte, rang mit den Tränen. »Mom war nicht zu Hause, deshalb hab' ich mich nur umgezogen und hab' dann Bob abgeholt, und wir waren im Kino, und dann haben wir, wir haben einfach im Auto gesessen und uns unterhalten, wissen Sie, und dann war ich gegen halb zwölf wieder zu Hause, und ich hab' gedacht, Mom würde schon schlafen. Ich hab' gedacht, sie würde schlafen.«

Eileen schluchzte ein Weilchen. Ich stand auf und sah mich nach einer Packung Kleenex um, fand eine und brachte sie ihr. Dann sagte sie: »Sie hat ein bestimmtes Medikament, das sie um Mitternacht nehmen muß. Sie vergißt es fast nie. Ich meine ... ich meine, sie hat es fast nie vergessen. Sie ist ... Sie war schwer epilepsiekrank, und wenn sie nicht exakt alle sechs Stunden ihre Medizin genommen hat, dann, na ja, Sie wissen schon, dann war es schlimm. Und um Mitternacht ist sie nicht aufgestanden, um sie zu nehmen. Normalerweise braucht sie noch nicht mal den Wekker, aber sie stellt ihn immer – hat ihn immer gestellt. Die meiste Zeit ist sie aufgewacht, bevor er losging, ist aufgestanden und hat ihr Medikament genommen und dann den Wecker abgestellt, damit er nicht klingelte. Sie hat – hatte – es … das Medikament, meine ich, und übrigens auch den Wecker … in der Küche, damit sie nicht einfach wieder einschlafen und es vergessen konnte, und wenn sie nicht ohne den Wecker aufwacht – aufgewacht ist –, dann ist sie vom Wecker wachgeworden, und dann ist sie aufgestanden. Aber sie ist nicht aufgestanden. Zuerst hab' ich mir nichts dabei gedacht. Ich hab' bloß gedacht, meine Uhr würde fünf oder zehn Minuten falsch gehen, aber … das darf sie eigentlich nicht.«

Nein. Die Uhren von Krankenschwestern sollten extrem genau gehen.

»Also hab' ich gewartet. Sie ist nicht aufgestanden. Und der Wecker ging nicht los. Dann hab' ich gedacht, na ja, ich bin erst nach halb zwölf nach Hause gekommen, vielleicht hat sie sie früher genommen, kurz bevor sie ins Bett gegangen ist, aber …«

»Das hat sie nie gemacht?« fragte ich leise, als Eileen nicht weitersprach.

»Nein. Das … das hat sie nie gemacht. Sie hat es mittags genommen und um Mitternacht und um Punkt sechs Uhr morgens und abends. Ich meine, sie ist sogar manchmal aus einer Besprechung oder aus dem Gottesdienst gegangen, um pünktlich ihre Medizin zu nehmen. Sie hat gesagt, das wäre der Zeitplan, der am leichtesten einzuhalten wäre, ihrer Meinung nach, und sie hat gesagt, wenn sie es immer so machen würde, käme sie nicht aus dem Rhythmus. Deshalb hab' ich gewartet, als sie nicht aufgestanden ist. Ich … bin dann schließlich in ihr Schlafzimmer gegangen, um nach ihr zu sehen, und … sie hat nicht geatmet. Sie … ich hätte noch Wiederbelebungsversuche gemacht, aber … es war zu spät. Das konnte ich sehen. Es war zu spät. Also hab' ich … hab' ich die Polizei angerufen. Ich wußte nicht, was ich sonst machen sollte. Ich wußte nicht, was ich sonst machen sollte.«

Sie schluchzte erneut. Tränen tropften unbemerkt auf den hübschen, grünen Strickpullover, der geschmackvoll zu ihrem dunkelroten Haar und den braunen Augen paßte, und auf die hübsche, grün-gelb karierte Hose, die so gut zum Pullover paßte. Ich reichte ihr noch ein Kleenex, und sie nahm es mechanisch, wischte sich über die Augen, putzte sich die Nase.

Dann blickte sie auf. »Warum sind so viele Polizisten hier?« fragte sie. »Ist das so üblich, wenn jemand stirbt?«

»Eigentlich nicht, nein.«

»Warum sind dann ...«

Ich wollte es ihr nicht sagen. Ich wollte diesem Mädchen, das nicht viel älter war als meine jüngste Tochter, nicht sagen, daß ihre Mutter mit an Sicherheit grenzender Wahrscheinlichkeit ermordet worden war.

Natürlich sagte ich es ihr trotzdem. Sie starrte mich völlig fassungslos an, und dann fragte sie, sehr ruhig: »Warum?«

Ich mußte ihr erklären, daß wir nicht wußten, warum. Wenn wir wüßten, warum, wüßten wir wahrscheinlich auch, wer, und wir könnten den Morden ein Ende bereiten.

Das hier ist für mich nicht gerade das Schönste an der Polizeiarbeit.

Ich wartete, bis ihr Schluchzen sich wieder etwas beruhigte, und fragte dann: »Gibt es jemanden, den wir für Sie anrufen könnten? Jemanden aus Ihrer Kirche? Ihren Freund?«

»Nicht so spät in der Nacht«, sagte sie. »Ich rufe sie morgen an. Es ist sinnlos, das jetzt zu machen. Was könnten sie schon tun?«

»Ich möchte Ihnen nur noch ein paar Fragen stellen, und dann lasse ich Sie in Ruhe.«

»Fragen Sie ruhig, soviel Sie wollen. Ich glaube nicht ... ich glaube nicht, daß ich jetzt Ruhe haben möchte.«

»In welche Kirche ist Ihre Mutter gegangen?« fragte ich.

»In die presbyterianische. Da waren wir schon immer.«

»Es wäre nicht möglich, daß sie in letzter Zeit die Kirche gewechselt hat? Das hätten Sie gewußt?«

»Natürlich hätte ich das gewußt. Sie ist … Sie war Sonntagsschullehrerin.«

»War sie Mitglied bei Mensa?«

»Was ist das denn? Egal, das war sie nicht. Sie hat keinem Klub oder so was Ähnlichem angehört, bis auf die Frauengruppe in der Kirche und diese Freiwilligenarbeit, die sie gemacht hat.«

»Was war denn das für Freiwilligenarbeit?«

»Sie hat unentgeltlich am Empfang in einer psychiatrischen Klinik gearbeitet. Ich weiß nicht viel darüber, ich weiß noch nicht mal, ob es eine private oder eine staatliche Klinik oder sonstwas war, weil sie da erst angefangen hat, nachdem Dad … gestorben ist …«

Ihre Stimme begann wieder zu beben. Mechanisch schob ich ihr noch ein Kleenex in die Hand. Mein Verstand arbeitete mit einer Geschwindigkeit von hundert Meilen pro Stunde. *Sie hat unentgeltlich am Empfang einer psychiatrischen Klinik gearbeitet.*

Susan hatte recht gehabt. Es gab noch eine andere Verbindung.

Ein hoher Rang hat so seine Vorteile. Nicht Dr. Habib, sondern Dr. Davisson kam herein, dicht gefolgt von einem neuen Ermittlungsbeamten der Gerichtsmedizin.

Sie brauchten mich nicht für ihre Arbeit. Und ich konnte erst am Morgen anfangen, den entsprechenden Leuten die entsprechenden Fragen zu stellen, es sei denn, ich stellte Eileen Toomer noch mehr Fragen, und sie sah mir nicht danach aus, als wäre ihr danach.

Ich weiß ja nicht, was *Sie* mit Eileen Toomer gemacht hätten. *Ich* jedenfalls konnte mich unmöglich einfach verabschieden und sie in dem Haus zurücklassen, in dem ihre Mutter gerade ermordet worden war. Ich entschloß mich schließlich, sie mit zu mir nach Hause zu nehmen, wo ich sie in dem Zimmer unterbrachte, das früher das meiner Töchter gewesen war, bevor sie heirateten und auszogen.

Ich legte mich wieder ins Bett, fest davon überzeugt, daß ich bis zum Morgen wach liegen und grübeln würde. Doch das nächste, was ich wahrnahm, war Cameron, der die ersten Stimmübungen machte, um erfolgreich nach seinem Frühstück zu brüllen.

Kapitel 9

Es war erst sechs Uhr. Ich mußte erst in eineinviertel Stunden zur Arbeit, und mir blieb noch mindestens eine halbe Stunde süßer Ruhe, bevor Hal von seinem frühmorgendlichen Religionskurs zurück und ins Haus getobt kam. Letztes Jahr hatten sie sich mit Kirchengeschichte beschäftigt; dieses Jahr ging es anscheinend ums Alte Testament. Die ersten beiden Bücher Mose hatten Hal begeistert, weil sie selbst für seine etwas morbiden Teenagerphantasien schauerlich genug waren. Aber das 3. Buch Mose langweilte ihn zu Tode, und er verbrachte längst nicht so viel Zeit wie üblich damit, mir Dinge zu erzählen, die ich gar nicht wissen wollte.

Ich fragte mich ernsthaft, was wohl passieren würde, wenn sie die ganzen Propheten durcharbeiteten. Eine meiner Nachbarinnen hatte mir erzählt, daß ihr Sohn, der mittlerweile aufs College geht, als er in Hals Alter war, all diese schwachsinnigen Heftchen verschlang, in denen angeblich nachgewiesen wird, daß Hesekiel und wahrscheinlich auch all die anderen Propheten in fliegenden Untertassen unterwegs waren. Ich glaube kaum, daß Hal solche Heftchen in die Finger bekommen wird, aber ich bin mir sicher, daß er, genau wie der Sohn meiner Nachbarin, ihnen glauben würde, wenn er sie doch zufällig irgendwo lesen würde.

Natürlich fütterte ich Cameron, während ich diesen Gedanken nachhing. Ein hungriges Baby widersetzt sich jedweder Verzögerung, gleich welcher Art.

Unter der Woche mache ich normalerweise kein großartiges Frühstück. Harry, der ja jetzt den ganzen Tag zu Hause ist, hat sich angewöhnt, später zu essen. Hal frühstückt am liebsten Erdnußbuttersandwiches, und ich bin mit einem Teller Cornflakes vollauf zufrieden. Aber normalerweise habe ich auch keine junge Frau zu Besuch, die mitten in der Nacht nach Hause gekommen ist und ihre ermordete Mutter gefunden hat. Sollte ich ihr ein reichhaltiges Frühstück bieten oder lieber nicht? Ich war mir nicht sicher, was in Benimmbüchern für einen Fall wie diesen empfohlen wurde.

Nun, ich konnte ein großes Frühstück vorbereiten und so tun, als würde ich das jeden Morgen machen (nur, daß Hal diese Farce mit Sicherheit ad absurdum führen würde), und wenn sie dann doch nichts davon wollte, konnte sie immer noch Cornflakes essen. Gähnend – Cameron hatte seit neuestem angefangen, mir das Fläschchen zu entreißen und dann darauf zu bestehen, es selbst zu halten, also setzte ich ihn ab und ließ ihm seinen Willen – öffnete ich den Kühlschrank und nahm eine Packung Frühstücksspeck heraus. Anders als Milch ist Frühstücksspeck sicher vor unerlaubtem jugendlichen Zugriff. Hal ißt so gut wie nie irgend etwas, das er selbst zubereiten muß – außer natürlich, er ist auf einem Campingausflug, was die Situation grundlegend verändert.

Ich mache schon lange keine Muffins mehr mit Buttermilch. Joghurt tut es auch, und er hält sich viel besser. Außerdem kann ich ihn mit Obst essen, falls ich nicht dazu komme, Muffins zu machen. Ich habe gehört, daß es Menschen gibt, die Buttermilch direkt aus der Packung trinken. Aber ich weiß nicht recht, ob ich das glauben soll.

Ich nahm die Backmischung aus dem Schrank und hielt dann inne, um erneut nachzudenken. Ich bin in den sechziger Jahren herangewachsen, und trotz meiner Arbeit und trotz des Abscheus, den ich der Drogenszene entgegenbringe, bin ich doch in vielerlei Hinsicht ein Kind meiner Zeit. Das bedeutet auch, daß ich weißem Mehl nicht so recht über den Weg traue. Ich finde, es sieht irgendwie ungesund aus. Beim Kuchenbacken benutze ich immer Vollkornmehl, und natürlich mache ich auch immer Muffins mit Vollkornmehl.

Vielleicht sollte ich für Eileen Toomer, die ja noch nicht mal in den sechziger Jahren geboren worden war, doch lieber Muffins mit weißem Mehl machen.

Ich holte den Behälter heraus, in dem ich weißes Mehl für die wenigen Gelegenheiten aufbewahre, bei denen ich absolut nicht darauf verzichten kann. Vielleicht waren ja schon die Motten drin, die sich so gern in Mehl vermehren – und die ich normalerweise Sprotten nenne, aufgrund eines sprachlichen Mißverständnisses, das sich zutrug, als meine ältere Tochter anfing zu sprechen –, so daß mir die Entscheidung erspart bleiben würde.

Es waren weder Motten noch Sprotten im Weißmehl. Aber es sah mal wieder so richtig ungesund aus. Um diese frühe Morgenstunde konnte ich den Anblick einfach nicht ertragen, also schob ich es zurück in den Schrank, holte mein übliches Vollkornmehl heraus und fing an, Muffinteig anzurühren, wobei ich versuchte, nicht über den Fall nachzudenken, an dem ich arbeitete. *Es ist genug, daß ein jeglicher Tag seine eigene Plage habe* – und das gilt auch für die Tageszeit.

Eileen Toomer kam in die Küche, und natürlich trug sie dieselbe grüne Hose und denselben Pullover, den sie letzte Nacht angehabt hatte, weil sie sonst nichts zum Anziehen dabei hatte und ganz sicher nicht bloß in ihrer Unterwäsche rumlaufen wollte, weil das anständige Frauen in fremden Häusern normalerweise nun mal nicht tun. »Kann ich Ihnen helfen?« fragte sie, sehr wohlerzogen.

»Vielen Dank, aber das ist eine Einpersonenküche«, erwiderte ich. »Es war wirklich schwierig, als meine Töchter noch hier wohnten, weil hier einfach keine zwei Leute reinpassen.«

Die Küche ist tatsächlich schrecklich. Sie ist lang, wenigstens im Verhältnis zu ihrer Breite, und schmal. An einem Ende geht sie in das angebliche Eßzimmer über, das wiederum an einer Seite ins Wohnzimmer übergeht, und das andere Ende besteht aus dem Durchgang in die Garage, was Ihnen eine genaue Vorstellung davon vermittelt, wie breit sie nicht ist. Spüle und Arbeitsplatte sind auf der einen Seite, und die vermeintliche Vorratskammer, die ungefähr so groß ist wie ein kleiner Kleiderschrank, befindet sich zwischen der Arbeitsplatte neben der Spüle und der Tür, die in die Garage führt. An der Wand gegenüber der Spüle befinden sich eine Kochfläche, ein eingebauter Backofen und ein Kühlschrank in einer hübschen kleinen

Nische, so daß man ihn nirgendwo sonst hinstellen kann. Der Kühlschrank steht auch direkt neben der Tür zur Garage. Das bedeutet, daß die Speisekammertür, die Kühlschranktür und die Garagentür beim Öffnen ständig miteinander in Konflikt geraten. Zu allem Übel ist von der Vorderseite des Backofens bis zur Vorderseite der Spüle gegenüber gerade so viel Platz, daß die Backofentür noch soeben geöffnet werden kann, was bedeutet, daß man sich seitlich vor dem Ofen positionieren muß, wenn man irgendwas hineinschieben will. Sie können sich vorstellen, wie spaßig das während meiner Schwangerschaft war.

Muß ich noch hinzufügen, daß Harry dieses Haus als Überraschung für mich ausgesucht hatte und mich anschließend von der Arbeit abholte, um mir zu eröffnen, daß er es gekauft hatte?

Und bis zum heutigen Tage kann er einfach nicht nachvollziehen, warum ich die Küche verfluche, verachte, verabscheue und verdamme.

Man kann sie nicht umbauen, weil der Platz nicht reicht, denn diese Seite reicht bis knapp an die Grundstücksgrenze.

Genug von meinem Haus und meiner Küche. Es sollte hinreichend deutlich geworden sein, daß ich schlecht gelaunt war und nicht über den Fall nachdenken wollte. Nur das ausgeprägte Verlangen, nicht über den Fall nachdenken zu müssen, hatte mich dazu bringen können, daß ich nun, zu dieser unchristlichen Stunde, an einem Freitagmorgen Muffins in den vorgeheizten Ofen schob, dabei wie üblich neben dem Ofen stehend.

Muffins rein. Fünfzehn Minuten. Schinkenspeck in die Mikrowelle. Auch wenn ich die Mikrowelle für nichts anderes benutzen würde, ich hätte eine, bloß um Schinkenspeck darin zu braten. Früher habe ich den Speck immer anbrennen lassen, weil er so hinterhältig ist, binnen Sekunden von einem hartnäckig rohen in einen holzkohleartigen Zustand zu wechseln.

Cameron fing an zu quengeln. Die eigene Flasche zu halten verlor allmählich seinen Zauber. Pech, Kind, das hast du dir selbst eingebrockt. Eier. Igitt. Eier sehen morgens ekelig aus, zumindest solange sie nicht gebraten sind.

Wie viele Eier? Harry (der groß ist, der aber auf sein Cholesterin achten sollte). Eileen Toomer. Hal, der schon allein eine ganze Armee ist. Ich. Und ich mag eigentlich gar keine Eier.

Egal. Ich nahm acht raus, schlug sie in eine Schüssel und warf die Schalen in den Müllzerkleinerer. Irgendwer konnte irgendwann später den Zerkleinerer einschalten. Das Geräusch ist mir so früh am Morgen einfach zuviel.

Rühreier. Zu etwas anderem war ich definitiv nicht bereit.

Ich glaube, ich habe eine Morgenallergie.

Cameron quengelte nicht mehr. Ich warf einen Blick aus der Küche und sah, daß Eileen ihn aufgehoben hatte und mit ihm redete. Das tat ihr wahrscheinlich gut. Normalerweise sind kleine Kinder gut für alles, worunter Frauen leiden, solange es nicht ansteckend ist.

Die Haustür knallte; Hal kam zurück. Eines schönen Tages, wenn er etwa vierzig ist, wird er lernen, wie man eine Tür schließt, ohne dabei ein Geräusch zu machen, als hätte er geschossen.

Trödeln. Trödeln. Trödeln. Ich wollte nicht zurück in das Haus, das ich zuletzt gegen Viertel nach zwei heute nacht gesehen hatte, was, wenn ich es recht bedachte, erst vier Stunden her war. Kein Wunder, daß ich so müde war. Ich wollte Eileen nicht zu diesem Haus fahren.

Dennoch fiel mir allmählich keine Möglichkeit mehr ein, weiter herumzutrödeln, und gegen Viertel vor acht fuhren wir dort vor. Noch immer stand ein Streifenpolizist an der Haustür Wache. Ich hatte keine Ahnung, ob der Hintereingang auch bewacht wurde oder ob er bloß abgeschlossen war. Der Wagen vom Erkennungsdienst parkte neben dem Streifenwagen, also hatte Bob offenbar letzte Nacht aufgegeben, was häufiger vorkommt, wenn das Licht zu schlecht ist; jetzt war irgendwer von der Tagesschicht, höchstwahrscheinlich Irene, bei der Arbeit.

Es war Irene. »Mit welchen Zimmern bist du durch?« fragte ich.

»Alle, außer dem Schlafzimmer«, antwortete sie. »Ich bin seit sechs Uhr hier. Deb, hier war Großreinemachen –«

Sie hielt inne, sah Eileen an. Ich stellte sie vor, erklärte die Situation.

»Was soll das heißen, Großreinemachen?« fragte Eileen.

»Ich wollte sagen, hier hat jemand gründlich saubergemacht«, antwortete Irene. »Ich weiß ja nicht, was Deb Ihnen erzählt hat, aber wir finden jedenfalls keine Fingerabdrücke. Irgendwer wischt und schrubbt alles ab. Das scheint hier auch der Fall zu sein.«

Eileen nickte. »Es hätte mir schon gestern abend auffallen müssen«, sagte sie mit einigermaßen fester Stimme. »Mom ... Mom ist wirklich keine perfekte Hausfrau, und das Haus kam mir bei meiner Rückkehr viel sauberer vor als am Nachmittag, bevor ich ging. Aber manchmal kriegt sie – kriegte sie – plötzlich einen Putzfimmel, und dann hat sie wie verrückt saubergemacht, und wenn ich mir überhaupt was dabei gedacht habe, dann bloß, daß es wohl wieder so weit war. Kann ich ... kann ich irgendwas tun? Damit ich nicht nur hier rumsitzen muß?«

»Natürlich«, sagte ich. »Das wollte ich gerade vorschlagen. Sie können überall hin, außer ins Schlafzimmer. Da dürfen Sie nicht rein.«

»Muß ich aber später«, sagte Eileen. »Ich muß mir Sachen raussuchen, für ... für die Beerdigung.«

»Später ist kein Problem«, sagte ich und kam mir schrecklich unbeholfen vor. »Nur eben jetzt noch nicht.«

Eileen ging langsam aus dem Zimmer, und ich stand da und sah Irene ein Weilchen zu, unsicher, ob ich mich noch etwas im Haus umsehen sollte oder ob ich anfangen sollte, mich bei den Nachbarn umzuhören. Es war wirklich ratsam, noch eine halbe Stunde zu warten, bevor ich damit anfing, weil Leute, die sich auf den Weg zur Arbeit machen wollten, nicht bereit sein würden, mit mir zu reden, und Leute, die dabei waren, dafür zu sorgen, daß andere Leute zur Schule oder zur Arbeit kamen, würden wahrscheinlich gesprächiger sein, wenn die anderen Leute aus dem Haus waren.

Eileen kam zurück ins Zimmer. »Deb«, sagte sie, »mir ist etwas Seltsames aufgefallen.«

»Was denn?« fragte ich. »Etwas Seltsames« an einem Tatort ist fast immer wichtig.

»Im Badezimmer«, sagte sie. »Ich hab' gedacht, ich könnte, na ja, die Wäsche machen, und … Sehen Sie mal.« Ich war ihr ins Badezimmer gefolgt, wo sie angefangen hatte, die Schmutzwäsche in der Badewanne zu sortieren. »Ich hab' gedacht … ich hab' gedacht, es wäre vernünftig, die Wäsche zu machen. Es hat ja keinen Sinn, sie einfach da liegenzulassen. Und dabei ist es mir aufgefallen.« Sie deutete Richtung Wanne.

»Was aufgefallen?« fragte ich.

»Mom wäscht – hat immer samstags gewaschen«, sagte Eileen. »Heute ist Freitag. Sie hat zur Arbeit immer ein Kleid oder einen Rock mit Bluse getragen. Sie hat jeden Abend gebadet und am nächsten Tag frische Sachen angezogen. Sie hat niemals dieselben Sachen zweimal hintereinander angezogen. Außer Nachthemden; meistens hat sie ein und dasselbe Nachthemd die ganze Woche angehabt. Sie hat nichts, das in die chemische Reinigung muß. Samstags trägt sie Hosen. Im Wäschekorb hätte also alles sein müssen, das sie seit letztem Samstag getragen hat, bis auf das Nachthemd. Es hätte eine Hose von Samstag drin sein müssen, ein elegantes Kleid von Sonntag und jeweils ein Kleid oder ein Rock mit Bluse für jeden Tag von Montag bis Donnerstag – vier Tage. Und es hätte sechsmal Unterwäsche drin sein müssen, von Samstag bis Donnerstag. Die Unterwäsche ist da. Und die Hose mit Bluse. Hier ist das elegante Kleid. Ich war am Sonntag zu Hause; ich weiß, daß sie das Kleid zur Kirche angezogen hat. Aber hier sind bloß drei andere Kleider. Eins von ihren Kleidern oder eine Rock-Bluse-Kombination ist weg. Ich … ich hab' gedacht, das könnte vielleicht wichtig sein«, schloß sie und sah mich unsicher an.

»Das ist sehr wichtig«, antwortete ich in der Hoffnung, daß mein Tonfall nicht so grimmig war wie die Gedanken, die mir durch den Kopf schossen. Ich machte einen Schritt zurück aus dem Badezimmer und rief Irene zu: »Hast du den Wäschekorb nach Fingerabdrücken untersucht?«

»Warum um alles in der Welt hätte ich das tun sollen?« fragte Irene. »Nein, hab' ich nicht.«

»Dann komm sofort her und tu's.«

Ich hätte wissen sollen, was wir finden würden. Ich denke, ich wußte es auch, in einer Ecke meines Gehirns, aber ich hoffte, ich würde mich irren. Wischspuren. Nichts als Wischspuren, bis auf die deutlichen, frischen Abdrücke einer jungen Krankenpflegeschülerin, die den Wäschekorb wenige Augenblicke zuvor geöffnet hatte. Er – wer immer er war – hatte alles abgewischt, was er auch nur möglicherweise berührt haben könnte.

Aber wann hatte er es getan? Das war jetzt das Problem. Eileen war gegen halb zwölf nach Hause gekommen; da war er schon weg gewesen. »Um wieviel Uhr ist Ihre Mutter donnerstags normalerweise nach Hause gekommen?« fragte ich.

»Das war unterschiedlich. Die Klinik ist bis spät noch auf, aber so lange bleibt sie nicht. Sie haßt den Feierabendverkehr, und da sie ja auf freiwilliger Basis da arbeitet, können sie nicht von ihr verlangen, länger zu bleiben. Ich bin so gegen halb vier aus dem Haus, und da war sie noch nicht da. Also ... sagen wir vier, vielleicht auch erst halb fünf, falls sie auf dem Nachhauseweg noch rasch etwas eingekauft hat.«

»Welcher Supermarkt könnte das gewesen sein?« Vielleicht hatte ich ja die falschen Verbindungen im Blick gehabt. Vielleicht waren Mensa, Schwester Adlerfeder, Psychiatrie alles nur eine Anhäufung von Zufällen. Vielleicht war die eigentliche Gemeinsamkeit etwas völlig anderes, etwas, wovon ich noch keine Ahnung hatte – derselbe Hausarzt, derselbe Zahnarzt, derselbe Angestellte im Supermarkt, derselbe Lieferant von UPS.

»Wahrscheinlich der Winn-Dixie, zwei Querstraßen weiter.«

Sie nannte mir die Adresse, und ich nickte. »Wissen Sie, wie das Kleid ausgesehen haben könnte?«

»Das kann ich Ihnen unmöglich sagen«, antwortete Eileen. »Ich wohne schon seit dreieinhalb Jahren nicht mehr zu Hause. Wahrscheinlich hat sie in der Zeit zwei Drittel ihrer Garderobe ausgetauscht. Manche von den neuen Sachen hab' ich gesehen, manche nicht. Ich könnte eine Woche lang ihren Schrank durchsehen und hätte immer noch keine Ahnung, was da möglicherweise fehlt.«

Das klang unwiderlegbar.

Na schön, was nun? Ich mußte mit den Nachbarn reden. Aber in diesem Arbeiterviertel sollte ich das besser erst nach sechs tun, oder vielleicht sogar irgendwann am Samstag, wenn ich zwar offiziell keinen Dienst hatte, aber ganz sicher trotzdem arbeiten würde. Vorerst …

Wir wußten – oder waren zumindest so gut wie sicher –, daß Jane Stevensons letzte Garnitur von Tageskleidung, wie auch immer die ausgesehen haben mochte, verschwunden war. Aber ich hatte nicht überprüft, ob irgend etwas fehlte, das in Corie Meeks' Wohnung hätte sein sollen, und ich war sicher, daß das auch sonst keiner getan hatte.

»Wen wollen Sie anrufen, damit er herkommt und bei Ihnen bleibt?« fragte ich Eileen.

»Was?«

»Sie haben gesagt, Sie wollten jemanden anrufen –«

»Oh«, sagte sie, »ja. Das hab' ich. Gerade vorhin. Ich hab' meine Tante angerufen. Aber sie wohnt in Tyler, und sie hat gesagt, es würde wohl Nachmittag werden, bis sie hier ist.«

Irene würde wahrscheinlich in etwa einer Stunde mit ihrer Arbeit fertig sein. Und aus irgendeinem unerfindlichen Grund, den ich selbst nicht hätte benennen können, wollte ich Eileen Toomer einfach nicht allein in diesem Haus wissen. Oh, natürlich würde sie irgendwann allein sein müssen. Aber eben jetzt noch nicht.

»Ich brauche eine schriftliche Aussage von Ihnen«, erklärte ich ihr, was nicht ganz gelogen war, »und auf dem Weg ins Department muß ich noch ein paar Sachen erledigen. Würde es Ihnen was ausmachen, wenn Sie mit mir kommen und ich Sie ein Weilchen im Auto warten lasse, während ich –«

»Lassen Sie mich bloß noch schnell das hier in die Waschmaschine stecken –«

»Mir wäre lieber, Sie würden es noch nicht waschen«, sagte ich.

Sie starrte mich an. »Warum –«

»Weil Sie recht haben. Es ist wichtig. Und … ich möchte einfach nicht, daß Sie jetzt schon irgendwas davon waschen.«

»Wenn … wenn er was mitgenommen hat, verstehe ich ja, daß Sie wissen wollen, was das war, aber was spielt es denn für eine Rolle, was er *nicht* genommen hat?«

»Glauben Sie mir, es spielt eine Rolle.« Zunächst einmal würden wir vor Gericht nur darlegen können, daß er etwas genommen hatte, indem wir sorgfältig aufzählten, was er *nicht* genommen hatte, gepaart mit Eileens präzisen Kenntnissen der Lebensgewohnheiten ihrer Mutter. Und außerdem gab es da noch die alte Theorie von der Fasernübertragung. Was konnte er sonst noch berührt haben, als er sich das nahm, was er nahm? Was könnte er zurückgelassen haben …

Ich wollte das alles nicht erklären. Ich bat Eileen bloß, mit mir zu kommen. Ich war schon auf halbem Weg zu Corie Meeks' Wohnung, als mir dämmerte, daß Eileen selbst sich vielleicht gern etwas Frisches angezogen hätte.

Egal. Sie konnte sich später umziehen.

Folgendes wollte ich überprüfen: (1) Gab es irgendwelche Hinweise darauf, daß aus Corie Meeks' Wohnung irgendwelche Kleidungsstücke mitgenommen worden waren? (2) Gab es irgendwelche Hinweise darauf, in welchem Supermarkt oder Supermärkten sie eingekauft hatte?

Wenn ich es recht bedachte, gab es noch etwas, das ich besser überprüfen sollte. Hatten wir die Wohnung schon freigegeben? Falls ja, würde ich mir einen neuen Durchsuchungsbefehl besorgen müssen, bevor ich wieder hineinkonnte.

Ich fragte über Funk nach. Die Zentrale erkundigte sich in meiner Abteilung und beruhigte mich dann, daß wir zwar keinen Beamten mehr am Tatort hatten, daß wir die Wohnung aber noch nicht wieder offiziell freigegeben hatten. Das bedeutete, daß vor der Tür noch immer gelbes Polizeiband klebte, was keine Fliege daran hindern konnte hineinzugelangen, falls die Fliege hineingelangen wollte, was aber gesetzestreuen Bürgern signalisierte, daß ihre Anwesenheit nicht erwünscht war.

Ich hielt bei der Hausverwaltung und bat die Verwalterin Sue Jarvis um den Schlüssel von Cories Wohnung. Sie blickte skeptisch. »Ihr habt Cories Schlüssel doch noch«, stellte sie fest.

»Ich weiß nicht, ob wir ihn noch haben oder nicht«, sagte ich, was völlig richtig war, da ich nicht an einer eventuellen Bestandsaufnahme ihrer Wohnung teilgenommen hatte. »Aber falls wir ihn haben, dann ist er dort, und ich bin hier. Ich muß wirklich noch mal rein, und es wäre reine Zeitverschwendung, wenn ich zum Präsidium fahren müßte, um mir den Schlüssel zu holen, den wir möglicherweise da haben.«

Sie blickte noch immer skeptisch. Ich erinnerte sie an das Polizeiband, an die Tatsache, daß sie die Wohnung erst dann reinigen und wieder vermieten konnte, wenn wir mit unserer Arbeit fertig waren. Bei dem Gedanken an Wiedervermietung sah sie mich entsetzt an, was mich aufmerken ließ. Aber schließlich gab sie mir den Schlüssel. »Vergessen Sie nicht, ihn mir wiederzugeben, wenn Sie fertig sind«, sagte sie.

»Das mache ich«, versprach ich. »Aber Sie werden doch wohl das Schloß austauschen, nicht wahr?«

»Das Schloß austauschen?«

»Für den Fall, daß der Mörder Cories Schlüssel hat.«

Einen Moment lang dachte ich, sie würde ohnmächtig. Aber sie fing sich wieder. »Ja«, sagte sie. »Ja, wir wechseln das Schloß aus, natürlich. Aber ich weiß wirklich nicht, ob wir die Wohnung überhaupt noch einmal vermieten. Ich meine, die Menschen sind schon ...«

»Komisch«, stimmte ich ihr zu. »Ja, das sind sie. Ehrlich gesagt, ich würde selbst nicht sonderlich gern drin wohnen.«

Ich ließ Eileen Toomer im Wagen auf dem Besucherparkplatz, ging zu Corie Meeks' Wohnung hinüber, schloß die Haustür auf, ließ sie offen und trat hinein. Es war dunkel, und schon jetzt, nach nur einem Tag, hatte sich der muffige Geruch breitgemacht, der leerstehende, abgeschlossene Räumlichkeiten befällt. Es gab keinerlei Grund dafür, daß hier Leichengeruch wahrzunehmen war, schließlich hatte es kein Blut gegeben, und wenn überhaupt, war nur wenig Körperflüssigkeit ausgetreten. Die Leiche hatte keine zwölf Stunden hier gelegen. Aber trotzdem war der Geruch für mich da. Schwach, aber eindeutig wahrnehmbar.

Ich schaltete das Wohnzimmerlicht ein, nicht weil ich abergläubisch war – das bin ich nicht –, sondern einfach weil es dunkel darin war.

Das Badezimmer, wo ich den Wäschekorb vermutete, ging vom Schlafzimmer ab. Ich schaltete nicht extra das Schlafzimmerlicht ein. Ich konnte gut genug sehen, um ins Badezimmer zu gehen, und dort angekommen, schaltete ich natürlich das Licht über dem Waschbecken an.

Der Wäschekorb, Weidenkorbimitat aus rosa Plastik, stand direkt an der Wand. Ich öffnete ihn und begann sorgfältig, ein Stück nach dem anderen herauszunehmen und die Wäsche dann in der Badewanne in kleine Häufchen zu sortieren, genau, wie Eileen Toomer es getan hatte.

Ein rosa Bikinischlüpfer. Ein beigefarbener BH. Ein blauer Bikinischlüpfer. Eine –

Unvermittelt ging das Licht im Schlafzimmer an.

Und aus. Und wieder an, genau, wie Sue Jarvis beschrieben hatte, daß das Licht in der Nacht, als Corie Meeks starb, an- und ausgegangen war.

Ich spürte mein Herz rasen und den heißen Schweiß eines Adrenalinstoßes über meinen Körper strömen, als ich mich gegen die Badezimmerwanne drückte und meine Pistole zog.

Das Licht ging aus. Und an, diesmal begleitet von einem seltsam klagenden Stöhnen. Mein Pulsschlag fühlte sich inzwischen an, als näherte er sich ungefähr fünfhundert Schlägen pro Sekunde.

Ich konnte keinen dramatischen Auftritt à la Dirty Harry hinlegen und die Badezimmertür mit Wucht gegen die Schlafzimmerwand stoßen, weil die Tür sich ins Badezimmer öffnete, wo ich war. Das beste, was ich tun konnte, war daher, die Tür mit der linken Hand aufreißen, schnell, während ich mit der rechten meine kleine Smith and Wesson K-Frame hielt und schrie: »Hände hoch!«

Eine sehr große Siamkatze – männlich, nicht kastriert – hörte kurz damit auf, sich um die Lampe zu winden, sah mich aus verschreckten, aber dennoch kecken saphirblauen Augen an, jaulte auf und wand sich dann weiter um die Lampe, die aus ging und an und aus und an.

Meine Atemlosigkeit schlug in Lachen um, und der Schweiß auf meiner Haut wurde kalt. »Du blöde Katze«, sagte ich, »was um alles in der Welt machst du denn da?« Ich trat näher, und die Katze fauchte.

»Hör auf damit.« Ich berührte die Lampe. Sie ging aus. Ich berührte sie erneut. Sie ging an. Die Katze fauchte und fing wieder an, mit der Lampe zu spielen.

Eine von diesen Sensorlampen, die ich aus der Werbung kannte. Man muß nachts nicht mühsam nach dem Schalter tasten, sondern es reicht, wenn man sie bloß irgendwo berührt, und schon geht sie an. Als ich zum erstenmal eine in der Werbung sah, hatte ich zu Harry gesagt, jeder Katzenbesitzer wäre verrückt, sich so ein Ding zu kaufen, weil die Katze, sobald sie einmal kapiert hatte, wie die Lampe funktionierte, fortan damit spielen würde.

Es sah so aus, als hätte ich recht gehabt.

Und als könnten wir unsere Schätzung des Zeitpunktes, als Corie starb, auf den Zeitpunkt abändern, an dem der Mörder die Wohnung verließ. Solange das Licht durchgehend brannte, war der Mörder da. Erst nachdem er weg war, hatte die Katze angefangen, mit dem Licht zu spielen, weil sie Corie aufwecken wollte.

War das der Grund dafür, daß diese Wohnungstür, anders als bei den ersten beiden Tatorten, offengelassen worden war? Wegen der Katze? Damit die Katze reinkonnte und an ihren Freßnapf kam, den der Mörder anscheinend aufgefüllt hatte, und an ihr Katzenklo, das der Mörder offensichtlich noch saubergemacht hatte?

Ein sehr umsichtiger Mörder. Er tötet die Frau, macht anschließend die Wohnung sauber und versorgt die Haustiere.

Ich ging zurück ins Badezimmer und sortierte weiter die Wäsche auseinander. Insgesamt fand ich fünf Schlüpfer, drei BHs, zwei Hosen, eine Bluse und ein Kleid.

Anscheinend hatte Corie Meeks recht unstete Bekleidungsgewohnheiten gehabt. Ich konnte jedenfalls unmöglich feststellen, ob irgend etwas fehlte, es sei denn, es gelang mir herauszufinden, was sie am letzten Tag ihres Lebens getragen hatte, und sah dann nach, ob es vorhanden war.

Ihr Telefon war noch angeschlossen. Ich rief Samuel Barrett an. Er meldete sich selbst. Anscheinend war seine Sprechstundenhilfe oder Empfangsdame oder was auch immer gerade nicht da. Ich stellte meine Frage.

»Warum müssen Sie das wissen?«

»Weil ich es wissen muß. Glauben Sie mir.«

»Tut mir leid«, knurrte er. »Ich hab' nicht die blasseste Ahnung.«

»Haben Sie sie nicht gebeten, Weiß zu tragen?«

»Haben Sie Corie Meeks je in Weiß gesehen?«

»Das habe ich natürlich nicht.«

»Ich kann Ihnen versichern, sie hätte meinen Patienten Angst eingejagt. Nein. Ich habe sie nicht gebeten, Weiß zu tragen. Aber was sie anhatte, tut mir leid, das weiß ich wirklich nicht. Camille – ich meine Camille Ventris, meine andere Sekretärin – könnte es wissen, aber sie ist nicht da.«

So weit, so schlecht. Ich danke ihm, legte auf und nahm mir ein paar Minuten – na ja, eigentlich waren es wohl eher ein paar Sekunden – Zeit zum Nachdenken. Diese Freundin von Corie, die in einem anderen Apartment wohnte … Wie war noch ihr Name? Genny, Genny Cantrell. Vielleicht erinnerte sie sich ja.

Und vielleicht wußte sie auch, was wir mit Cories Katze machen sollten.

Sie erinnerte sich nicht mehr, was Corie angehabt hatte. Ich hätte zehn zu eins gewettet, daß sie Corie seit zwei Wochen nicht gesehen hatte. Und die Katze? Sie wehrte ab. »Nicht diese Katze«, sagte sie. »Die Katze nimmt keiner. Die ist böse.«

Nun ja, konnte sein. Normalerweise sind Siamkatzen nicht böse, aber dann und wann wird schon mal eine sehr, sehr besitzergreifend und verhält sich eigenartig. »Wie heißt sie denn?« fragte ich.

»Satan. Das sagt schon viel.«

Mir sagte das nur, daß Corie Meeks einen ausgefallenen Geschmack hinsichtlich Katzennamen hatte. Ich konnte mir nicht vorstellen, daß ich in Cories Schlafzimmer saß und rief: »Satan ...«

Satin. Ich würde sie Satin nennen. Das klang ähnlich, so daß die Katze nicht über Gebühr verwirrt wurde, und es gefiel mir sehr viel besser.

Ich ging zurück in Cories Wohnung. Beim Hinausgehen hatte ich die Tür hinter mir zugezogen, damit die Katze drin blieb. Wahrscheinlich wäre das gar nicht nötig gewesen. Die Katze war in der Küche, hockte vor ihrem Napf und kaute eifrig. »Hallo, Satin«, sagte ich.

Die Katze schielte zu mir herüber, fauchte, zuckte leicht mit dem Schwanz und kaute weiter.

Ich sah Cories Schränke durch, fand eine Dose Thunfisch und kramte in einer Schublade, bis ich einen Dosenöffner fand. »Ich bin eine Freundin, Satin«, sagte ich. »Sieh mal, was ich hier habe.«

In meinem ganzen Leben bin ich noch keiner Katze begegnet, die nicht für Thunfisch alles stehen- und liegenlassen würde, vielleicht mit Ausnahme einer Katze des anderen Geschlechts zum richtigen Zeitpunkt. Satin war keine Ausnahme. Er sprang leichtfüßig auf die Arbeitsplatte, wo er offensichtlich immer seinen Thunfisch aß, und stieß ein leises Jaulen aus. Ich stellte die offene Dose vor ihn, und er machte sich darüber her, wobei er genüßlich aus tiefster Kehle vor sich hinschnurrte.

Ich ließ ihn damit allein und sah mich rasch nach Einkauftüten um. Es gab keine. Wieder am Telefon rief ich das Wasseramt an, um zu fragen, ob sich vielleicht jemand daran erinnerte, was Jane Stevenson getragen hatte, als sie das letzte Mal da war. Wahrscheinlich spielte es ohnehin keine Rolle. Sie war am Samstag ermordet worden, und von ihren Kolleginnen und Kollegen hatte sie bestimmt niemand am Samstag gesehen.

In Erinnerung an den Lieblingsfluch meines Gatten, wenn er in Anwesenheit von Kindern auf seine Sprache achten muß, sagte ich: »Firmament, Gesäß und Nähgarn«, und ging zurück zu der Katze.

Die mich anfauchte.

»Du undankbarer Kater«, sagte ich und machte mich auf die Suche nach einem Transportkäfig für Katzen, den ich schließlich in einem Schrank in der Diele entdeckte. Dann brauchte ich noch ein paar Minuten, bis ich herausgefunden hatte, wie die Tür funktionierte. Der Mechanismus bestand aus einem Hebel und einer Feder, die so stark war, daß selbst die unternehmungslustigste Katze, die durchschaute, daß die Menschen auf den Hebel drückten, um den Käfig zu öffnen, nicht in der Lage sein würde, den Hebel selbst zu bewegen.

Fragen Sie nicht, wie lange ich brauchte, um die Katze in den Käfig zu kriegen. Begnügen wir uns mit der Feststellung, daß die Katze und ich hinterher außer Atem waren, ich etliche Kratzer hatte und kleine Fellbüschel durch die Luft schwebten. Und ich bin froh, daß wir nicht verstehen können, was Katzen sagen. Ich war sicher, daß sich diese Katze einer ganz grauenhaften Sprache bediente.

Ich wußte noch immer nicht so recht, was ich mit ihm machen sollte. Wenn er ein ganz normaler, lieber, freundlicher Siamkater gewesen wäre, hätte ich ihn einer meiner Töchter gegeben, aber ich wollte nicht gern eine Katze, die sich derartig aufführte, in der Nähe meiner Enkelkinder wissen.

Ich mußte an den Siamkater denken, den wir hatten, als Vicky noch klein war. Er wurde überfahren, als er etwa zweieinhalb war, und Vicky und ich waren untröstlich. Danach wollte ich eigentlich keine Katze mehr haben, weil es mir wie ein Treuebruch gegenüber dem Verschiedenen vorkam. Egal, jedenfalls hatte ich einmal gesehen – aus zu großer Entfernung, um erfolgreich einschreiten zu können –, wie Vicky den Kater am Schwanz die Treppe herunterschleifte. Er hatte die Ohren angelegt, aber das war auch schon das einzige Zeichen von Protest. Als Vicky ihn losließ, stand der Kater auf, stolzierte ein paar Schritte, setzte sich dann hin und leckte sein ramponiertes Fell wieder glatt.

Der Kater folgte Vicky überall hin. Er ging abends mit ihr ins Bett, weckte sie am Morgen, setzte sich neben sie auf den Boden und schnurrte, wenn sie Fernsehen guckte. Er war ein ganz und gar vertrauenswürdiger, höflicher Kater.

Satin war das nicht.

Wenn ich es mir recht überlegte, hatte ich gar kein Recht zu entscheiden, was aus Satin werden sollte. Corie Meeks' Erben und Rechtsnachfolger, wer auch immer das war, fiel diese Verantwortung zu. Ich würde Satin einfach in einer Tierpension unterbringen. Zumindest bekam er da zu fressen, während irgendwer darüber befand, was mit ihm geschehen sollte.

Aber das würde ich erst später tun. Im Augenblick wollte ich nur ins Präsidium, wohin ich Satin mitnehmen würde, um Eileens Aussage aufzunehmen, die ich eigentlich nicht gebraucht hätte, bis sie die fehlende Kleidung bemerkte, und sie dann zum Haus zurückzubringen, wo ihre Tante sich um sie kümmern würde.

Ich trug den Käfig zum Wagen. Eileen, die geduldig gewartet hatte, sagte: »Hallo, Kätzchen.« Satin fauchte sie an und fluchte weiter vor sich hin.

Ich stellte den Käfig auf die Rückbank. Katzenverwünschungen rauschten über uns hinweg, besonders, als ich den Motor anließ.

Wahrscheinlich war der Käfig immer nur dann benutzt worden, wenn Satin zum Tierarzt mußte, wo er den unterschiedlichsten Demütigungen ausgesetzt war, einschließlich Spritzen. Katzen mögen keine Spritzen. Katzen mögen keinerlei Demütigungen.

Die Bezugsperson dieser Katze war tot. Die Lebensumstände dieser Katze waren völlig aus den Fugen geraten. Diese Katze war keine zufriedene Katze.

Und sie sorgte dafür, daß wir das merkten.

Da ich mit meinem eigenen Auto unterwegs war, konnte ich ihn nicht auf dem umzäunten, überdachten Polizeiparkplatz abstellen, was wiederum bedeutete, daß ich Satin nicht im Wagen lassen konnte. Selbst im Oktober wird ein verschlossener Wagen schnell zum Backofen, eine tödliche Falle für Kleintiere und Kinder. Also mußte ich ihn mitnehmen.

Wir – Satin, Eileen und ich – betraten das Polizeipräsidium durch den Haupteingang, und mit einem plötzlich unguten Gefühl in der Magengegend bemerkte ich die groteske Gestalt von Ed Gough, der immer mehr wie der depressive Bursche aus dem Comic strip *Li'l Abner* aussah, der stets mit einer kleinen Regenwolke über dem Kopf herumlief. Ich hoffte, daß Ed nicht auf mich wartete. Vielleicht konnte ich mich an ihm vorbeischleichen.

Ha.

Ed erspähte mich und kam direkt auf mich zu. Dann blieb er stehen und warf einen Blick in den Käfig. »Das ist eine Katze«, erklärte er.

»Verdammt schlau, Sherlock.« Satin ließ lautstark alle an seinem Katzenjammer teilhaben.

Ed blickte gekränkt. »Sie haben ein böses Wort gesagt.«

»Ed, würden Sie bitte, bitte, ganz lieb bitte nach Hause gehen?«

»Hallo, Katze.« Er versuchte, einen Finger in den Käfig zu stecken.

Satin fauchte natürlich und kauerte sich in die hinterste Ecke des Käfigs. Nun, das war schon eine leichte Verbesserung. Wenigstens hatte er Ed nicht in den Finger gebissen. Obwohl er, wenn ich es recht bedachte, mich auch nicht gebissen hatte. Gekratzt, ja, gebissen, nein. »Ed«, sagte ich, »die Katze ist sehr unglücklich.«

»Katzen mögen keine Käfige. Sie sollten ihn aus dem Käfig lassen.«

»Zuerst muß ich aber ein sicheres Plätzchen finden, wo ich das machen kann. Aber lassen Sie die Katze jetzt bitte in Ruhe.«

Mit traurigem Gesicht trat er von dem Käfig zurück. Dann bemerkte er Eileen. Sein Mund klappte auf, hing offen, als hätte er vergessen, wie man ihn schließt. »Grün«, sagte er. Er machte einen Schritt auf sie zu.

Ich drückte Eileen den Käfig in die Hand. »Nehmen Sie den Fahrstuhl«, sagte ich zu ihr. »Drücken Sie auf den Knopf für den dritten Stock. Ich komme gleich nach.«

Sie verstand zwar nicht die Dringlichkeit in meiner Stimme, aber sie nahm den Käfig und ging Richtung Fahrstuhl. »Grün«, sagte Ed erneut. Er wollte ihr nach. Der Ausdruck in seinem Gesicht machte mir angst.

»Ed«, sagte ich, »Sie gehen jetzt sofort nach Hause. Sie gehen schnurstracks nach Hause. Ich komme später heute nachmittag bei Ihnen vorbei, und dann unterhalten wir uns darüber, was wir machen können, damit Sie eingesperrt werden.«

Weil ich mir jetzt sicher war, daß er eine unmittelbare Gefahr darstellte, und weil ich sicher war, daß ich jeden davon überzeugen konnte, den ich davon überzeugen mußte.

Aber warum, um alles in der Welt, mußte ich mich jetzt auch noch darum kümmern? Hatte ich nicht schon genug um die Ohren?

Erst als ich in den Fahrstuhl trat, fing ich an, mir ernstlich Gedanken zu machen. Was, wenn Jane Stevenson, Corie Meeks und Mary Beth Toomer alle Grün getragen hatten?

Ach, das war doch absurd. Die einzige Person, von der wir wußten, daß er sie getötet hatte, war ein Mädchen gewesen. Mädchen und junge Frauen erregten seine Aufmerksamkeit. Das jetzt waren alles Frauen in mittleren Jahren und älter gewesen, älter, als ich es bin. Er konnte nicht …

Oder doch?

Oder doch?

Kapitel 10

Ich mußte Eileen nicht nach Hause bringen. Sie rief zu Hause an, um festzustellen, ob ihre Tante schon eingetroffen war; ihre Tante war da und kam sie abholen. Sie wollten zu einem Bestattungsunternehmen, um die notwendigen Vorbereitungen zu treffen.

Ich war froh, daß ich nicht weg mußte.

Ich saß am Schreibtisch und ordnete meine Notizen, bevor ich anfangen wollte, die entsprechenden Berichte zu diktieren. Aber ich kam nicht sehr weit, und nach einer Weile fragte Dutch Van Flagg mich, was mit mir los sei.

Ich zuckte die Achseln.

»Komm mir nicht so«, sagte Dutch. »Du sitzt nicht da an deinem Schreibtisch und bläst Trübsal, außer irgendwas stimmt nicht.«

Ich zögerte immer noch. Dann platzte ich damit heraus: »Was, wenn Ed Gough es war?«

Dutch starrte mich einen Moment an und fing dann an zu lachen. »Deb, das glaubst du doch wohl selber nicht, oder? Falls doch, bist du nämlich noch bekloppter als er.«

Ich lachte nicht. »Ich glaube es nicht wirklich, Dutch«, sagte ich. »Es ist bloß … ich habe keine anderen Verdächtigen. Er hat schon einmal getötet. Und er hat versucht, diese Morde zu gestehen, nur daß ich nicht auf ihn gehört habe.«

»Richtig«, sagte Dutch. »Und warum solltest du auch auf ihn hören? Weil er nämlich auch noch ungefähr neunhundert andere Morde gestanden hat, die er nicht begangen hat. Er hat gestanden, Frauen erdrosselt zu haben, die erschossen worden waren. Er hat gestanden, Frauen ermordet zu haben, die gar nicht tot waren. Das weißt du genausogut wie ich.«

»Das weiß ich«, gab ich müde zu. »Aber was sollte ihn daran hindern –«

»Deb, wie um Himmels willen soll er das gemacht haben? Er hat doch noch nicht mal eines der Opfer gekannt.«

»Das weiß ich nicht, und du weißt es auch nicht. Wir wissen nicht, wen er kennt und wen nicht. Außerdem könnten es wahllose Morde gewesen sein. Er muß sie nicht gekannt –«

»So wahllos, daß er sich ganz zufällig drei Frauen ausgesucht hat, die allein leben und von denen mindestens zwei und wahrscheinlich sogar alle drei –«

»Mary Beth Toomer hat nicht –«

»Mary Beth Toomer hat allein gelebt«, unterbrach mich Dutch. »Es war reiner Zufall, daß ihre Tochter ausgerechnet an diesem Wochenende nach Hause gekommen ist. Und bloß weil sie kein Mensa-Mitglied war, heißt das noch lange nicht, daß sie die beiden anderen nicht gekannt hat. Es muß da noch eine andere Verbindung geben.«

»Möglich wär's. Das heißt aber nicht, daß es sie geben muß. Und bei der Kleidung –«

»Handelt es sich nicht um grüne Kleider. Alle drei Frauen waren im Nachthemd.«

»Die könnten ihnen nach ihrem Tod angezogen worden sein. Und bei mindestens zwei von den Frauen fehlen Kleidungsstükke, und zwar anscheinend die letzten Sachen, die sie tagsüber getragen haben.«

»Das hab' ich nicht gewußt«, sagte Dutch.

»Na, jetzt weißt du's. Bei der anderen kann ich es noch nicht mit Sicherheit sagen, aber ich glaube, bei ihr auch.«

»Haben sie grüne Kleider getragen?« wollte Dutch wissen.

»Das weiß ich noch nicht. Aber was, wenn ja und wenn er sie gesehen hat und ihnen bis nach Hause gefolgt ist?«

»Du weißt doch nicht, was sie getragen haben«, stellte Dutch fest. »Und selbst wenn sie tatsächlich grüne Kleider anhatten, wie viele Frauen in Fort Worth tragen an einem x-beliebigen Tag grüne Kleider?«

»Aber ich habe ihn gesehen, als er Eileen Toomer gesehen hat. Sie trug noch nicht mal ein Kleid. Sie trug bloß Grün.«

»Deb, das ist reine Spekulation. Es ist albern. Es gibt keinen vernünftigen Grund dafür, Ed Gough zu verdächtigen.«

»Da bin ich mir nicht so sicher.« Ich griff zum Telefon, wählte Samuel Barretts Büronummer aus dem Gedächtnis, und es meldete sich ein Haushaltswarengeschäft. Ich suchte Barretts Telefonnummer heraus und versuchte es noch mal. Diesmal meldete sich eine Frau. Wie war noch ihr Name, Barretts andere Sekretärin? Camille. Camille und weiter?

Camille Ventris. »Sind Sie Camille Ventris?« fragte ich.

»Warum wollen Sie das wissen?«

Vorsichtig, die Dame. »Ich bin Detective Deb Ralston«, sagte ich. »Ich ermittle in –«

»Oh, ja, Corie«, sagte sie, ohne viel Trauer in der Stimme. »Was kann ich für Sie tun?«

»Erinnern Sie sich noch, was sie getragen hat, und zwar am …« Ich mußte innehalten und nachdenken. Donnerstag? Hatten wir die Leiche am Donnerstag morgen gefunden? Das mußte stimmen. Am Montag war Janes Leiche entdeckt worden, aber erst am Mittwoch wußten wir, daß es Mord gewesen war, dann am Donnerstag morgen Corie, dann Freitag morgen, kurz nach Mitternacht, Mary Beth …

Plötzlich durchfuhr es mich eiskalt. Ein Mord am Wochenende, wahrscheinlich Samstag. Ein Mord Mittwoch nacht, ein Mord Donnerstag nacht … Gab es etwa noch zwei oder drei Leichen mehr, die wir nur noch nicht gefunden hatten? Oder hatte er aus unerfindlichen Gründen gewartet, bis der erste Mord bekannt wurde, bevor er weitermachte?

Das ergab keinen Sinn.

»Was hat sie wann getragen?« fragte Camille. »Sie meinen am Mittwoch? An ihrem letzten Arbeitstag? Ich bin nicht hundertprozentig sicher … es könnte das grüne Kleid gewesen sein, aber beschwören könnte ich es nicht. Ich hab' einfach nicht drauf geachtet.«

»Hatte sie mehrere grüne Kleider«, fragte ich, »oder bloß eins?«

»Das kann ich natürlich nicht mit Sicherheit sagen«, antwortete Camille, »aber meiner Erinnerung nach war es bloß eins.

Es war wirklich häßlich, ein grüner Baumwollstoff mit Paisleymuster und dicken lila Klecksen drin. Mir ist unbegreiflich, warum es ihr so gefiel, es sei denn, es hat sie an ihre Jugend erinnert oder so.«

Ein grünes Baumwollkleid mit Paisleymuster und lila Klecksen. So eines war zweifellos nicht im Wäschekorb gewesen, aber sie konnte es zurück in den Kleiderschrank gehängt oder es sogar einfach irgendwo im Schlafzimmer rumliegen gelassen haben, das ich nicht sorgfältig überprüft hatte. Natürlich hätte das Team von der Spurensicherung es gesehen, aber sehen und wahrnehmen sind nicht dasselbe. Nicht, wenn sie keinen Grund zu der Annahme hatten, daß es wichtig sein könnte.

Zurück in ihre Wohnung und nachsehen? Das würde ich wohl müssen. Camille war nicht sicher, ob sie das grüne Kleid am Mittwoch getragen hatte, aber ich konnte mich vergewissern, ob es in der Wohnung war oder nicht. Und falls es nicht da war ...

Diesmal wollte ich nicht wieder zu Sue Jarvis, um mir den Schlüssel zu holen. Mal sehen ... Ich wußte bereits, daß Eileen unmöglich sagen konnte, was ihre Mutter am Donnerstag angehabt hatte, und ich würde mich später um die Leute kümmern, mit denen sie zusammengearbeitet hatte. Bev könnte wissen – nicht, was Jane am Samstag oder Sonntag getragen hatte, wir wußten schon, daß sie das nicht wußte, aber zumindest, ob Jane ein grünes Kleid besaß, und möglicherweise wäre Bev in der Lage ...

Ich besorgte mir Cories Schlüssel aus dem Asservatenraum. Janes Schlüssel mußte ich nicht haben, weil er mir ohnehin nichts nützen würde, wenn Bev nicht mit mir dort hinkam, und Bev hatte einen Schlüssel zu Janes Haus.

Aber es war sinnlos, Bev anzurufen, ehe ich nicht verifiziert hatte, ob Cories grünes Kleid fehlte.

»Deb«, rief Dutch mir nach, als ich aus der Tür ging, »versuchst du ernsthaft, Ed Gough die Sache anzuhängen?«

»Nicht, wenn er es nicht war«, erwiderte ich. »Aber falls er es war, will ich auf alle Fälle dafür sorgen, daß er nicht mehr frei rumläuft.« Dann, als ich an den Blick dachte, mit dem er Eileen angesehen hatte, berichtigte ich mich selbst. »Ich will so oder so, daß er nicht mehr frei rumläuft.«

»Und was hast du jetzt vor?«

Ich erklärte es ihm.

»Willst du auch Ed Gough einen Besuch abstatten?«

»Das hatte ich eigentlich nicht vor.«

»Tja, laß mich mitkommen. Falls Cories grünes Kleid schön ordentlich in ihrer Wohnung hängt – und ich wette fünf Dollar, daß es das tut –, dann brauchst du dir wegen ihm keine grauen Haare wachsen zu lassen. Aber falls nicht, tja, dann mach' ich mit dir eine kleine Stippvisite bei Mr. Ed Gough.«

»Laß mich erst Bev anrufen«, sagte ich, »und ihr Bescheid geben, daß ich sie später noch mal anrufe, dann muß sie nicht extra nach Hause fahren, ohne ...«

Dutch zuckte die Achseln und sah zu, wie ich Bev anrief. Ich beunruhigte sie nicht unnötig. Ich erklärte ihr nur, daß ich sie später anrufen wollte, nachdem ich etwas überprüft hatte, und bat sie, erreichbar zu bleiben. Einer Eingebung folgend, nahm ich ein Polaroidfoto, das irgendwer vor ein paar Monaten von Ed Gough aufgenommen hatte, und steckte es in die Brieftasche in meiner Handtasche. Dann nahm ich die Schlüssel von dem Dienstwagen, den ich eigentlich benutzen sollte, und Dutch folgte mir durch die Tür und hinunter zum Parkplatz. Die Katze ließ ich zurück, sie schlief.

Ich wollte gar nicht daran denken, was ich mir von den Kollegen vom Sonderdezernat würde anhören müssen, wenn die Katze in meiner Abwesenheit aufwachte und wieder anfing, Verwünschungen auszustoßen.

Das gelbe Polizeiband klebte noch immer an der Wohnungstür, wo ich es erneut befestigt hatte, nachdem ich in der Wohnung gewesen war. Die schmutzige Wäsche lag noch in der Badewanne, wo ich sie liegengelassen hatte. Und da wir die Wohnung immer noch nicht freigegeben hatten, handelten wir noch immer auf Grundlage des ersten Durchsuchungsbefehls. Ich war nicht sicher, wer den im Augenblick hatte, aber das konnte ich später noch herausfinden und alles eintragen, was wir als Beweismittel aus der Wohnung entfernten.

Dutch wußte, wonach wir suchten. Er kroch herum, sah unter Möbeln und in Kommodenschubladen nach, während ich systematisch den Inhalt des Kleiderschrankes durchging.

Dreißig Minuten später hätten Dutch und ich geschworen, daß in Corie Meeks' Wohnung kein grünes Paisleykleid war – und auch kein anderes irgendwie gemustertes grünes Kleid.

Das war interessant.

»Willst du jetzt mit Ed sprechen?« fragte Dutch.

»Du schuldest mir fünf Dollar.«

»Die schulde ich dir weiter. Willst du jetzt mit Ed sprechen?«

»Noch nicht.« Ich benutzte Cories Telefon, um erneut Bev anzurufen. Diese Nummer kannte ich nun wirklich auswendig.

Beim zweiten Klingeln hob sie ab und meldete sich ganz offiziell: »Gerichtsmedizin, was kann ich für Sie tun?«

»Bev? Ich bin's, Deb.«

»Was –«

»Wir machen uns noch immer Gedanken wegen der fehlenden Sachen«, unterbrach ich sie. »Weißt du, ob Jane ein grünes Kleid besessen hat?«

Langes Schweigen, bevor sie wiederholte: »Ein grünes Kleid?«

»Ja. Frag bitte nicht, warum gerade jetzt.«

»Also gut. Ja, sie hatte eins.«

»Nur eins, oder mehr als eins?«

»Ich weiß nur von einem. Es hat mir an ihr gefallen; es war eins der wenigen Outfits, in denen sie nicht noch dicker wirkte.«

»Kannst du es beschreiben?«

»Ich denke, ja. Dunkelgrün, aus Jersey, gewebt, lange Ärmel, runder Ausschnitt, Faltenrock. Mehr weiß ich nicht.«

»Würdest du es wiedererkennen?«

»Na klar, aber wieso? Habt ihr es?«

»Nein. Ich möchte nachsehen, ob es noch irgendwo im Haus ist. Können wir uns da treffen?«

Langes Schweigen am anderen Ende, dann: »Deb, die Beerdigung ist um fünf.«

Ich sah auf die Uhr. Schon fast drei. Kein Wunder, daß sie sich sträubte. »Dann wäre es wohl kein günstiger Zeitpunkt –«

»Nicht ungünstiger als irgendwann sonst«, fiel Bev mir ins Wort. »Ich kann jetzt sofort losfahren. Ich hätte heute gar nicht zur Arbeit kommen müssen, aber ich wußte einfach nicht, was ich sonst hätte tun wollen. Wir können uns in etwa zwanzig Minuten am Haus treffen. Ich kann dann bloß nicht lange bleiben.«

»Es dauert bestimmt nicht lange«, sagte ich.

Das tat es nicht. Gegen Viertel vor vier waren wir sicher – wir alle, Bev, Dutch und ich –, daß sich das dunkelgrüne Jerseykleid nicht in Jane Stevensons Haus befand.

Ed Gough war nicht mehr ausgeschlossen.

Wir waren zwar längst noch nicht soweit, uns einen Haftbefehl zu besorgen, aber er war nicht mehr ausgeschlossen.

Bev eilte zur Beerdigung. Dutch und ich fuhren zu dem heruntergekommenen, alten Haus an der Berry Street, wo Ed Gough schon sein ganzes Leben lang wohnte.

Unmöglich zu sagen, ob er dasein würde oder ob er wieder mal auf dem Präsidium war, um mir auf die Nerven zu gehen.

Bevor wir aus dem Wagen stiegen, fragte ich Dutch: »Warum bist du mitgekommen?«

»Nur für den Fall der Fälle«, sagte er kryptisch. Dann fügte er hinzu: »Deb, Ed Gough ist nicht sehr kräftig, aber er ist kräftiger als du. Ich möchte nicht, daß du als Fall in die Statistik eingehst.«

Manche Polizistinnen mögen diese Haltung ja als sexistisch ablehnen. Ich fand sie nicht sexistisch. Ich fand sie praktisch.

Ed war zu Hause. Er kam an die Tür, begleitet von zwei Katzen und einem starken Clorox-Geruch, stand da und sah Dutch und mich an. »Sie können mich heute nicht einsperren«, sagte er sofort. »Ich muß die Katzen füttern.«

»Schon gut, wir hatten ja auch nicht vor, Sie gleich auf der Stelle einzusperren«, sagte Dutch gedehnt. »Sie haben reichlich Zeit, die Katzen zu füttern.«

»Gut. Ich muß auch den Boden wischen.«

»Dürfen wir reinkommen?« fragte ich.

»Klar dürfen Sie reinkommen. Ich war's, wissen Sie. Ich hab' sie umgebracht.«

»Wen?«

»Diese Lady. Aber sie hat kein Kleid angehabt. Sie hatte was Grünes an, aber es war kein Kleid. Sie hatte eine Hose an.« Er sah mich mißbilligend an. »Ladies sollten keine Hosen tragen. Ladies sollten Kleider tragen.«

»Wie haben Sie sie ermordet?« fragte ich. Ich würde Dutch zur Erklärung später den Zwischenfall mit Eileen schildern, die Ed eindeutig nicht ermordet hatte.

»Ich wollte das nicht. Aber sie hat geschrien und geschrien, und da mußte ich sie daran hindern zu schreien. Ich wollte das nicht. Aber ich hab' gehört, wie ihr Genick brach. Das hat geknackt wie Hagel auf dem Dach.«

»Wen haben Sie sonst noch umgebracht?« fragte Dutch.

»Diese Lady.«

»Welche Lady?«

»Eine Lady.«

»War sie im Bett?«

»Natürlich nicht. Ladies gehen doch nicht ins Bett, wenn sie Besuch haben.«

»Können Sie mir zeigen, wo sie gewohnt hat?«

Ed blickte verwirrt und schüttelte dann den Kopf. »Nein. Das hab' ich vergessen.«

»Haben Sie ihr Kleid behalten?« fragte ich.

»Ich habe alle Kleider von ihnen behalten.«

Dutch warf mir einen Blick zu. »Würden Sie uns die Kleider zeigen?«

»Ihr nehmt sie mir doch nicht weg, oder?« fragte Ed. »Ich brauche sie nämlich.«

»Wofür brauchen Sie sie denn?«

»Ich brauche sie«, wiederholte Ed bloß. »Deshalb könnt ihr sie nicht haben. Aber zeigen tu' ich sie euch.«

Wir folgten ihm, während er vor uns her zu einem Schlafzimmer ging und die Tür aufstieß. »Das ist ihr Zimmer«, sagte er stolz. »Aber sie läßt mich nie hier saubermachen. Ich darf das ganze Haus putzen, aber nicht ihr Zimmer.« Er trat zur Seite, um uns durchzulassen. Unwillkürlich schnappte Dutch nach Luft, und ich bin nicht sicher, ob ich das nicht auch tat. Dem Geruch und dem Anblick nach zu urteilen, war hier tatsächlich seit fast dreißig Jahren nicht mehr saubergemacht worden. Es mußte das Zimmer seiner Schwester gewesen sein. Kosmetika, Kämme und Bürsten aus den fünfziger Jahren lagen auf der Frisierkommode verstreut, und alte vergilbte Zeitschriften bedeckten halb die Bettwäsche des ungemachten Bettes, die im Laufe der Jahrzehnte dunkel geworden war.

Irgendwer, höchstwahrscheinlich Ed, hatte dicht nebeneinander und in regelmäßigen Abständen Nägel in die Zierleiste geschlagen, die zwischen Decke und Wänden verlief. An jedem Nagel hing ein grünes Kleid. Nur jeweils ein Kleid. Nicht eins davon war auf einem Bügel.

Keines davon hatte ein Paisleymuster. Keines davon war ein einfarbig dunkelgrünes Jerseykleid. Und an jedem einzelnen von ihnen baumelte am Ärmel ein Preisschildchen von Goodwill, einem Laden, der von einer Behindertenhilfsorganisation geführt wird.

Ich zeigte auf eins der Kleider. »Wo hast du das her?« fragte ich.

»Von ihr«, sagte er. »Nachdem ich sie getötet hatte.«

»Wann war das?«

»Weiß ich nicht mehr.«

»Wie hat sie ausgesehen?«

»Hübsch.«

»Wie alt war sie?«

»Ich weiß nicht.«

»War sie so alt wie ich?«

»Nein.«

»Älter oder jünger?«

»Jünger. Und sie hat keine bösen Wörter benutzt. Sie benutzen böse Wörter. Ich habe gehört, wie Sie böse Wörter benutzen.«

»Ich benutze keine bösen Wörter«, stellte ich klar.

»Manchmal benutzen Sie böse Wörter. Es ist nicht nett, böse Wörter zu benutzen. Ich töte nur nette Ladies.«

»Das werde ich mir merken«, erwiderte ich. »Danke, daß wir uns das ansehen durften.«

»Jetzt muß ich aber den Boden putzen.«

Als Dutch und ich zur Haustür gingen, sahen wir noch Ed Gough auf allen vieren in der Küche, wie er in einen Eimer griff, der auf diese Entfernung nach unverdünntem Clorox roch. Er zog eine tropfende Bürste heraus und machte sich damit energisch über das Linoleum her, das schon fast weiß verblaßt war.

»Sag jetzt nichts«, befahl ich Dutch auf dem Bürgersteig.

Dutch lachte noch nicht, aber sein Gesicht verriet mir, daß er nur wartete, bis er ganz sicher außer Hörweite von Ed Gough war, um dann loszuprusten. »Goodwill«, kicherte er. »Goodwill. Der kauft die bei Goodwill und denkt sich dann Märchen dazu aus.«

»Trotzdem, er hat seine Schwester umgebracht, und trotzdem, es fehlen zwei grüne Kleider von den beiden Frauen, und trotzdem, diese grünen Kleider haben sie allem Anschein nach getragen, unmittelbar bevor sie –«

»Aber er tötet doch nur nette Ladies«, unterbrach mich Dutch, während er seinen Sicherheitsgurt anlegte. »Würdest du behaupten, daß Jane Stevenson –«

»Dutch, würdest du bitte einfach nur den Mund halten?« Ich bog links ab.

»Wo zum Teufel willst du hin? Zum Präsidium geht's *da* lang.«

»Zu Goodwill aber nicht«, entgegnete ich.

»Und warum willst du jetzt zu Goodwill? Deb, du gibst wohl nie auf, was?«

»Nein«, antwortete ich. »Ich gebe nie auf. Falls du das gern hättest, Pech gehabt.«

Er kam nicht mit mir in den Goodwill-Laden, was ziemlich schade war, weil mein Besuch dort äußerst aufschlußreich war.

Zuerst achtete niemand auf mich, als ich das Geschäft betrat. Es gab keinen Grund, warum ich jemandem hätte auffallen sollen. Ich war schließlich bloß eine Kundin von vielen. Aber als ich die Geschäftsführerin ansprach, eine ansonsten attraktive Frau, die anscheinend unter einer schweren Zerebralparese litt, und ihr meine Dienstmarke und das Foto von Ed Gough zeigte, war ihre Reaktion aufschlußreich. Sie rief oder winkte drei andere Frauen herbei – eine mit den dicken Lippen, seltsamen Augen und der vorstehenden Zunge einer geistig Zurückgebliebenen, eine, die einen gelähmten linken Arm in einem irritierenden Winkel vom Körper abgestreckt hielt, und eine, die völlig normal aussah, soweit ich das sagen konnte – und sie alle drängelten sich um das Foto.

»Der kommt ziemlich oft her«, sagte die Geschäftsführerin, wobei sie die stockenden Wörter mühsam hervorstieß.

»Er grüne Kleider mag«, sagte die zurückgebliebene Frau. »Er immer grüne Kleider will. Ich ihn nicht mag.« Sie schlug auf das Foto, so daß es mir fast aus der Hand gerutscht wäre.

Die anderen beiden Frauen stimmten ihr zu, und dann sprach die Zurückgebliebene weiter. »Er angst macht.«

Er macht Ihnen angst? dachte ich, aber ich war nicht ganz sicher, daß sie das gemeint hatte.

Anscheinend ja; sie nickte heftig, und die Frau mit dem verkrüppelten Arm sagte: »Er macht allen angst.«

»Was tut er denn, was so beängstigend ist?« fragte ich.

»E' i't nicht, wa' er tut«, sagte die Geschäftsführerin, diesmal unfähig, das *S* auszusprechen, was ihr zu einem kehligen Verschlußlaut geriet.

»E' i't die Art, wie er Leute anstarrt.«

»Ich weiß genau, was Sie meinen«, sagte ich. »Hat eine von Ihnen jemals ein grünes Kleid getragen, als er da war?«

Die zurückgeblieben aussehende Frau nickte heftig.

»Was hat er da gemacht?«

»Mir gefolgt. In Waschraum.«

»Ich mußte ihn von ihr runterziehen«, sagte die normal Aussehende plötzlich. »Ich glaube, er hat versucht, Sie wissen schon, aber Gott sei Dank versteht sie nicht, was …«

Die zurückgeblieben Aussehende machte unverzüglich klar, daß sie zumindest teilweise verstanden hatte, um was es ging. Sie erklärte, in leicht falsch ausgesprochener Vulgärsprache, was genau er ihrer Meinung nach hatte tun wollen, und sie nahm dabei kein Blatt vor den Mund. Ed hätte ganz sicher gesagt, daß sie böse Wörter benutzte.

Auf jeden Fall benutzte sie sehr freizügige Wörter.

»Er hatte die Hände um ihren Hal' gelegt«, brachte die Geschäftsführerin heraus. »Wir mu'ten alle mit*h*elfen, um ihn von ihr *h*erunterzuziehen.« Jetzt war es das *H*, das ihr Mühe bereitete, zusätzlich zum *S*. Ich bewunderte ihren Willen, überhaupt zu sprechen.

»Wären Sie alle bereit, das vor Gericht zu beschwören?« fragte ich.

Die Geschäftsführerin starrte mich mit verständnisloser Verblüffung an. »Eine Jury?« brachte sie heraus. »'ie meinen, eine Jury würde –«

»Keine Jury«, unterbrach ich sie, weil mir völlig klar war, was sie dachte. Daß nämlich der Durchschnittsbürger Zerebralparese mit geistiger Retardiertheit verwechselt und nicht begreift, daß hinter der stockenden Sprache, dem unsicheren Gang eine gänzlich normale und häufig auch überdurchschnittliche Intelligenz steckt. »Ein Richter. Der Mann, der hierherkommt, ist psychisch krank, und nach dem, was Sie mir erzählen, ist es nicht mehr sicher, wenn er weiter frei herumläuft. Ich brauche noch mehr Leute als nur mich allein, die das bestätigen können.«

»Wir werden aussagen«, sagte die normal Aussehende grimmig. Sie nickte der zurückgeblieben Aussehenden zu. »Vielleicht glauben sie *ihr* nicht. Aber sie weiß, was mit ihr passiert ist. Und wir wissen das auch.«

Ich ließ mir die Namen und Anschriften geben. Ganz gleich,

ob Ed Gough der Mörder war oder nicht, ganz gleich, ob ich diesen Mörder je fassen würde, zumindest würde ich dafür sorgen, daß Ed Gough nicht länger frei herumlaufen konnte. Weil ich jetzt sicher war, daß er, wenn ich nicht dafür sorgte, ihn in Verwahrung zu bringen, kurz davor war, wieder zu töten.

»Du siehst aus wie die Katze, die den Kanarienvogel gefressen hat«, sagte Dutch, als ich den Motor des Polizeiwagens anließ.

»Habe ich nicht. Aber ich werde dafür sorgen, daß Ed Gough eingesperrt wird.«

»Damit sind die Fälle noch nicht geklärt.«

»Da bin ich mir immer noch nicht sicher.«

»Ich wette zehn Dollar.«

»Du hast mir ja noch nicht mal die fünf Dollar gezahlt.«

»Die gewinn' ich zurück.«

»Pah.«

Aber das erinnerte mich an Matilda Greenwood, und als wir wieder auf dem Präsidium waren, griff ich zum Telefon und rief sie an. »Gibt es in Ihrer Kirche jemanden namens Ed Gough?« fragte ich.

»Nicht, daß ich wüßte«, antwortete sie prompt. »Aber manche kommen nur ein- oder zweimal und stellen sich mir nicht vor, und manche kommen monatelang, bevor sie mir sagen, wer sie sind.«

»Er sieht aus wie Joe oder Ed oder wie immer er hieß, Bliffistick oder so. Sie wissen schon, aus *Li'l Abner*.«

»Ich habe nicht die leiseste Ahnung, wovon Sie reden«, erwiderte sie.

»Der kleine Bursche, der einen Nachnamen fast nur aus Konsonanten hat. Ist das nicht auch der, der immer die Gewitterwolke über dem Kopf hat?«

»Ich lese keine Comic strips.«

Es wäre wahrscheinlich auch egal gewesen, wenn sie welche gelesen hätte. Soweit ich mich erinnerte, war ich in den unteren Klassen der High-School gewesen, als ich den kleinen Burschen mit der Wolke das letzte Mal gesehen hatte, womit dieses Ereignis irgendwo gegen Ende der fünfziger Jahre angesiedelt werden mußte. Ich gab ihr eine genauere Beschreibung von Ed Gough.

»An jemanden, der so aussieht, würde ich mich erinnern«, sagte sie.

»Das denke ich eigentlich auch.«

»Also habe ich ihn noch nie gesehen. Tut mir leid. Falls ich ihn sehe, soll ich Sie dann anrufen?«

»Ja, bitte.« Falls sie ihn noch nie gesehen hatte, würde das wahrscheinlich nicht eintreten.

Ich rief Camille Ventris an, die mich an Samuel Barrett verwies, der mir, wie nicht anders zu erwarten, mitteilte, daß er mir unmöglich irgendwelche Informationen über seine Patienten geben könne. »Können Sie mir denn noch nicht mal sagen, ob er überhaupt Ihr Patient *ist*?« hakte ich nach.

»Tut mir leid.«

»Können Sie mir sagen, daß er nicht Ihr Patient ist?«

»Wenn ich Ihnen verraten würde, daß jemand *nicht* mein Patient ist, und ich mich, wenn Sie das nächste Mal fragen, weigere zu sagen, daß die fragliche Person *nicht* mein Patient ist, dann würden Sie folgern, daß diese Person mein Patient ist. Ich kann Ihnen absolut nichts über meine Patienten sagen.«

»Selbst wenn sie jemanden getötet haben?«

»Nein.«

»Selbst, wenn sie drauf und dran sind, jemanden zu töten?«

Zögern. Schließlich sagte er: »Falls ich Grund zu der Annahme hätte, daß einer meiner Patienten drauf und dran ist, jemanden zu töten, und diese Tötung verhindert werden könnte, dann würde ich die Polizei davon unterrichten, aber ich würde auch meinen Patienten davon unterrichten, daß ich die Polizei unterrichtet habe.«

Allerliebst. Er würde den Patienten davon unterrichten, daß die Polizei unterrichtet ist, damit der Patient losziehen und sich jemand anderen zum Töten suchen kann. Integrität – wie ich sie liebe.

Ich versuchte, Eileen Toomer anzurufen. Sie war nicht zu Hause.

Es war nach fünf. Ich sollte eigentlich zu Hause sein. Ich sollte eigentlich schon vor über einer Stunde das Büro verlassen haben. Ich rief Harry an und sagte ihm, daß ich aufgehalten wurde und nicht wüßte, wann ich nach Hause kommen würde. Er sagte: »Überraschung, Überraschung, Überraschung.«

»Ach laß das, Harry, ich mach' das doch nicht absichtlich.«

»Hat Captain Millner dir befohlen, Überstunden zu machen?«

»Nein, aber wenn ich nach Hause komme, könnte vielleicht noch jemand ermordet werden.«

»Und wenn du nicht nach Hause kommst, könntest vielleicht du ermordet werden. Von mir.«

»Laß das, Harry«, wiederholte ich gereizt. »Ich komme, sobald ich kann.«

»Ruf mich an, wenn du aus dem Büro gehst.«

»Mach' ich. Aber es könnte spät werden.«

»Frag mich, ob mich das überrascht.«

Ich verabschiedete mich und legte auf, und mir war zum Heulen zumute. Warum mußte er so gemein sein, wo ich mir doch soviel Mühe gab?

Ich wollte die Klinik anrufen, wo Mary Beth Toomer gearbeitet hatte, aber es war zu spät – nein, war es nicht, oder zumindest nicht unbedingt. Eileen hatte mir gesagt, daß dort lange geöffnet war. Das Problem war nur, daß ich im Trubel der Ereignisse vergessen hatte, mir den Namen geben zu lassen. Ich rief noch einmal bei Eileen an; diesmal war sie zu Hause.

Der Name lautete William James Clinic, und sie wurde geführt, finanziert und betrieben von einer Gruppe Psychiater mit Privatpraxen, die sich bereit erklärt hatten, mindestens vier Stunden pro Woche unentgeltlich dort zu arbeiten, damit auch arme Leute in den Genuß einer psychiatrischen Betreuung kommen konnten. Ich fand, das hörte sich nicht so an, als hätte der aristokratische William James für dergleichen gern seinen Namen hergegeben, aber vielleicht tat ich ihm ja unrecht.

Ich suchte die Nummer heraus und rief dort an. Eine gehetzte, aber sachkundig klingende Frauenstimme, mit Chaos im Hintergrund, meldete sich beim zweiten Klingeln. »William James Clinic, Joy Krupka am Apparat.«

»Ms. Krupka, ich bin Deb Ralston, Detective Deb Ralston.«

»Einen Augenblick bitte.« Ohne meine Reaktion abzuwarten, wandte sie sich vom Telefon ab. Ich konnte sie schreien hören: »Wenn Sie das Kind nicht ruhig halten können, dann bringen Sie es bitte einen Moment raus auf den Gang. Sofort.« Ihre Stimme klang wieder lauter: »Warum rufen Sie an?«

»Wegen Mary Beth Toomer.«

»Oh, ja, das war schrecklich. Sie war eine so liebe Frau. Es gibt einfach keinen Grund, warum ihr jemand etwas hätte tun wollen. Haben Sie schon eine Ahnung, wer es gewesen ist?«

»Wir gehen einigen Spuren nach, aber bis jetzt ist noch nichts Konkretes dabei. Ms. Krupka, wissen Sie zufällig –«

»Mrs. Krupka, bitte«, unterbrach sie mich. »Ich finde, dieses *Ms*. klingt einfach albern, finden Sie nicht?«

»Es ist ganz nützlich, wenn man nicht viel über die Person weiß, mit der man spricht«, gab ich zu bedenken, »und viele Frauen mögen es. Mir ist es eigentlich egal. Zu Hause bin ich Mrs. Ralston und bei der Arbeit Detective Ralston.«

»Detective – ach ja, wie nett. Nun, Sie sagten gerade –«

»Daß ich wissen muß, was Mrs. Toomer gestern anhatte, falls Sie sich daran erinnern.«

»Oh, ja, selbstverständlich erinnere ich mich daran. Es war ganz neu. Sie hatte es erst Ende September bei Dillards gekauft, beim Sommerschlußverkauf, und es stand ihr so gut.«

»Was war es?«

»Oh«, sagte sie, »es war ein wunderschönes dunkelgrünes Wollkleid. Ganz grün, und sie trug dazu einen smaragdgrünen Paisleyschal aus Seide, den sie mit einer Smaragdbrosche festgesteckt hatte. Ich meine, echte Smaragde. Ich wünschte, ich könnte es mir leisten, mich so zu kleiden. Aber Sie sehen ja, am Ende hat es ihr auch nichts genützt, oder?«

»Nein, Ma'am, das hat es nicht«, sagte ich. »Gibt es in der William James Clinic einen Patienten namens Ed Gough?«

Langes Schweigen am anderen Ende. Dann sagte sie: »Wir dürfen keinerlei Informationen über unsere Patienten herausgeben. Da müßten Sie mit dem Direktor sprechen.«

»Und wer ist das?«

»Tja, Ezra Loundes war der Gründer, aber nach seinem Tod hat sein Partner die Leitung übernommen, Sam Barrett.«

»Danke«, sagte ich.

»Brauchen Sie noch irgend etwas?«

»Nichts, das Sie mir geben könnten. Danke.« Ich legte auf und saß eine Weile grübelnd mit der Hand am Telefon da, bevor ich Susan anrief.

Sie war sehr viel herzlicher, nachdem ich ihr erst einmal erklärt hatte, daß ihr Verlobter nicht länger von mir verdächtigt wurde. Sie hörte aufmerksam zu, während ich ihr, ohne seinen Namen zu erwähnen (wenn Psychiater pingelig sein können, dann ich auch), Ed Goughs Verhalten in der Eingangshalle des Präsidiums schilderte und das, was die Frauen in dem Goodwill-Laden mir erzählt hatten. »Ja«, sagte sie, »das hört sich für mich so an, als stellte er eine konkrete Gefahr dar. Es dürfte keine Probleme geben, eine Einweisung für ihn zu bekommen.«

»Meinst du, es besteht die Wahrscheinlichkeit, daß er wieder tötet?«

»So, wie es sich für mich anhört, kann kein Zweifel daran bestehen, daß er kurz davor ist, wieder zu töten. Nach dem, was du erzählt hast, haben ihn bloß die anderen drei Frauen daran gehindert, das arme kleine Mädchen bei Goodwill zu töten.«

Das arme kleine Mädchen war mindestens dreißig. Aber Susan hatte recht; psychisch war sie ein Kind, noch dazu ein hilfloses Kind, und das würde sie immer sein.

»Er bittet schon seit Jahren darum, wieder eingesperrt zu werden«, sagte ich, »aber wir haben niemanden gefunden, der es tun wollte. Einmal bin ich sogar selbst mit ihm vor Gericht gegangen, aber der Richter hat sich geweigert, die Einweisung zu unterschreiben. Das Problem ist, daß er jeden Mord, der hier passiert ist, gestanden hat, und außerdem viele, die nicht passiert sind, und alle haben gemeint, er wäre bloß ein harmloser Irrer.«

»Du auch?«

»Manchmal. Aber manchmal … war ich mir da nicht so sicher.«

»Du hättest mit mir darüber reden sollen.«

»Das war, noch bevor ich dich kennengelernt habe.«

»Ach so«, sagte Susan. »Weißt du was? Wenn ich es nicht besser wüßte, würde ich denken, du redest von Ed Gough.«

Ich weiß nicht, was ich gesagt habe. Ich weiß nicht, daß ich überhaupt etwas gesagt habe; aber ich muß wohl, denn Susan sagte: »Was?«

»Du kennst Ed Gough?« brachte ich heraus.

»Ja, natürlich. Das ist dieser seltsame Bursche mit einem obsessiven Clorox-Tick –«

»*Ed Gough* ist Mitglied bei Mensa«, fiel ich ihr ins Wort.

»Deb, so ziemlich alle von uns – zumindest Olead und Brad und ich – haben versucht, dir zu erklären, daß Intelligenz und geistige Gesundheit nicht notwendigerweise ein und dasselbe sind. Die meisten intelligenten Menschen sind geistig gesund; trotz einiger weit verbreiteter Stereotypen ist der Prozentsatz psychischer Störungen bei hyperintelligenten Menschen wahrscheinlich niedriger als bei den weniger intelligenten, aber dennoch –«

»Susan«, sagte ich, »ich wollte keinen Vortrag hören. Ich wollte nur sichergehen, daß ich dich richtig verstanden habe. Ed Gough ist nicht nur ein Mitglied bei Mensa, sondern er hat auch an euren SIG-Treffen teilgenommen?«

»Das wollte ich dir ja sagen«, antwortete sie. »Deb, willst du damit sagen, daß du vorhin tatsächlich von Ed Gough gesprochen hast?«

»Genau das«, erwiderte ich düster, »will ich damit sagen. Es ist jetzt sechs Uhr. Gestern abend gegen sechs Uhr war Mary Beth Toomer vermutlich schon tot. Ich weiß nicht, ob ich ihn heute abend noch erwische, bevor er wieder jemanden umbringt. Falls nicht, erwische ich ihn morgen früh, aber das wird für irgendwen wahrscheinlich zu spät sein.«

»Deb, es tut mir leid, wenn ich auch nur eine Ahnung gehabt hätte –«

»Hättest du es mir gesagt. Ich weiß. Wir können das Gestern nicht ändern. Danke.«

Ich legte auf und behielt den Hörer in der Hand, zitternd. *Ed Gough. Er arbeitet in einem Altenheim. Er wußte, wie man mit dem toten Gewicht einer Frau fertig wird, die schwerer als er war; er wußte, wie man ein Bett so macht, wie es in einem Krankenhaus üblich ist … Und er hatte einen Clorox-Tick …*

Dutch, der ebenfalls noch nicht gegangen war, starrte mich an, und dann merkte ich, daß ich laut gedacht hatte. Sehr ruhig nahm er einen Zehn-Dollar-Schein aus seinem Portemonnaie, legte ihn vor mir auf den Schreibtisch und sagte: »Gehen wir.«

Kapitel 11

Natürlich ging es nicht so schnell.

Zuerst mußten wir uns verschiedene Gerichtsbescheide besorgen – einen Haftbefehl, der nur ausgeführt werden würde, wenn wir ziemlich sicher waren, genug Beweismittel gefunden zu haben, um zumindest einen Staatsanwalt, wenn nicht gar eine Jury zu überzeugen. Ed würde höchstwahrscheinlich eine Einwilligungserklärung zur Durchsuchung seines Hauses unterschreiben, aber höchstwahrscheinlich würde jedes Gericht befinden, vermutlich richtigerweise, daß Ed rechtlich gesehen nicht fähig war, eine solche Einwilligungserklärung zu unterschreiben.

Wir würden ihn nicht verhören können, ohne daß ein Anwalt dabei war. Natürlich würden wir ihn über seine Rechte aufklären, wenn wir das Haus betraten, doch wahrscheinlich war das zwar schön vorschriftsmäßig, aber überflüssig. Ich konnte mir nicht vorstellen, daß Ed von irgendeinem Gericht für prozeßfähig erklärt würde.

Aber vielleicht würde die Klinik ihn diesmal behalten können.

»Was, wenn wir nichts finden?« fragte Dutch mich, nachdem wir die unterschriebenen Gerichtsbescheide in der Hand hatten.

»Ich weiß nicht«, murmelte ich, und wir holten die Akte für den Fall heraus. Offiziell gibt es in der Computerära keine Akten aus Papier mehr. Aber das ist eine nicht ganz wahrheitsgemäße Tatsache. Alle mir bekannten Ermittlungsbeamten führen ihre eigenen Akten zu einem Fall, und letztlich landet das meiste Material aus diesen Akten irgendwann vor Gericht – vorausgesetzt natürlich, daß der Fall selbst vor Gericht landet.

Ich hatte ein Foto von Mary Beth Toomer, das mir ihre Tochter gegeben hatte. Ich hatte ein Foto von Jane Stevenson, das mir ihre Schwester gegeben hatte. Von Corie Meeks hatt ich nur eine Polaroidaufnahme, die mir ein Mitarbeiter aus der Gerichtsmedizin gegeben hatte, und dieses Bild war nicht sonderlich gut zu gebrauchen, weil Corie da ziemlich, nun ja, tot aussah.

Trotzdem schob ich alle drei Fotos in meine Brieftasche. Man weiß nie, was man vielleicht braucht. Man weiß es einfach nicht.

Es war fast acht Uhr, als wir uns auf den Weg zu Ed Goughs Haus machten. Ich hatte praktisch keine Hoffnung, ihn dort anzutreffen. Falls er nicht da war, so hatte ich bereits beschlossen, würden wir den Durchsuchungsbefehl trotzdem ausführen, und falls wir die Beweise fanden, die wir zu finden hofften – und wahrscheinlich selbst dann, wenn wir sie nicht fanden –, würden Dutch und ich dort in seinem Haus sitzenbleiben und warten, bis er nach Hause kam.

Er war zu Hause. Wir – oder wenigstens ich – konnten uns nicht erklären, wieso.

Wir saßen noch draußen im Wagen, sahen das Licht und die Gestalt, die sich drinnen bewegte, und Dutch sagte: »Bist du sicher?«

»Ja. Du nicht?«

»Doch. Ich glaube schon. Aber warum nicht heute abend?«

»Ich weiß nicht«, sagte ich. »Das habe ich mich selbst gerade gefragt.«

»Es war eine rhetorische Frage.«

»Schön, daß du mir das sagst.«

Wir stiegen aus dem Wagen, nachdem wir die Zentrale informiert hatten, wo wir waren. Falls wir uns nicht innerhalb von fünf Minuten wieder über Funk meldeten, würde uns Verstärkung geschickt.

Dutch klopfte an die Tür. Ed schaltete das Außenlicht an, öffnete die Tür und sah uns an. Oder genauer gesagt, er sah mich an. »Ich hab' die Katzen gefüttert«, erklärte er mir.

»Das ist lieb«, sagte ich.

»Aber wer soll sie denn morgen füttern, wenn Sie mich heute abend einsperren?«

»Ich finde schon jemanden, der sie füttert.«

»Das sind nette Katzen. Ist die eine Katze noch wütend?«

»Welche eine Katze?«

»Der Kater, den Sie im Käfig hatten. Ist er noch wütend?«

»Nein. Er hat sich inzwischen beruhigt.« Das entsprach nicht so ganz der Wirklichkeit. Satin saß noch immer in seinem Käfig und fluchte über das ganze Universum, als wir das Büro verließen. Aber ich würde mir schon noch einfallen lassen, was mit ihm passieren sollte.

Interessanterweise wußte Ed, daß Satin ein Männchen war. Das war ganz sicher nicht durch den Käfig zu sehen, der bis auf das kleine Gitter vorne völlig undurchsichtig war. Man konnte kaum erkennen, daß es sich bei ihm (dem Kater, nicht Ed) um eine Siamkatze handelte. Was darauf schließen ließ, daß Ed die Katze schon einmal gesehen hatte, daß er hatte vermuten können, was für eine Katze ich da ins Präsidium mitbrachte.

»Haben Sie die Katze ins Gefängnis gesteckt?«

»Nein. Katzen kann man nicht festnehmen. Und überhaupt, sie hat ja nichts Schlimmes angestellt.«

Dutch reichte es. Er hielt den Durchsuchungsbefehl hoch. »Wissen Sie, was das ist?«

Eds Augen wanderten zu dem Blatt Papier hinüber. »Nein. Bedeutet das, daß Sie mich einsperren?«

»Vielleicht. Aber im Augenblick bedeutet es, daß wir Ihr ganzes Haus durchsuchen dürfen.«

»Oh«, sagte Ed. »Das hätten Sie doch auch so gekonnt.«

»Wir wollten aber ganz sicher sein, daß alles mit rechten Dingen zugeht. Und jetzt kommen wir rein.«

Ed trat von der Tür zurück, und mir wurde ein wenig zu spät klar, daß wir Unterstützung brauchten. Irgendwer mußte Ed beobachten, während Dutch und ich das Haus durchsuchten. Über Funk meldete ich mich bei der Zentrale – es war sowieso an der Zeit –, und etwa zwei Minuten später hielt ein Streifenwagen hinter unserem Zivilwagen. Officer Ray Wilson stieg aus. Ich hatte schon früher mit ihm zusammengearbeitet. Er ist ziemlich vernünftig. Das war gut so.

»Ray«, sagte ich, »das ist Ed Gough.«

Ray nickte, die Hand leicht, keineswegs bedrohlich, auf den Griff seines Schlagstocks gelegt: »Hi, Ed.«

»Hi, Ray«, sagte Ed und starrte dabei unverwandt auf seine Füße.

»Ray, wir – Dutch und ich – wollen Eds Haus durchsuchen. Wir möchten, daß Sie sich mit ihm hier in die Küche setzen, während wir das machen. Die Küche ist ganz sauber, weil er heute nachmittag den Boden mit Clorox geputzt hat, also ist das wirklich der beste Aufenthaltsort. Vielleicht erzählt Ed Ihnen ein bißchen von seinen Katzen. Code sechzehn«, fügte ich leise hinzu, als die Katzen, zwei unscheinbare getigerte Weibchen, sich an meine Beine schmiegten.

Code sechzehn bedeutet geistesgestörte Person. Ray nickte. »Das sind hübsche Kätzchen«, sagte er. »Kommen Sie doch hier herein und erzählen Sie mir was über sie.«

Wir fingen im Wohnzimmer an. Das Mobiliar wirkte etwa so alt wie die Möbel in Janes Haus, und es war gut gepflegt. Auf dem Boden lag ein großer, rechteckiger Teppich mit Rosenmuster; er reichte bis auf etwa fünfzehn Zentimeter an den Rand des Hartholzbodens und hatte am Rand ausgedünnte Fransen. Auf, unter, hinter oder in keinem der Möbel war irgendwas. Zumindest nichts, was nicht auch dort hingehört hätte.

Wir ließen Ray und Ed so lange ins Wohnzimmer, bis wir die Küche überprüft hatten, aber auch das brachte nichts, und dann baten wir sie zurück in die Küche. Ed fing an, Kaffee zu kochen.

Ich wollte keinen.

Im Badezimmer war ein weißer Wäschekorb, weiße Handtücher, weiße Armaturen und ein weißer Fußboden. Es wirkte aber nicht hygienisch. Es wirkte irgendwie unheimlich. Aber das lag wahrscheinlich an meiner Meinung über Ed.

Eds Schlafzimmer – das einzige im Haus außer dem, das wir uns nachmittags angesehen hatten – war ähnlich, und ähnlich deprimierend, sauber und ordentlich.

Das bedeutete, daß der letzte Raum, den wir in Angriff nehmen mußten, dieses gruselige andere Schlafzimmer war.

Dutch fing mit der Kommode an. Ich fing mit dem Schrank an.

Das funktionierte nicht, weil wir keinen Platz hatten, um irgendwo was abzulegen.

Wir fingen beide noch mal von vorne an, diesmal mit dem Bett. Wir entfernten den Stapel Zeitschriften. Entfernten das alte Bettzeug, das teilweise so mürbe war, daß es zerriß. Entfernten die Matratze, um darunter und zwischen den Springfedern zu suchen. Drehten die Matratze um und nahmen die Unterseite in Augenschein. Untersuchten die Springfedern. Die mußten wir nicht umdrehen, weil es keine Taschenfedern waren, sondern bloß alte Spiralfedern, noch dazu total verrostet. Sahen unter dem Bett nach. Holten alte, staubige, verschimmelte Schuhe, Socken, Pantoffeln darunter hervor. Dann bauten wir das Bett wieder zusammen und fingen an, alles darauf zu häufen, das wir durchgesehen hatten.

Da wir nun Platz hatten, um Sachen abzulegen, kehrten wir zu unserer ursprünglichen Strategie zurück. Dutch überprüfte die Kommode. Er suchte auf der Kommode, in der Kommode, unter der Kommode. Zog die Schubladen heraus, um festzustellen, ob etwas hinter oder unter ihnen steckte.

Ich überprüfte die Schränke. Die Hängeschränke. Die Regale. Den Boden.

Falls einer von uns etwas fand, das nicht in den Besitz von Eds Schwester gehörte, die seit fast dreißig Jahren tot war, so merkten wir es jedenfalls nicht.

Dann mußten wir uns der Ansammlung von Kleidungsstücken zuwenden, die an den Wänden hingen. All den grünen Kleidern.

Wir nahmen sie nacheinander ab und inspizierten jedes einzelne sorgfältig. Da war kein grünes Baumwollkleid mit Paisleymuster und lila Klecksen, es gab kein dunkelgrünes Jerseykleid mit rundem Ausschnitt. Kein unigrünes Wollkleid mit oder ohne einen smaragdfarbenen Seidenschal.

»Bist du dir noch immer sicher?« fragte Dutch.

»Ich bin mir noch immer sicher.« Ich holte die Fotos aus meiner Handtasche und ging in die Küche, wo ich zögerte, weil ich nicht wußte, wie ich weiter vorgehen sollte. Schließlich klärte ich Ed noch einmal über seine Rechte auf, was ich schon getan hatte, während wir auf Ray warteten. »Verstehen Sie, was das bedeutet?«

»Bedeutet es, daß Sie mich einsperren werden?«

»Wahrscheinlich. Das hängt auch mit davon ab, was Sie uns erzählen.«

»Ich möchte, daß Sie mich einsperren.«

Ich legte das Foto von Mary Beth Toomer vor ihm auf den Tisch. »Kennen Sie die Frau?«

»Oh, ja, ich hab' sie getötet. Sie hatte ein grünes Kleid an.«

Ich konnte hören, wie Dutch hinter mir halblaut fluchte. »Haben Sie ihr grünes Kleid mitgenommen?« fragte er.

»Ja«, sagte Ed. »Ich dachte, sie wollte es vielleicht haben.«

»Wer ist *sie*? Wer, meinten Sie, wollte es vielleicht haben?«

»Na, sie«, sagte Ed.

Dutch fluchte wieder leise. »Sie sollten keine bösen Wörter benutzen«, tadelte Ed ihn.

»Sie haben recht«, sagte Dutch. »Das sollte ich nicht tun.«

»Nachdem Sie ihr Kleid genommen hatten«, sagte ich, »was haben Sie dann gemacht?«

»Ich habe sie gebadet«, sagte Ed.

»Sie haben sie gebadet«, wiederholte Dutch.

»Ja. Ich habe sie gebadet. Ladies sollten nicht ungebadet ins Bett gehen.«

»Und nachdem Sie sie gebadet hatten, was dann?«

»Ich habe sie gepudert. Das hat gut gerochen. Dann hab' ich ihr ein Nachthemd angezogen. Ich hab' ihr Bett schön gemacht, so, wie sie es mir beigebracht hat.« (Das letzte »sie«, so vermutete ich, bezog sich auf seine Schwester – dieselbe »sie«, die das Kleid vielleicht hatte haben wollen.) »Dann hab' ich sie ins Bett gelegt. Und ich hab' ihr Haus schön saubergemacht. Sie hatte keine Katze. Die andere Lady hatte eine Katze. Aber diese Lady nicht.«

Ich legte die beiden anderen Fotos auf den Tisch. »Welche von ihnen hatte eine Katze?«

Ohne zu zögern, zeigte er auf Corie. »Sie hatte eine Katze. Ich hab' ihre Katze gefüttert. Und ich hab' die Tür aufgelassen, damit die Katze reinkonnte.«

»Hatte diese Lady eine Katze?« Ich deutete auf Jane.

»Nein.« Er rümpfte die Nase. »Und sie war wirklich schmutzig. Ich hab' sie zweimal baden müssen.«

»Hatte sie ein grünes Kleid?«

»Es war kein schönes grünes Kleid.«

»Haben Sie bei ihr den Boden geputzt?« fragte ich.

»Ich putze immer den Boden. Böden werden so schnell schmutzig.«

»Aber einen Tropfen Blut auf dem Badezimmerboden haben Sie übersehen ...« Ich redete nicht weiter.

Er schüttelte heftig den Kopf. »Kein Blut«, sagte er. »Kein Blut. Blut ist ekelig. Kein Blut.«

»Aber ...« setzte ich an. Und dann hielt ich inne, um nachzudenken. Unmittelbar nach der Entdeckung der Leiche waren zwei Frauen im Haus gewesen – Janes Chefin und Janes Schwester. Durchaus möglich, daß eine von beiden gerade ihre Periode hatte. Möglich, daß eine von beiden zur Toilette gegangen war und vor lauter Aufregung ein kleines Mißgeschick übersehen hatte. Es wäre sicher nicht das erste – oder letzte – Mal, daß Polizeibeamte, in diesem oder einem anderen Department, durch ein Indiz abgelenkt wurden, das in Wahrheit gar kein Indiz war. Ich würde später durch diskretes Nachfragen herausfinden, welche der beiden Frauen es war, nur um alle noch offenen Fragen zu klären. Jetzt jedoch gab es Dringenderes.

»Würden Sie mir ihre Kleider zeigen?« fragte ich.

»Welche Kleider?«

»Die Kleider von diesen Ladies.«

»Werden Sie die dann mitnehmen?«

»Wahrscheinlich ja.«

»Und wenn sie die haben möchte?« fragte Ed und klang dabei sehr aufgebracht.

Ich würde viel darum geben, wenn ich wüßte, wer diese »sie«

ist, von der er ständig redet, dachte ich. *Seine Schwester? Oder wer könnte es sonst sein?*

»Dann gebe ich sie ihr zurück«, sagte ich. »Aber im Augenblick muß ich die Kleider zum Präsidium bringen.«

»Warum?«

»Weil sie uns dabei helfen, Sie einsperren zu können.«

»Oh«, sagte Ed. Er überlegte kurz. Dann öffnete er die Besteckschublade. Wir alle beobachteten ihn angespannt, aber Dutch hatte die Schublade schon überprüft, und Ed nahm lediglich eine Taschenlampe heraus.

Er führte uns zur Hintertür hinaus, in ein kleines Häuschen im Garten. »Sie sitzt so gerne hier«, sagte er. »Sie kommt nicht gern ins Haus.«

Neben mir stieß Dutch eine Verwünschung aus. Ich preßte einen Augenblick lang die Hände auf den Mund. Nur Ray blieb ruhig stehen, die Augen auf Ed gerichtet, als Dutch und ich vortraten, um uns das Skelett anzusehen, das auf dem Sofa lag, das Skelett mit dem gebrochenen Genick und dem vollen braunen Haar und dem verblichenen, zerlumpten grünen Kleid.

Und das Häuschen selbst, dessen Wände mit grünen Kleidern behangen waren. Die meisten hatten Preisschildchen von Goodwill. Aber nicht alle.

Das teure Wollkleid, komplett mit smaragdfarbenem Seidenschal und Smaragdbrosche, hatte keins. Auch nicht das grüne Kleid aus gewebtem Jersey oder das Baumwollkleid mit dem Paisleymuster und den lila Klecksen.

Nein, es war nicht seine Schwester, wie Dutch und ich anfänglich geglaubt hatten. Seine Schwester war noch immer da, wo sie seit über einem Vierteljahrhundert gewesen war, begraben in dem Familiengrab der Gough. Wir konnten nie feststellen, wer diese Frau war. Nur, daß sie ausgesehen hatte wie seine Schwester, nur, daß sie »die andere« war, von der Ed uns, in seinen klareren Momenten, seit sieben Jahren beteuert hatte, sie getötet zu haben. Diejenige, die in seinem Gartenhäuschen verwest war, die sommers wie winters, Tag und Nacht in dem Gartenhäuschen gelegen hatte, während wir seine Geschichten ignorierten oder nur vorne im Haus nachgesehen hatten.

Aber all das war viel später, nachdem Susan an jenem Abend in mein Büro gekommen war, um mir in Anwesenheit des vom Gericht bestellten Anwalts zu helfen, Ed Gough zu vernehmen.

»Warum?« fragte Susan, nachdem wir so viel, wie wir konnten, über das Skelett herausgefunden hatten.

»Sie hat gesagt, sie könnte mich gesund machen«, sagte Ed.

»Welche?« Ich legte die Bilder auf den Tisch im Verhörraum.

»Die da.« Er zeigte auf Jane Stevenson. »Sie hat gesagt, sie könnte mich gesund machen, so daß ich keine Ladies mehr töten will. Aber sie hat mich nicht gesund gemacht.«

»Deshalb haben Sie sie getötet.«

»Sie hat ein grünes Kleid angehabt«, sagte er. »Ich hab' sie erst getötet, als sie ein grünes Kleid anhatte.«

»War das der Grund, warum Sie zwischen Jane und Corie niemanden getötet haben?« Ich deutete auf die Bilder. »Zwischen dieser Lady und der da?«

»Sie wollte kein grünes Kleid anziehen«, sagte er vage.

»Sie wollten sie erst töten, als sie ein grünes Kleid anhatte?«

»Mhm.«

»Und was war mit ihr?« Ich zeigte auf Corie Meeks.

»Sie wollte mich nicht einsperren.«

»Und diese da?«

»Sie wollte mich auch nicht einsperren.« Er sah mich an. »Und Sie wollten mich auch nicht einsperren. Sie wären an der Reihe gewesen. Aber Sie haben nie ein grünes Kleid getragen. Die anderen haben grüne Kleider angehabt.«

Einen Moment lang glaubte ich, ich müßte mich übergeben. Ich war ganz nahe dran.

Ja, ich bin immer bewaffnet. Aber nur, wenn ich wach bin, nicht, wenn ich schlafe.

Dann übernahm der gesunde Menschenverstand wieder die

Kontrolle. Er wäre nicht an mich rangekommen, nicht mit meinem Mann, meinem Sohn und meinem Pitbull.

Er blickte Susan an. »Sie haben auch nie ein grünes Kleid getragen.«

Vollkommen beherrscht, erwiderte Susan: »Ich mag grüne Kleider nicht.«

»Ladies sollten aber grüne Kleider tragen.«

»War das der eigentliche Grund, warum Sie sie getötet haben?« fragte Susan.

Er schwieg lange. Schließlich antwortete Ed: »Ich mußte sie dazu bringen, mich einzusperren.«

»Sie haben die Ladies in den grünen Kleidern getötet, damit jemand sie einsperrt?«

»Ja. Ich wußte nicht mehr, was ich machen sollte. Ich hatte Angst, daß ich anfangen würde, alles und jeden umzubringen.«

»Manchmal versagt das System«, sagte Susan.

»Was soll das heißen?«

»Das soll heißen, daß wir Sie hätten einsperren sollen. Also, wir wissen jetzt, was Sie machen, wenn Ladies Sie nicht einsperren wollen. Was machen Sie denn, wenn Männer Sie nicht einsperren wollen?«

»Nur Ladies«, sagte er. »Ladies müssen mich einsperren.«

»Wie war Ihre Mutter?«

»Sie hat mich eingesperrt.«

»Wann hat sie Sie eingesperrt?«

»Wenn ich böse war.«

»Wo hat sie Sie eingesperrt?«

»In der Vorratskammer. Im Dunkeln.« Sein Gesicht verzog sich, als würde er anfangen zu weinen. »Sie hatte ein grünes Kleid an.«

»Ihre Mutter?«

»Nein, sie.«

»Ihre Schwester?«

»Ja. Sie hatte ein grünes Kleid an. Ich wollte nicht böse sein. Ich wollte bloß mal gucken. Mehr nicht. Bloß mal gucken.«

»Wie alt waren Sie da?«

»Ich war sechs.«

»Wie alt war Ihre Schwester?«

»Elf. An ihrem Kleid war Blut. Ich wollte wissen, woher das Blut kam. Es war ein hübsches Kleid, aber da war Blut dran.«

»Wo war das Blut?«

»Da, wo sie gesessen hat. Sie hat sie gezwungen, das Kleid zu verbrennen, und sie hat geweint.«

»Ihre Mutter hat Ihre Schwester gezwungen, das Kleid zu verbrennen, und Ihre Schwester hat geweint?«

»Ich war in der Speisekammer. Ich wollte bloß mal gucken.«

»Danke«, sagte Susan. »Wir werden Sie jetzt in Ruhe lassen, damit Sie sich ein bißchen ausruhen können.«

»Füttert denn jemand meine Katzen?«

»Ich werde Ihre Katzen füttern«, sagte ich.

Zurück in unserem Büro sagte Susan: »Er wird nie eine kohärente Aussage machen. Aber ich hab' genug gehört, um mir einen Eindruck zu verschaffen.«

»Ich glaube, ich auch.«

Satin jammerte in der Ecke, und Susan schlenderte hinüber, um ihn sich anzusehen. »Ist das seine Katze?« Ihre Stimme klang ehrlich überrascht.

»Nein, das ist Corie Meeks' Katze.«

»Ja, das kann ich mir vorstellen.« Sie öffnete den Käfig, und ich hielt die Luft an, weil ich damit rechnete, daß die Katze losfauchte. Die Katze kam herausgeschlichen und kletterte laut schnurrend auf Susans Schoß. »Hallo, Katerchen«, sagte sie und sah mich an. »Wie heißt er denn?«

»Corie Meeks hat ihn Satan genannt«, sagte ich, »aber ich finde, Satin ist ein hübscherer Name.«

Susan lachte in sich hinein. »Du wirst immer mehr zur Mormonin. Willst du mit mir nach Hause kommen, Satin?«

Satin schnurrte.

Jetzt mußte ich nur noch ein Zuhause für zwei Katzen finden, die an den Geruch von Clorox gewöhnt waren.

Nun, es ist mir gelungen. Olead und Becky haben sie beide genommen. Es sind ziemlich langmütige Katzen. Das müssen sie auch sein, bei einem Kleinkind und einem weiteren Baby, das unterwegs ist, aber Becky sagt, daß sie eine echte Entlastung sind – seit sie da sind, hat Jeffrey noch etwas anderes zu tun, außer die Wände zu bemalen.

Ich habe Olead gefragt, wie um alles in der Welt jemand wie Ed Gough Mitglied bei Mensa werden konnte. »Er hat einen Test abgelegt«, erwiderte Olead.

»Wann?« fragte ich argwöhnisch.

Er zuckte die Achseln. »Woher soll ich das wissen? Das kann vor dreißig Jahren gewesen sein. Aber ich glaube eigentlich nicht, daß er jemals sehr viel gesünder war, als er jetzt ist. Ich habe doch versucht, dir das begreiflich zu machen, Deb. Intelligenz und geistige Gesundheit sind zwei völlig verschiedene Paar Schuhe.«

»Aber er war doch noch nicht mal auf einem College, oder?«

»Intelligenz und Bildung«, sagte Olead geduldig, »sind zwei völlig verschiedene Paar Schuhe. Wir haben Sechsjährige bei Mensa.«

Gut. Damit sah die Sache ganz anders aus. Ich hatte mir so meine Gedanken gemacht. Ein Test, vor dem Isaac Asimov Angst gehabt hatte, ein Test, den Samuel Barrett nicht bestanden hatte – aber ein Test, den *Ed Gough* geschafft hatte? Also wirklich. Der mußte mir nun weiß Gott keine Angst einjagen.

Also habe ich ihn abgelegt.

Und wissen Sie was?

Ich habe bestanden.

Aber der Teufel soll mich holen, wenn ich mich von Olead je dazu überreden lasse, zu diesen Treffen zu gehen.

Nachwort

Die Deb-Ralston-Saga geht weiter. Wie bei einer sympathischen Nachbarin haben wir, seit dem ersten Kennenlernen in »Ein zu normaler Mord« (Dumonts Kriminal-Bibliothek Bd.1053), Freud und Leid mit ihr geteilt, haben erlebt, wie auch ihre zweite Adoptivtochter heiratete, wie die Enkel kamen, wie sie Schwierigkeiten mit ihrem Schwierigkeiten provozierenden Adoptivsohn Hal hatte, wie sie überraschend jenseits der vierzig noch schwanger wurde und wie sie dennoch ihren sie restlos fordernden Beruf nicht aufgeben konnte, selbst wenn sie es gewollt hätte: Ihr Mann, Testpilot bei einer Hubschrauberfirma, hatte einen Berufsunfall, der ihn zwar nicht erwerbs-, wohl aber berufsunfähig machte. Dies bedeutet, daß er keine oder nur eine kleine Unfallrente beziehen würde. Zwar würde ihn seine alte Firma auf einem anderen Posten weiterbeschäftigen, aber er ist durchaus ehrgeizig genug, einen qualifizierten Job anzustreben. So studiert er dann an einer Fernuniversität Betriebswirtschaft, und Deb arbeitet weiter als Detective in der Sonderkommission für Schwerverbrechen. Auch wenn sie ihren Beruf ständig zu verwünschen scheint und wenn er bisweilen »Keine Milch für Cameron« (DuMonts Kriminal-Bibliothek Bd. 1082) bedeutet – so haben die Ralstons den am Ende von »Tödlicher Ausflug« (DuMonts Kriminal-Bibliothek Bd. 1071 geborenen Sohn genannt –, scheint sie ihre ebenso verantwortungsvolle wie abwechslungsreiche Tätigkeit doch über alles zu lieben – vor allem mehr als sie das Kochen, Waschen und Putzen für Mann, Söhne und Kampfhund schätzt.

Inzwischen ist die Doppelbelastung etwas leichter geworden: Cameron bekommt nicht mehr die Brust, kann und will vielmehr sein Fläschchen schon selber halten und wechselt in seinem zufriedenen Dasein zwischen Liegestühlchen, Wickeltisch, Laufstall, den Armen diverser Erwachsener und seinem Bett hin und her. Hal ist mit sechzehn Jahren etwas vernünftiger geworden, sein Wachstum scheint bei einsfünfundneunzig zu stagnieren, und er erweist sich überraschend gut mit Worten lenkbar. Seine gewaltigen Kräfte reagiert er beim Football-Training ab – hinter dieser für einen Mitteleuropäer harmlos klingenden Bezeichnung verbirgt sich u.a. der Brauch, mit Anlauf und voller Wucht gegen einen zwei Zentner schweren Sandsack zu springen, der an einem mit Kufen versehen Gerät hängt und als der Klügere proportional zur Wucht des Aufpralls nachgibt. Daß danach vier Viertelpfünder Hamburger für Hal einen kleinen Imbiß bedeuten, der zu einem soliden Abendessen überleitet, versteht sich fast von selbst.

Kein anderer Detektiv in der Genre-Geschicht hat ein so glaubhaftes, noch dazu so überzeugend dynamisch gestaltetes Privatleben wie Deb Ralston. So kommt es denn auch, daß ihr die meisten ihrer Fälle sozusagen privat begegnen, eingebettet in ihren Alltag. An ihren neuen Fall kommt sie auf ganz unspektakulären Weise: Eine eher flüchtige dienstliche Bekannte, Sekretärin in der Gerichtsmedizin von Fort Worth, hat sie wegen des plötzlichen Todes ihrer Schwester angesprochen, die, allein lebend, wohl am Samstag gestorben ist, aber erst Montag gefunden wurde, weil sie nicht zur Arbeit kam. Sie war schwer herzkrank und gleichzeitig fast grotesk übergewichtig, so daß sie genau so gestorben zu sein scheint, wie ihr Hausarzt es immer schon erwartet hat. Nur der eigenen Schwester fallen Unstimmigkeiten auf, die die Sache nicht ganz so glatt erscheinen lassen. So lag die Tote auf dem Rücken, eine Position, die bei ihr sofort heftigste Atemnot und eine Herzattacke ausgelöst hätte. Andererseits kann dies aber auch nicht die Position sein, die sie sozusagen zufällig beim Sterben eingenommen hat – dafür ist die Bettdecke zu sorgfältig, geradezu hospitalmäßig, über der Toten glattgestrichen und befestigt.

Wie so oft in der Geschichte des Genres sind es gerade solche kleinen Unstimmigkeiten, die die Detektive auf sehr viel Größeres stoßen lassen, in diesem Fall auf eine ganze Mordserie. Denn die wirklich eher der Bekannten zu Gefallen auf Kosten des Steuerzahlers angeordnete Obduktion ergibt Tod durch Genickbruch, und die anschließende viel zu spät erfolgende Spurensicherung am Tatort ergibt buchstäblich nichts: Statt auf selbstverständlich zu erwartende Fingerabdrücke – eher solcher des Opfers als des Täters, versteht sich – stößt die Beamtin überall auf Wischspuren. Offensichtlich hat der Mörder nach vollbrachter Tat erst einmal gründlich das Haus geputzt.

Danach überschlagen sich für Deb die Ereignisse und ihre Ermittlungen. Schon dem Streifenpolizisten, der am nächsten Morgen zu einer weiteren »Leichenfundsache«, ebenfalls einer allein lebenden Frau jenseits der Lebensmitte, gerufen wird, fällt die weitgehende Übereinstimmung beider Fälle auf; auch ohne äußere Verdachtsmomente alarmiert er vorausschauend die Mordkommission, d. h. konkret Deb Ralston, die nach den Prinzipien der Polizei in Fort Worth auf Grund ihres Engagements im ersten Fall auch für alle weiteren zuständig bleibt. Bot der erste Fall zu wenig zum Nachfassen und Hinterfragen, so bieten beide zusammen fast zuviel Anhaltspunkte: Beide Opfer gehörten nicht nur derselben »Kirche« an, sondern auch derselben Vereinigung *Mensa*, in die nur aufgenommen wird, wer sich aufgrund gängiger Intelligenztests zu den obersten zwei Prozent der Absolventen rechnen darf. *Mensa* alias *der Tisch*, wohl als runder Tisch gedacht, steht dabei für die Gleichheit aller im IQ, auch wenn außergewöhnliche Intelligenz oft mit sozialem Mißerfolg Hand in Hand gehen kann.

So exklusiv in gewisser Hinsicht dieser Club ist, so merkwürdig ist beider »Kirche« selbst für amerikanische Verhältnisse, unter denen diese Form der Organisation völlig privat und beliebig ist: Die Mitglieder scharen sich um eine angeblich medial begabte Charismatikerin mit dem aparten Namen Schwester Adlerfeder, die zwar in der Tat indianischer Abstammung ist, aber in Wirklichkeit als Matilda Greenwood graduierte Psychologin und überraschend normal ist und ihren überwiegend weiblichen Jüngerinnen gleichermaßen mit Geisterbeschwörungen wie mit Psychologie helfen will.

Wo liegt nun eher der Schlüssel zu den Morden – in der spiritistischen »Kirche« oder in der Vereinigung *Mensa*, in der beide Opfer überdies zur selben Fachgruppe »Psychologie« gehörten? Aber nicht nur sie waren dort Mitglied, sondern auch etliche Bekannte von Deb, darunter der neue Verlobte ihrer besten Freundin, ebenfalls einer Psychologin. Und der soll zuvor mit dem zweiten Opfer verlobt gewesen sein, unter dessen Hinterlassenschaften sich in der Tat ein gerahmtes Studio-Porträt findet, wie man es kaum einer flüchtigen Bekannten schenkt. Sollte sie ihm angesichts seiner neuen Bindung lästig geworden sein, vielleicht sogar Material für eine Erpressung gegen ihn in der Hand gehabt haben? Und könnte dann jemand, dessen Superintelligenz sozusagen gerichtsnotorisch ist, nicht auf die Idee kommen, sein gezielt gewähltes Opfer unter einer anonym erscheinenden Serie zu verstecken? Wo versteckt man ein Blatt am besten, fragt schon Chestertons Father Brown – und die Antwort lautet: in einem Wald. Ob echte oder vorgetäuschte Serie – binnen kurzem wird es noch ein Opfer geben, was es natürlich möglichst zu verhindern gilt – am runden Tisch von *Mensa* oder unter den Flügeln von Schwester Adlerfeder?

Doch wo Deb Ralston auch fragt, stößt sie auf eine Mauer des Schweigens. Die Mitgliederlisten von *Mensa* sind aus rein praktischen Gründen einstweilen unzugänglich, die Psychologen, von denen es aufgrund der Untergruppe »Psychologie« nur so zu wimmeln scheint, berufen sich auf ihre noch über den Tod potentieller Patienten hinausgehende Schweigepflicht und auf deren Recht auf Persönlichkeitsschutz; und die »Kirche« von Schwester Adlerfeder entzieht sich womöglich noch stärker der polizeilichen Recherche. Jedenfalls kann Deb sich keinen Richter denken, der in diesem heiklen Sonderfall »Kirche« so etwas wie einen Durchsuchungsbefehl ausstellen würde.

Es kommt in der Tat noch zum dritten Mord, und dennoch hat Deb Ralston nichts Handgreiflicheres als einen Blutfleck, der partout nicht zum Erwürgen passen will, eine in tiefster Nacht an- und ausgehende Lampe und – außerordentlich wenig hilfreich – einen durch den Fall stolpernden Psychopathen, der sich schon beim letzten Fall zu jedem Mord und jedem Verschwinden als schuldig bekannt hat, auch wenn er eine in Wirklichkeit erschossene Frau erwürgt haben will oder das von ihm beseitigte junge Mädchen nur ein langes Wochenende mit den Großeltern verbracht hat.

Nach der wohlbegründeten Theorie Richard Alewyns ist der Detektiv ein Außenseiter, ein Erbe der romantischen Künstler, die sich wie auch immer von ihrem verabscheuten Gegenbild, den philiströsen Bürgern, unterscheiden. Wie paßt das zu Deb Ralston, Ehefrau, Polizeibeamtin, vielfache Adoptiv- und leibliche Mutter und hospitierendes Glied der gleichsam uramerikanischen Kirche der Mormonen? Ihr Schwiegersohn Olead, *Mensa*-Mitglied und langjähriger Insasse einer psychiatrischen Anstalt, klärt sie geduldig auf: Fühlt sie sich nicht oft von Familie wie von Polizei-Kollegen unverstanden? Gilt nicht das, was ihr als selbstverständlich erscheint, anderen als ausgefallener, nicht ernstzunehmender Einfall? Könnte es nicht sein, daß sie höchstbegabt ist? Gerade dafür wurde *Mensa* geschaffen: daß sich die, die etwas schneller und komplexer zu denken imstande sind als andere, nicht länger einsam, kurios, abartig und unverstanden fühlen müssen.

Auf Oleads Drängen hin unterzieht sie sich dem Test und reüssiert. Bleibt nur zu hoffen, daß sie weiterhin ihren etwas farblos bleibenden Mann liebt, dessen ausschließliche Lektüre paramilitärische Zeitschriften und Versandhauskataloge fürs Überleben in der Wildnis sind. Offensichtlich fasziniert sie an diesem Rambo-Macho etwas anderes als dessen IQ, so daß sie auch im Fortgang der Saga glaubwürdig liebevolle Mutter und Ehefrau und erfolgreiche Detektivin zugleich sein wird.

Volker Neuhaus

DuMonts Kriminal-Bibliothek

»Knarrende Geheimtüren, verwirrende Mordserien, schaurige Familienlegenden und, nicht zu vergessen, beherzte Helden (und bemerkenswert viele Heldinnen) sind die Zutaten, die die Lektüre zu einem Lese- und Schmökervergnügen machen. Der besondere Reiz liegt in der Präsentation von hier meist noch unbekannten anglo-amerikanischen Autoren.« *Neue Presse/Hannover*

Band 1001	Charlotte MacLeod	**»Schlaf in himmlischer Ruh'«**
Band 1006	S. S. van Dine	**Der Mordfall Bischof**
Band 1016	Anne Perry	**Der Würger von der Cater Street**
Band 1022	Charlotte MacLeod	**Der Rauchsalon**
Band 1025	Anne Perry	**Callander Square**
Band 1026	Josephine Tey	**Die verfolgte Unschuld**
Band 1033	Anne Perry	**Nachts am Paragon Walk**
Band 1035	Charlotte MacLeod	**Madam Wilkins' Pallazzo**
Band 1044	Anne Perry	**Rutland Place**
Band 1046	Charlotte MacLeod	**»Stille Teiche gründen tief«**
Band 1050	Anne Perry	**Tod in Devil's Acre**
Band 1063	Charlotte MacLeod	**Wenn der Wetterhahn kräht**
Band 1066	Charlotte MacLeod	**Eine Eule kommt selten allein**
Band 1068	Paul Kolhoff	**Menschenfischer**
Band 1070	John Dickson Carr	**Mord aus Tausendundeiner Nacht**
Band 1071	Lee Martin	**Tödlicher Ausflug**
Band 1072	Charlotte MacLeod	**Teeblätter und Taschendiebe**
Band 1073	Phoebe Atwood Taylor	**Schlag nach bei Shakespeare**
Band 1074	Timothy Holme	**Venezianisches Begräbnis**
Band 1075	John Ball	**Das Jadezimmer**
Band 1076	Ellery Queen	**Die Katze tötet lautlos**
Band 1077	Anne Perry (3 Romane)	**Viktorianische Morde**

Band 1078	Charlotte MacLeod	**Miss Rondels Lupinen**
Band 1079	Michael Innes	**Klagelied auf einen Dichter**
Band 1080	Edmund Crispin	**Mord vor der Premiere**
Band 1081	John Ball	**Die Augen des Buddha**
Band 1082	Lee Martin	**Keine Milch für Cameron**
Band 1083	William L. DeAndrea	**Schneeblind**
Band 1084	Charlotte MacLeod	**Rolls Royce und Bienenstiche**
Band 1085	Ellery Queen	**... und raus bist du!**
Band 1086	Phoebe Atwood Taylor	**Kalt erwischt**
Band 1088	Lee Martin	**Saubere Sachen**

Band 1071
Lee Martin
Tödlicher Ausflug

Als die Polizistin Deb Ralston zu Hause die lapidare Notiz ihres 16jährigen Sohnes Hal findet, daß er mit seiner Freundin Lorie für ein paar Tage nach Los Alamos fahren will, und zwar per Anhalter, ist sie rasend vor Wut. Sie heftet sich an die Fersen der Teenager, um sie nach Hause zurückzuholen. Doch die Spur findet ein blutiges Ende, als Deb entdeckt, daß Lorie verschwunden ist und ihr Sohn Hal unter Mordverdacht im Gefängnis sitzt. Wer ist das Mädchen, das in Lories Schlafsack ermordet aufgefunden wurde? Trotz ihrer fortgeschrittenen Schwangerschaft – Deb ist im achten Monat – versucht sie gemeinsam mit der örtlichen Polizei, ihren Sohn zu entlasten und Lorie zu finden.

Band 1082
Lee Martin
Keine Milch für Cameron

Eigentlich ist sie noch im Mutterschaftsurlaub – doch als die Bank ihres Viertels überfallen wird, steht Detective Deb Ralston unfreiwillig mitten im Geschehen. Mit ihrem Baby Cameron auf dem Arm übernimmt sie inmitten von unprofessionellen Bankräubern und grünschnäbeligen Cops das Kommando. Aber die Räuber können flüchten und entführen eine junge Kassiererin. Die Lage spitzt sich zu, als die Geisel stirbt. Und auch Deb Ralston gerät in tödliche Gefahr …